Purple Hibiscus

奇瑪曼達・恩格茲・阿迪契
葉佳怡——譯

紫色木槿花

Chimamanda Ngozi Adichie

獻給

詹姆斯・恩渥伊・阿迪契教授

以及

葛蕾絲・伊菲歐瑪・阿迪契

我的父母、我的英雄，ndi o ga-adili mma*

* 伊博語，「ndi o ga-adili mma」的大致意思是「能看到善良的人」。阿迪契的英文作品中並沒有針對這些奈及利亞當地的各部族語言進行解釋，根據各方評論表示，這樣做一方面可反映這些語言在奈及利亞與英文一起交雜使用的狀況，另外也讓讀者能在閱讀過程中受到不熟悉的語言中斷、打擾，進而體驗奈及利亞人可能擁有的感受。因此，這種手法可以是一種去殖民的做法。此外考量各國譯本大多採取保留原文的作法，所以這次也選擇保留原文對話中的斜體原文，另外再參考各方評論加上註釋，至於敘事中的非斜體原文，則以音譯方式呈現，並在註釋中加以補充說明原文及意思。

目次

譯者序

阿迪契的書寫開端：《紫色木槿花》和《半輪黃日》

葉佳怡

二〇一五年，出生奈及利亞的奇瑪曼達．恩格茲．阿迪契被美國《時代雜誌》（*Time*）評為全球百大影響力人物。

此時的她已出版了備受歡迎的長篇小說《紫色木槿花》（*Purple Hibiscus*，二〇〇三）、長篇小說《半輪黃日》（*Half of a Yellow Sun*，二〇〇六）、短篇小說集《繞頸之物》（*The Thing Around Your Neck*，二〇〇九），以及長篇小說《美國佬》（*Americanah*）（二〇一三）。除此之外，她於二〇〇九年的首場TED演說〈故事單一化的危險〉（The Danger of A Single Story）也在美國造成轟動，其中陳述了白人將非洲世界刻板化的問題；二〇一二年為TED進行的〈人人都該成為女性主義者〉（We Should All Be Feminists）演說同樣獲得廣大回響，相關內容在二〇一四年以同名隨筆集出版。奈及利亞與英國共同製作的《半輪黃日》翻拍電影也在二〇一三年上映。至於她拿的文學獎項更是多到難以在此列舉。

不過在二〇一五年之後，除了一些單篇發表文章、兩部隨筆集，以及一本童書之外，阿迪契的創作似乎進入了沉潛期。她以名人之姿做了很多演講、在上BBC受訪時被迫與川普支持者辯論、為奈及利亞的LGBTQ群體發聲，但也因為支持J．K．羅琳的發言捲入恐跨爭議。她曾提到，

「我不認為所有作家都必須是政治角色，可是作為一位書寫背景設定在非洲的寫實小說家，幾乎是自動就有了一種政治角色。」直到最近，我們才終於得知她的新小說《夢想清單》（*Dream Count*，暫譯）計畫在二〇二五年出版，根據書介，那是四個奈及利亞女人在疫情期間經歷的跌宕人生。

於是從此刻回望二十多年前，阿迪契的出道小說《紫色木槿花》可說記錄了她作為作家最純真的起點。

阿迪契於一九七七年出生在奈及利亞的埃努古，兒童時期就在此地名為恩蘇卡的大學城長大，她的爸爸是數學教授，媽媽是行政人員，而她高中畢業後也同樣在奈及利亞大學讀醫學。可是為了追尋作家夢，她終究放棄醫學，在十九歲時去了美國修讀傳播與政治學。在康乃狄克州讀書的她在鄉愁催化下寫出《紫色木槿花》。她在多年後表示，因為太想家了，事後回想，那是一部「將家鄉浪漫化的小說。」「但現在的我已經完全不是當時寫小說的那個人了。」

於是讀者在閱讀《紫色木槿花》時，勢必會發現其中的許多細節都反映了阿迪契的成長背景。這部小說紀錄了十五歲女主角凱姆比利成長過程中的重要轉折事件，其中融合了天主教與傳統伊博文化的衝突、家庭及社會中的性別暴力問題，以及奈及利亞這個國家在建國後遭遇的後殖民處境。雖然這些都是非常犀利的主題，但在此同時，阿迪契採取的切入角度並不尖銳。因為女主角凱姆比利在一個天主教家庭長大，這種殖民造就的處境讓她跟美國讀者一樣對伊博文化感受到一種迷人的陌生感，因此即便許多出版社聲稱「大家不會對奈及利亞的故事有興趣」，《紫色木槿花》仍獲得很好的評論及銷售成績。

若真要說這部小說中最「激進」的部分，應該是阿迪契始終堅持在小說中使用她的母語之一：

伊博語。本來她的編輯認為這不是個好策略，覺得伊博語會讓讀者分心，但阿迪契反駁表示，「如果索爾．貝婁可以因為角色設定在小說中使用大量法語，沒道理我不能用伊博語。」而且唯有這樣做，才能傳遞「我的故事的情感真實性（emotional integrity of my story）」。若是從評論者的角度看，由於奈及利亞曾被英國殖民，這種書寫也反映出作者受到後殖民文化的影響，於是在阿迪契的小說中，我們總能讀到標準英文、奈及利亞英文、混雜著當地語言的破碎英文（pidgin）、伊博語，以及為了小說書寫不得不翻譯成英文給讀者看的伊博語。

為了忠實呈現阿迪契的態度，我在翻譯時也留下了伊博語原文。原文故事中的伊博語有些有再用英文重複一次，有些沒有。雖然為了給讀者多一些輔助，我替所有伊博語做了中文註釋，不過原文小說中的伊博語都沒有另外解釋，而根據阿迪契的說法，「讀者似乎也沒遇到什麼問題嘛。」這就是阿迪契在進行批判時的一貫風格：務實、溫和、堅定，並帶有一絲幽默感。

＊

若說《紫色木槿花》是以一個青少女的成長蛻變為主軸，並將各種奈及利亞的現實議題穿插其中，因此可說是以小歷史為前景，大歷史為背景，《半輪黃日》可說完全相反。與其說《半輪黃日》的主角是人，倒不如說是奈及利亞在一九六七—一九七〇年間發生的「比亞法拉戰爭」。事實上，世界上的大部分人，甚至是許多奈及利亞人，可能都是因為這部小說才真正知道、或開始談論這場戰爭。

這是一場發生在奈及利亞內部的種族及信仰之戰，以穆斯林豪薩人為主的群體跟以天主教伊博人為主的群體之間長久以來的矛盾一次爆發出來，而阿迪契父母及祖父母所在的東部地區在當時成立了「比亞法拉共和國」。這個共和國的國旗中央圖案就是正在升起的「半輪黃日」。阿迪契的兩位祖父都在這場戰爭中死於難民營，因此即便她在戰爭結束的七年後才出生，卻始終在戰爭的陰影下成長。她從父親口中聽到了許多戰爭的故事，因此以父親的故事為核心，加上閱讀所有可找到的戰爭資料，最終寫出了《半輪黃日》。

這是一個龐大的寫作計畫，必須面對的挑戰也更為多樣。之前《紫色木槿花》的主角是十五歲的奈及利亞女孩，其他大部分重要角色也是奈及利亞人，但在《半輪黃日》中，為了呈現出殖民者或所謂西方白人世界可能將非洲故事單一化的視角，阿迪契將其中一個主角設定為英國白人男子，導致她遇到很大的寫作困難，「我一開始把他寫得很像亨利·詹姆斯筆下的角色，講話很浮誇」，可是後來她轉念一想，理查是一個試圖追尋某種夢想的人，而她自己也是這樣的人。於是轉換心態後，這個角色也不再是她的阻礙。

事實上，如果我們去細看阿迪契筆下的主要角色，他們幾乎都有著很強的生命驅動力。有讀者問阿迪契在《半輪黃日》中最有共鳴的角色是誰，她說雖然可能有點奇怪，但她最有共鳴的是出生奈及利亞貧窮村莊的男僕厄格烏。「我知道我跟他很不一樣，我是女性、出生中產階級，而且受過完整教育。可是厄格烏很好學、有夢想，就跟我一樣。」

因此，如果要我從阿迪契的小說中挑選出一些關鍵詞，我想第一個或許就是「夢想」，畢竟就連她二〇二五年即將出版的新書都在談此一主題。《紫色木槿花》的凱姆比利夢想著擺脫現實生活中的各種壓迫、夢想著能真正說出自己想說的話；《半輪黃日》則有著夢想建立自己國家的人們、夢想靠學習脫離貧窮的人、夢想靠著美好異國文化擺脫失敗過往的人……這些夢想的核心都跟人的尊嚴有關，而這些尊嚴往往受制於各種權力結構，而且可能在不同座標下遭遇各種翻轉。

在此同時，阿迪契本身的處境也可以反映這種複雜狀況，比如她身為女性，當然有在面對男性時的劣勢，但作為知識中產階級，她又擁有物質及文化資本上的優勢，而在阿迪契之後的《美國佬》當中，她更是經歷了「我是來到美國才發現自己是黑人」。奈及利亞無法成就她的作家夢，但美國又為她的寫作設下了許多侷限。於是她的角色總在追尋什麼、在突破什麼，又或是反映出那些阻礙自己及他人追尋目標的人性限制。

此外若是要另外挑選一個關鍵詞，我想應該是「創傷」無誤。《紫色木槿花》裡的女主角面對的是父親的家暴及殖民文化壓迫，《半輪黃日》更是書寫了戰爭帶來的各種創傷。阿迪契說自己在讀跟難民營有關的資料時常感到痛苦，書寫過程中也備感壓力，彷彿是祖先希望她把這部小說寫完。而等她終於寫完後，本以為能放鬆下來，卻反而陷入前所未有的憂鬱。畢竟實在有太多人在那場戰爭中死去了，而作為一種溫和的控訴，《半輪黃日》中有一本由厄格烏創作的戰爭故事，其書名也反映了這種憂鬱：世界在我們死去時保持沉默。

在《紫色木槿花》及《半輪黃日》之後，阿迪契延續這些書寫核心，寫了將美國設定為重要故事背景的《美國佬》。關於成長、追夢、後殖民處境、創傷、女性困境、身分認同的複雜性，我們一次次在她的作品裡看見不同的演繹方式。不過除此之外，阿迪契的作品之所以吸引人，還在於她深入探討「愛」的複雜性。在《紫色木槿花》中，女主角想獲得自主性，但對於總是用殘忍暴力傷害她的父親、那位勇於贊助民主運動的父親，她卻仍懷抱著複雜的孺慕之情。《半輪黃日》中的歐拉娜確實愛著歐登尼伯，凱妮內也確實愛著理查，但她們選擇愛人的方式，也各自反映出她們想要追求的自由或務實價值觀，而這些對價值觀的追求跟奈及利亞的歷史交纏，在故事中呈現出相當立體的層次。當然，在《美國佬》中，來自奈及利亞的女主角又愛上了美國男孩，其中又牽扯到新的向度，但同樣的核心卻早在《紫色木槿花》及《半輪黃日》就已打好地基。

因此，《紫色木槿花》和《半輪黃日》是認識阿迪契的原點，閱讀這兩本書，我們可以看見阿迪契從二十多年前如何一路走來，她首先把奈及利亞帶到美國及世界讀者面前、把比亞法拉戰爭帶到讀者面前，然後再從奈及利亞作為起點，展開她對於一個人如何在美國以及世界中安身立命的探索。由於她畫出了各種複雜的座標，因此除了提供具有普遍性的人性情感，同時也在邀請讀者思考：我的位置在哪裡？我的文化跟其他文化之間的關係？我的語言如何能表達我的「情感完整性」？我對他人付出的「愛」如何能讓我照見自己、理解自己的尊嚴所在？

推薦序

掙脫成長框架，追尋行動與思想自由

陳之華（作家）

《紫色木槿花》是暢銷書作家奇瑪曼達．恩格茲．阿迪契在年僅二十六歲，就以年輕作家之姿出版的首部作品。處女作一推出就廣受好評，並獲眾多國際獎項，在西方文壇一舉成名，成為備受矚目的奈及利亞籍新世代作家。

阿迪契以一位十五歲的奈及利亞青春女孩為小說視角，講述探究女孩的家庭、親友、社會與國家，深受殖民統治影響所衍生出各類奈國傳統文化與宗教，面對新舊觀念差異與價值衝突時，究竟如何共存？而所屬奈國伊博（Igbo）族裔文化與語言，遭受社會的差異對待等衝擊，融合成一部深刻描繪一個國家與身處巨大變革時期的青少年，以及其家人在追求行動自由，企圖掙脫枷鎖，尋求思想解放的動人非洲故事。

數不盡的殖民產物故事

阿迪契不是第一位述說奈國傳統社會文化，因遭受英國殖民統治後所帶來文明價值與社會衝突的奈國作家，也不是首位將所屬族裔的伊博社會傳統口說語文融入作品中的。早在一九五〇年代，素有「非洲文學之父」稱號的文壇巨擘奇努阿．阿切貝（Chinua Achebe，一九三〇—二〇一三）就曾出版一本講述歷經殖民後，所帶來社會衝擊與傳統價值衝撞的巨著《分崩離析》（*Things Fall Apart*，一九五八）。阿切貝成功地將奈國三大部族之一的伊博語文，以及其豐富活潑的敘述故事文化，乃至傳統禁忌與價值觀、本土與外來信仰、地方俗諺語彙、古老傳說等都融入其中，因而驚豔了西方世界，改變當時國際社會誤以為非洲人既無法也不懂得書寫小說的刻板殖民式印象。

新世代的阿迪契和文壇巨擘阿切貝同屬伊博族裔，但年紀比阿切貝小上四輪，童年經歷相似的複雜後殖民時代，也生長在傳統伊博文化與英式殖民主義遺緒環境。她讀阿切貝作品長大，深受阿切貝等文壇前輩影響，因而第一部小說或早期創作，總有許多後殖民時期的奈國社會縮影，聚焦探討接受西式教育與未受西方洗禮的成長歷程差距，以及族裔間如何看待與因應所謂的進步與落後、文明與傳統、宗教與異教等諸多質問。當殖民統治者引進的宗教被視為主流，所產生的各式文化概念衝突，以及對古老傳統文明的質疑敵視批評等，都融入小說情節中。

是阿迪契深受傳統文化與後殖民主義夾處搖擺衝擊的影響？或受現代文學大師阿切貝的影響？或經歷奈國在後殖民時期所遺留下來的太多傷痕與衝撞？凡此種種延續至今，仍對非洲社會有如巨雷般的衝撞迴響和對自我身分認知的質問等等，依舊有如烙印般深植各世代，持續世代遞延。以致多數描繪或以後殖民社會為背景的文學敘事，總反映出千千萬萬這般似曾相似，帶著人們無助落寞以及對自身國家那恨鐵不成鋼的無奈心思。這些社會現實裡的美麗與哀愁，皆此起彼落的顯現在《紫色木槿花》的敘事裡。

然而，阿迪契與前輩阿切貝不同處，在於阿迪契身為女性平權的擁護與推廣倡議者，作品常以女性為敘事主角。阿迪契成長於伊博社會，近二十歲時前往美國深造，面對傳統文化對女性的壓抑與輕視，以為女性不該擁有的期待或無法被賦予職掌領域等，都讓她充滿質疑，亟欲挑戰。阿迪契小說裡，總有開明、聰慧、勇於找尋自我的女性角色，不時以女性視角來講述奈國社會家庭情景，讓不同女性在首部著作，就扮演著舉足輕重的地位，故事最後更顛覆了男性壓迫下的管束，展開新生命發展。

成長在嚴苛受限環境

閱讀《紫色木槿花》，有股極低的氣壓與氛圍籠罩著，感到無時無刻就要爆發的壓力，雖然凱姆比利和家人不愁吃穿，過著富裕享特權的生活，和兄弟賈賈就讀優質私校，住在令人稱羨的高牆大院，父親尤金不僅經商成功，擁有部族酋長身分，是獨立報出版人，更獲國際特赦組織人權獎。但尤金的嚴厲令人恐懼，他以虐待暴力對待至親。每當凱姆比利和賈賈未能達到他所規定的期望標準，就會受到極其嚴苛的懲罰，連同妻子碧翠絲的每日生活也遭尤金的視線管束，一家子深受尤金的各式無理要求、管控與嚴苛日程安排。

凱姆比利雖受尤金的長期嚴酷要求，但生性害羞膽怯、不樂於說話的她卻一心想透過各類表現贏得尤金讚賞。她和世上眾多孩子一樣，渴望父親的認同。

尤金是一位虔誠狂熱的宗教信徒，也是嚴苛的保守主義者。他教導孩子虛榮是一種罪過；女人在教堂裡露出頭髮也是罪；女人穿長褲也有罪。因此凱姆比利和賈賈在鏡子前的時間，只夠確定鈕扣都有扣對，而凱姆比利自小沒穿過長褲。家裡屋頂雖裝有巨大衛星電視接收盤，卻不能看電視，因為電視沒在日程表；有音響卻不能聽音樂；家裡連樓梯間的腳步聲，都很有節制且出奇靜默。

凱姆比利和賈賈的日常生活，就是祈禱、睡眠、學習，以及三不五時加入的更多祈禱，閱讀聖經經文更是他們的生活重心。尤金的嚴苛管制，使他們活在暴力恐懼中，無時無刻擁有強烈的罪惡感。

渴望嚴父認同與求第一的擔子

然而凱姆比利在面對父親的嚴格要求，以及生活日常遭到極度管束，並未反抗。即使身處青春期，也沒表現出特別叛逆，反而總是渴望認同讚賞，想以更優異的表現來取悅尤金。凱姆比利基本上就是一個「討好型」孩子，她知道尤金喜歡聽「神會拯救我們」、「神的作為何等奧秘」等，她就會刻意如此說。

她渴望成為父親眼中最完美優秀的孩子，渴望聽見尤金說出以她為傲的話語，誇讚她如何完成神的旨意；她想告訴尤金祈禱內容，讓尤金給予肯定；她會因尤金的反應，感到雀躍自豪；為了讓尤金一直以她為傲，她必須表現得更好，並投其所好。

尤金不僅在生活、讀經祈禱上強烈要求孩子，對學業也要求高標。出生窮困的尤金，認為如果沒有教會的神父和修女，就沒有今天的他，因而對孩子寄予厚望，不時以愛為名來情勒，以「為孩子好」為由，要求他們達到巔峰。
當凱姆比利在校成績第二名時，尤金就宛如天崩地裂，給予嚴懲審判，犀利詰問為何是別人拿了第一？無法拿第一名，成為凱姆比利的重擔與惡夢，使她以為，第二名是失敗的汙點。
尤金沒能被自己父親栽培，認為擁有豐富優渥條件和最好生活的孩子，就該拿出好成績來，因為神給了他們很多，所以對他們期待也很多。他認為紀律很重要，凡不能達到他設定的高標，都會被他暴力鞭策和心理虐待，尤金對太太施暴，對孩子揮鞭體罰，讓家人無時無刻都處在備受壓抑的警戒狀態。
為何篤信天主教、外在形象勇敢正直、對社會慷慨大方、廣受尊敬的富裕尤金家，卻鮮少有歡聲笑語？除非妻兒子女都達到他的高標，家中才會出現歌聲。是什麼原因讓擺脫貧困、擁有社會地位的他，把家人與自己的距離越推越遠？甚至最後到達無以忍受的崩潰臨界點？

甜蜜的家，來自不同教育與教養模式

凱姆比利和賈賈在拜訪了姑姑伊菲歐瑪和表兄弟姐妹後，見識到了一個與原生家庭截然不同的成長環境，開啟了他們的眼界，也體會到充滿愛和笑聲的家庭生活。
同樣信奉天主教，姑姑家營造出喜悅與自由，鼓勵擁有好奇心並勇於表達自我見解，這使凱姆比利和賈賈開始變得更放得開，並逐步擁有表達自己想法的能力。
在姑姑家，凱姆比利聽到兩年未聞的笑聲，發現親情之愛，也情竇初開，更體會了一種超越父親權威範圍的生活模式。不僅打破她對周遭世界的沉寂壓抑，更揭露自家那股不可承受的嚴苛痛苦。

為何同樣受教會教育，生活空間狹小擁塞，和多數奈國人民一樣，必須為每日的水、電、汽油、食物和生活費生存奮鬥、苦惱不堪的姑姑家，卻能擁有尤金家大宅院所沒有的開懷歡喜和溫馨甜蜜的家庭氛圍？

為何姑姑家，不論客廳或房裡，屋內氣氛總是熱鬧非凡，充滿歡笑聲，能隨時爭吵來去，連晨間與夜間禱告，也會伴隨拍手歌聲和伊博語吟唱的讚美歌，在吟誦玫瑰經時，也會嘴角微笑？這些皆讓凱姆比利十分不解，因為家裡沒人會如此愉悅，當表親在餐桌上說笑不停，也沒要大家有所回覆，她不禁質疑為何家裡說話與回應，都要帶目的性？表親連跟神父也能一樣多話，還會相互對話應答，這些都是她從未想像過的世界。

到底尤金所賦予家人的愛，錯在哪裡？他以愛為名，以卓越為依歸，以最純淨誠摯的服事上帝，教育子女成為最優秀的完美孩子，卻為何讓人窒息不已？難道信仰不對？規律作息不對？紀律不對？要求孩子第一名不對？或說，教養與教育，本就能擁有不同於尤金的溫暖理性與智慧對待？伊菲歐瑪選擇了民主開明，尤金雖受西式洗禮，卻因童年的不足而選擇高壓對待家人。

伊菲歐瑪對待孩子的方式，與尤金截然不同，尤金總愛進行情勒與酷刑伺候，但伊菲歐瑪就像是專業優質的教練，將一切看在眼底，適時給予孩子機會與輔導，她總是相信孩子，觀賞他們的表現。她對孩子也有期待，但相信他們自有辦法越過挑戰。可惜尤金不同，他的孩子不是相信自己可以做到，而是深深懼怕自己做不到。

異教徒還是傳統主義者

奈及利亞的文學著作，多半會提到古老傳統社會中的信仰習俗如巫術、守護靈與傳統神祇的膜拜，這些在西方殖民文化與宗教引進後，成為了十惡不赦的「異教」與「邪魔」。然而，傳統部族對大地的敬畏，對祖先的尊崇，對長者的敬重，是否會因不同的宗教信仰與理念引進，而與整體社會分道揚鑣？對於未知與未來抱持謙卑，以及對天地眾神的膜拜，到底是西方宗教眼中的「異教」？或該被尊重為一種對天地廣闊之大的敬仰？

尤金從未向凱姆比利的爺爺恩努克烏請安，甚至從未拜訪過他，爺爺也從未走進尤金的大宅院，因為尤金下令禁止「異教徒」踏進門，連自己父親也不例外。尤金嚴苛限制孩子待在父親家的時間，多五分鐘都不行，只因恩努克烏是所謂「異教徒」，他擔心孩子會吃了奉獻給異教偶像的食物，玷汙基督信仰。

尤金認為恩努克烏耗費大量時間崇拜樹木和石頭的神明，只要恩努克烏願意皈依天主教信仰，把院子裡神龕的守護靈偶扔棄，尤金就會為他蓋屋、買車並聘請司機。但爺爺卻只想在有機會的時候，多見見他的孫子輩。

尤金不喜歡送孩子去異教徒父親家，也不讓孩子參與傳統慶典，那些之於尤金，都是異教活動。他根深蒂固認為異教儀式，包含傳統慶典皆為迷信，是通往地獄的大門。

因此凱姆比利和賈賈對爺爺極其陌生也不大往來，在尤金嚴格管教影響下，他們深怕跟爺爺待在同地方過久，甚至恐懼與爺爺住一起的機會。直到姑姑伊菲歐瑪和阿瑪迪神父的開示，才啟發了凱姆比利看待事物的不同眼界。

姑姑告訴他們：「恩努克烏爺爺不是異教徒，他是傳統主義者，而且有時不一樣的東西也能跟我們熟悉的事物一樣美好。」

開明包容並充滿智慧的姑姑，不僅是教育和教養高手，還能完全理解父親與兄弟間的各自堅持，她了解尤金是殖民時代的產物，也跟侄兒女說，當爺爺進行傳統儀式時，就跟我們誦唸天主教會的玫瑰經一樣，爺爺是在跟所有神祇或祖先們說話，這兩者是可以彼此代換概念的。擁有溫和寬容理解的伊菲歐瑪，認同上帝的無所不能，卻不認為尤金可以代替上帝去審判至親。

自英國殖民以來，奈國東南區域受基督與天主教等所影響，一直深受如天平兩端不同價值的文化衝擊，那些接受基督洗禮的成為文明與成功代表，擁抱傳統文化的卻被視為貧困與愚昧的族群。

文化的和諧共存與尊重融合

傳統教派與各種儀式，難道真無法和接受殖民教育的世代共存？不同宗教與文化間的衝突，到底是來自於自我侷限的認知，還真是上帝的旨意？

尤金告訴孩子，公共場合必須說英文才像文明人；他的酋長受銜典禮，須排除所有異教徒；尤金喜歡村民跟他用英文談話，代表他們很有見識；他常為了孩子免受不信神的人與這些力量傷害而虔心祈禱；他對於自己父親恩努克烏，也只會祈求上帝讓他皈依天主，以拯救他免於地獄烈火燃燒。

然而，凱姆比利卻看到爺爺會以他的傳統方式為尤金和他們禱告：「願他的繁華富貴永無日薄西山的一天。也請解除它們施予他的詛咒。」「……保佑我孩子的孩子。願祢的眼睛照看他們，使他們遠離邪惡，走向善良。」爺爺以邊說邊微笑，和姑姑一樣的誠摯態度進行禱告。

恩努克烏和許多擁有古老文明傳統的社會，是接受天地洗禮的，他祈求祖先保佑，為兒孫祈福，認為：「宗教和壓迫，永遠不能教導他們棄他們的父親不顧。」

尤金的成長際遇與堅持性格造就了對眾多事物的狹隘框架，以及不具包容理解與帶自卑感的眼界。他總想以其同樣成功模式複製在下一代，剝奪了家人的歡喜，導致他們紛紛離他而去。

天地之間，萬物之靈；你有你的信仰，我有我的敬畏；該如何彼此尊重，該如何對萬事寬容看待與理解，一直是殖民時代後期的重要社會文化課題。今天的奈及利亞社會，不斷學習接受傳統、天神、基督、穆斯林等和諧共存，也對於不同語言、文化逐步融合，努力展現對於不同宗教的認識與尊重。

此外，小說中提到的「自來水在哪？電在哪？汽油在哪？」缺油、缺瓦斯、欠薪、貪腐政客、道路交通不安全、公共建設經費被盜用等，這些仍是這片土地的現在進行式，即便原文書出版至今二十二年之久，但許多政治與內政問題依舊存在，如同眾多遭受殖民後所遺留下的諸多課題，仍需歷經幾世代的時間，才能真正的解決。

砸碎眾神

棕櫚主日

哥哥賈賈不再參加聖餐式的那天，爸爸把沉重的彌撒書丟到房間另一頭，砸碎了陳列架上的陶瓷小人偶，我們家就此開始瓦解。當時我們剛從教堂回來，媽媽把沾了聖水濕漉漉的新鮮棕櫚葉片放在餐桌上，上樓換衣服。之後她會把棕櫚葉片編織成一個個鬆垮的十字架，掛在我們用金色相框裱起來的家族照片旁。那些十字架會在那裡待到隔年的聖灰星期三，到時候我們會再把這些葉片帶去教堂燒成灰。每年爸爸都會跟其他奉獻者一樣身穿灰色長袍協助分發聖灰。排在他前方的隊伍總是移動得最慢，因為他會用沾滿聖灰的大拇指用力在每個人的額頭上抹出完美的十字，並用意味深長的語氣、咬字清晰地緩慢說，「你本是塵土，仍要歸於塵土。」

爸爸做彌撒時總會坐在第一排靠近中央走道那頭，身旁坐著媽媽、賈賈和我。他是第一個領受聖餐的人。教堂的大理石聖壇上立著等身大小的金髮聖母瑪利亞雕像，大多數人都不會在聖壇前跪下領受聖餐，但爸爸會。他會把眼睛閉得好緊，緊得幾乎像在扮鬼臉，然後盡可能伸長舌頭。結束之後，他回到位子坐下，靠著椅背看著剩下的教眾朝聖壇前進，看著他們往前伸的合十的雙掌像一枚立起來的碟子，那正是班奈迪克神父教他們擺的姿勢。雖然班奈迪克神父已經在聖艾格尼絲教堂待了七年，人們還是稱他為「我們那位新神父。」如果他不是白人或許就不會被這樣稱呼吧。不過他確實仍像是新來的。他的臉皮顏色像是濃縮煉乳以及山刺番荔枝切開後的果肉顏色，完全沒有在奈及利亞哈馬丹風吹拂七次後的年歲中曬黑，而他的英國鼻子也仍跟之前一樣皺縮窄小，就跟他剛開始來到埃努古時我擔心他可能吸不夠空氣時一樣。班奈迪克神父在這個教區做出了一些改變，像是堅持用拉丁文誦讀《信經》和《垂憐經》，對他來說用伊博語是不可接受的行為。此外，他希望我們盡量不要拍手，以免彌撒的莊嚴氣息受到破壞。可是他接受人們用伊博語唱聖餐禮中奉獻餅酒儀式的歌曲，他把這些歌稱為本土歌曲，而每當他說「本土」時，原本像是一條直線的兩片嘴唇會從兩邊往下垂，形成一個倒過來的U。在講道時，班奈迪克神父會提到教宗、爸爸和耶穌——就是以這個順序。他會利用爸爸這個例子來說明福音。「當我們讓我們的光照耀在人前，我們回顧的正是基督凱旋回城的那一刻，」他在那週的棕櫚主日如此說道。「看看尤金弟兄吧，他大可選擇跟這個國家的大人物一樣，他大可在政變後坐在家裡什麼都不做，以確保政府不會威脅到他的生意。可是沒有，他利用《標準報》說出真相，就算這樣做會失去廣告收入也一樣。尤金弟兄是為自由而發聲。而我們有多少人為了真相站出來？我們有多少人回顧起凱旋回城的那一刻？」

教眾們紛紛回應「對」或「神保佑他」或「阿門」，但沒有說得太大聲，以免聽起來像那些如蘑菇不停冒出來的五旬節教派教會；然後他們專注聆聽、安靜聆聽。就連寶寶們也停止哭泣，就彷彿同樣在聆聽。在某些週日，就算班奈迪克神父談起所有人早已知道的事，教眾也會認真聆聽，比如爸爸交出了最大筆的聖彼得節奉金以及聖文森．特德保羅慈善活動的款項。又或者他會談起爸爸是如何為一盒盒的聖餐酒付錢，還有那些修道院裡那群「可敬的姊妹」用來烤聖體的新爐子，另外還有班奈迪克神父特別投注宗教熱忱的聖艾格尼絲醫院。而我會坐在那裡，雙膝彼此緊貼，坐在賈賈身旁，努力讓自己一臉空白，免得露出驕傲表情，因為爸爸說謙虛是非常重要的。

爸爸自己也會在我望向他時擺出一片空白的表情，他在獲頒國際特赦組織的人權獎後接受了一場大採訪，當時在照片中就是留下那種表情。那是他第一次允許自己出現在報上的專題報導中。他的編輯艾德·寇克堅持要他受訪，表示這是爸爸理應獲得的待遇，還說爸爸太謙虛了。這是媽媽告訴我和賈賈的，畢竟爸爸什麼事都不太跟我們說。那種空白的神情會一直在他臉上直到班奈迪克神父的講道結束，直到聖餐禮的時刻正式到來。等爸爸領受過聖餐之後，他會坐回去觀察一個個走向聖壇的信眾，並在彌撒結束後向班奈迪克神父回報，而且是憂心忡忡地回報，比如表示有某個人已經連續兩個週日都沒來領受聖餐。他總是鼓勵班奈迪克神父打電話說服對方回到教會，畢竟能讓一個人連續兩個週日沒來參加聖餐禮的事一定是會讓人失去聖寵的致命罪行。所以爸爸在那個棕櫚主日沒看見賈賈走向祭壇時，一切都變了。我們到家時，他把那本裡頭有紅色及綠色緞帶探出頭來的皮革裝訂彌撒書用力拍在餐桌上。桌面是玻璃製的，很重的玻璃，但被拍得抖動起來，上頭的棕櫚葉片也一樣。

「賈賈，你沒參加聖餐禮，」爸爸沉靜地說，那語氣幾乎像是在提問。

賈賈盯著桌上彌撒書的模樣就像是在對那本書說話。「聖餅會讓我口氣難聞。」

我盯著賈賈瞧。他的腦子裡有神經接錯了嗎？爸爸堅持我們要把那東西稱為「聖體」，因為這個詞更能捕捉到其中的那種本質、那種神聖性，也就是基督身體的化身。「聖餅」聽起來太世俗了，彷彿是爸爸其中一間工廠會製造出來的產品——巧克力餅、香蕉餅，就是人們覺得要為孩子買比普通小餅乾更好的點心時會買的那種威化餅。

「而且神父一直摸我的嘴，我會想吐，」賈賈說。他知道我正盯著他看，也知道我震驚的眼神正在懇求他閉嘴，但他沒有望向我。

「那是我主的身體。」爸爸的聲音很低沉，非常低沉。他的臉已經腫脹起來，那些尖端蓄膿的瘀子本來就散佈在他的每一吋臉皮上，可是此刻整張臉感覺更腫了。「你不能停止領受我主的身體。那是死亡，你很清楚。」

「那就讓我死。」恐懼已經讓賈賈的眼神黯淡下來，變得像是瀝青一樣的顏色，可是此時他望向爸爸的臉。「讓我死，爸爸。」

爸爸快速在房內望了一圈，彷彿在確認是不是有什麼東西從天花板掉下來，而且是他從未想過可能掉下來的東西。他拿起彌撒書甩到房間另一頭，瞄準的是賈賈。結果那本書完全沒碰到賈賈，卻砸到了玻璃陳列架，那可是媽媽常常擦得亮晶晶的陳列架。彌撒書打碎了架子最頂層、把那些只有指頭大小並扭曲出各種姿勢的米黃色芭蕾舞者陶瓷小人偶掃到硬邦邦的地面，接著彌撒書也落到地上。又或者該說是落到那些小人偶的碎片上。彌撒書躺在那裡，那是本巨大的皮革裝訂彌撒書，裡頭包含一個教會年三個週期的全部講經內容。

賈賈沒有動。爸爸則是整個人左右搖晃。我站在門邊看著他們。天花板上的風扇轉了一圈又一圈，連結在上面的燈泡彼此敲擊。然後媽媽走進來，她的橡膠拖鞋在大理石地板上發出啪—啪的聲響。她已經換掉週日穿的那種亮片罩衫及帶有蓬鬆袖子的上衣。現在只穿著週日以外穿的白色T恤搭配在腰間鬆鬆綁起的普通扎染罩衫。那件白色T恤是她和爸爸參加某場靈修活動獲得的紀念品，「神是愛」的文字就爬在她垂垮的乳房上方。她盯著那些小人偶的碎片看，然後跪下開始徒手撿拾。

唯一打破現場沉默的只有天花板風扇切開凝滯空氣時的呼呼作響。儘管我們的寬敞餐廳連接到一個更寬敞的客廳，我還是感覺好窒息。掛著祖父裱框相片的乳白色牆面感覺逐漸變窄，快要將我壓垮。就連玻璃餐桌都似乎正在朝我移動過來。

「Nne, ngwa[1]。去換衣服，」媽媽對我說，她用低沉以及安撫人的聲音說出那幾個伊博字，但我還是嚇了一大跳。接著她一鼓作氣且毫無停頓地對爸爸說，「你的茶要冷了，」然後對賈賈說，「來幫我的忙，biko[2]。」

爸爸在桌邊坐下，他用邊緣有著粉紅花朵圖樣的瓷器茶組倒出茶水。我等他要求賈賈和我也去嘗一小口，他以前總會這樣做。那是「愛的一小口」，他是這麼稱呼的，因為你會把你愛的事物跟你愛的人分享。來嘗這愛的一小口吧，他會這麼說，然後賈賈會先去喝。接著我會用雙手捧住茶杯舉到唇邊。就只有一小口。茶水總是太燙，每次都燙傷我的舌頭，要是那天的午餐放很多胡椒，我紅腫的舌頭就慘了。但這些都沒關係，因為每當茶水燙傷我的舌頭時，爸爸的愛也同時烙進我體內。可是這次爸爸沒有說，「來嘗這愛的一小口吧」。我看著他把杯子舉到唇邊時。他什麼都沒說。

賈賈跪在媽媽身旁，他把教會公報折成扁扁的畚箕形狀，把一塊邊緣凹凸不平的陶瓷碎片放上去。「小心，媽媽，不然那些碎片會割到妳手指，」他說。

我扯了一下垂在黑色教會頭巾底下的一根玉米壟髮辮，確定自己不是在作夢。為什麼他們表現得像沒事一樣？我指的是賈賈和媽媽，他們怎麼一副不知道發生了什麼事的模樣？為什麼爸爸沉默地在喝茶？就好像賈賈剛剛沒對他頂嘴一樣？我緩緩轉身上樓換掉我週日穿的紅色連身裙。

換好衣服後，我坐在我的臥房窗邊。腰果樹離得很近，如果不是有細密交織的銀色紗窗擋著，

1 伊博語，nne是一種親暱的稱呼，在這裡可以直接翻成「寶貝」或「女兒」。Ngwa在此是「來吧」的意思。
2 伊博語，biko是「拜託」的意思。

我伸手就能拔下一片葉子。那些鈴鐺形狀的黃色果實懶洋洋地掛在樹上，吸引嗡嗡作響的蜜蜂不停撞上我的紗窗。我聽見爸爸上樓回到自己的房間準備午睡。我閉上雙眼，坐著不動，等著聽他叫賈賈，等著聽賈賈走進他的房間。可是在安靜而漫長的好幾分鐘後，我張開雙眼，額頭緊貼著百葉窗板往外看。我們的庭院寬廣到可以讓上百人在裡頭跳阿堤洛古[3]，還足以讓每位舞者做出常做的翻筋斗動作後落在隔壁舞者的肩膀上。整個住宅區的圍牆上滿是糾纏的通電鐵絲，那些圍牆高到讓我無法看見開過我們這條街上的車子。雨季剛剛開始，種在牆邊的那些緬梔花已讓庭院內滿溢著甜膩花香。有排九重葛被修剪地像是自助餐檯面一樣平滑工整，其他糾結雜亂的樹跟車道被這排九重葛隔開。距離房子較近的地方有一簇簇生意盎然的木槿花叢，那些花伸展開身體，彼此碰觸，彷彿正在交換花瓣。這些紫色木槿花的植株正擠出睡眼惺忪的花苞，可是綻放的大多還是其他的紅花。那些花開得好快，我指的是那些紅色木槿花，明明媽媽很常把那些花剪下來裝飾教堂的聖壇，而且訪客在走回他們停放車輛的途中也常順手拔下那些花。

大多數拔花的人都是媽媽禱告會的成員。某次有個女人把其中一朵花塞在耳後——我透過窗戶清楚看見她這麼做。但即便是前陣子身穿黑色夾克來訪的兩個政府探員也在離開時用力扯了那些木槿花。他們是開著一輛掛著聯邦政府車牌的皮卡貨車前來，車子停得離木槿花叢很近。他們沒有待很久。之後賈賈說他們是來賄賂爸爸，他說他聽見他們的皮卡貨車上裝滿錢。我不確定賈賈有沒有聽對。可是即便到現在我偶爾還是會想起這件事。我想像那台卡車裡裝滿一疊又一疊的外國貨幣，同時好想知道他們是把錢分裝在許多小紙盒裡？還是裝在一個大紙箱裡？就是裝著新冰箱的那種大紙箱。

媽媽進來時我還在窗邊。每個週日的午餐前爸爸都會上樓小睡，此時媽媽總是一下叫西西在湯裡多加一些棕櫚油，一下又叫西西在椰子飯裡少放一點咖哩，並同時找時間編我的頭髮。她會坐在一張靠近廚房門口的扶手椅上，我則是坐在地上，頭靠在她的大腿之間。雖然廚房很通風，因為窗戶總是開著，但我的頭髮總是會吸入香料氣味，因此編完後把髮辮末端靠近鼻子，我就會聞到埃古斯[4]湯、烏塔茲[5]和咖哩的味道。可是這天媽媽並沒有帶著裝有梳子和髮油的袋子走進房間叫我下樓。她只是對我說，「午餐好了，nne。」

我本來想跟她說，我很遺憾爸爸打破了妳的小人偶，可是說出來的卻是，「我很遺憾妳的小人偶破了，媽媽。」

她快速點點頭，然後搖頭表示那些小人偶也不是很重要。但其實它們很重要。在我還沒懂事的多年前，我總是好奇為何在他們房間發出一些聲響後，她會跑去仔細擦亮那些小人偶。那些聲響就像是有東西被甩到門上。她的橡膠拖鞋從來不會在樓梯上發出任何聲響，可是我一聽到餐廳門打開就知道她下樓了。然後我會下樓看見她站在陳列架邊，手上拎著一條泡過肥皂水的廚房抹布。她至少會花十五分鐘把每一個芭蕾舞者的小人偶擦亮。她的臉上從來沒有淚水。上一次她這樣做是兩週

3 阿堤洛古（atilogu）是一種奈及利亞的舞蹈，肢體動態激烈，阿堤洛古本身的意思可大致翻譯為「具有魔法，像是在施行巫術。」

4 埃古斯（egusi）是一種葫蘆科植物（比如南瓜、西瓜、葫蘆），有人稱為苦西瓜，這種湯會用埃古斯的種子來增添濃稠度。

5 烏塔茲（utazi）指的是一種苦味的葉菜。

前，當時她腫起來的眼睛還是過熟酪梨的黑紫色。她把每個小人偶都擦亮，然後重新排列好。

「我會在吃完飯後幫妳編頭髮，」她說，然後轉身離開。

「好的，媽媽。」

我跟著她下樓。她走路有點跛，像是其中一條腿比另一條腿短，那種步態讓她看起來比實際的體型更嬌小。這道樓梯彎曲成一道優雅的S型弧線，我走到一半時看見賈賈站在走廊上。通常午餐前他會回房讀書，可是今天他沒上樓；他剛剛一直在廚房跟媽媽還有西西待在一起。

「Ke kwanu？[6]」我問，但其實我不用問，只需要看著他就知道他好不好。他那張十七歲的臉已長出皺紋。那些紋路曲折地在他的額頭上延伸，內裡潛藏著陰暗而緊繃的張力。我伸出手握了他的手一下，然後和他一起走進餐廳。爸爸和媽媽已經就座，爸爸正用西西捧在他面前的一個水碗洗手。他等賈賈和我在他對面坐下後開始說飯前禱詞。他花了二十分鐘請求神賜福於這些食物。結束之後，他用好幾個不同稱號誦唸出榮福童貞瑪利亞之名，而我們對每個稱號都回以「為我們禱告」。他最喜歡的稱號是「我們的聖母，奈及利亞人民之盾。」那是他自己創造出來的稱號。真希望人們可以每天使用這個稱號啊，他告訴我們。這樣奈及利亞就不會像是長著一對孩童細腿的大傢伙了。

午餐是福福和歐古卜湯[7]。山藥糰光滑又蓬鬆，西西做得很好。她製作時總是活力四射地敲打山藥，在研磨臼內加入幾滴水，臉頰隨著杵發出的砰—砰—砰聲響而一次次收縮凹陷。那鍋苦葉湯因為一塊塊煮熟的牛肉、魚乾和深綠色苦葉而顯得濃稠。我們沉默地進食。我把我的山藥糰用手指捏成小球，每次沾湯時都確保有一同撈起魚乾碎塊，然後放入口中。我確定湯很好，但我食不知味。我嘗不出味道。我的舌頭感覺像一張紙。
「把鹽遞過來，麻煩，」爸爸說。
我們同時伸手去拿鹽。賈賈和我一起碰到那個水晶鹽罐，我的手指輕掃過他的手指，然後他放開了。我把鹽罐遞給爸爸。沉默變得更漫長了。
「他們今天下午有帶腰果汁來。味道很好。我覺得一定會大賣，」媽媽終於開口。
「叫那個女孩拿過來，」爸爸說。天花板上掛著一根電線，底下有一枚鈴，媽媽按下鈴，西西隨後出現。
「有什麼事？太太。」
「拿兩瓶他們工廠的飲料過來。」
「是的，太太。」
我真希望西西說的是「什麼瓶子？太太。」或是「在哪裡？太太。」總之能讓她和媽媽繼續對話就行，這樣才能掩蓋住賈賈把山藥糰捏成小球時的緊張動作。西西很快把兩個瓶子放在爸爸手邊。瓶子上的標籤就跟爸爸工廠製造的其他所有東西——包括威化餅乾、奶油小餅、瓶裝果汁以及香蕉脆片——一樣有種褪色感。爸爸為所有人倒了那種黃色果汁。我快速伸手拿回我的杯子喝了一小口。果汁很稀。我想讓自己看起來更起勁一點。說不定只要我談起這果汁有多好喝，爸爸就會忘

6 伊博語，「Ke kwanu?」指的就是「你好嗎？」
7 福福（fufu）和歐古卜湯（ongubu soup）指的是發酵山藥糰和苦葉湯。

記他還沒懲罰賈賈。

「很好喝，爸爸，」我說。

爸爸在突起的臉頰內側滾動那些果汁。「沒錯、沒錯。」

「嘗起來是新鮮腰果的味道，」媽媽說。

說點什麼吧，拜託，我想這樣對賈賈說。他現在應該要說些什麼才對。他應該要有所貢獻，他應該要稱讚爸爸的新產品。每次有員工從他的其中一間工廠帶產品的樣品給我們時，我們都會這樣做。

「就像白酒一樣，」媽媽又補充。她很緊張，我看得出來——不只因為新鮮腰果汁的味道一點都不像白酒，也因為她的聲音比平常還低沉。「白酒，」媽媽又說了一次，並為了更仔細地品嘗滋味而閉上眼。「有果香味的白酒。」

「對，」我說。有一顆山藥糰小球從我的指間滑進湯裡。

爸爸眼神犀利地盯著賈賈。「賈賈，你沒有跟我們一起享用飲料嗎？gbo？[8]你的嘴巴沒有要說的話嗎？」他問，這段話用的完全是伊博語。糟糕的前兆。他幾乎不說伊博語的。雖然賈賈和我在家會跟媽媽講伊博語，但他向來不喜歡我們在公共場合這樣做。他說我們在公共場合必須聽起來像是個文明人，所以得說英文。爸爸的妹妹——我們的伊菲歐瑪[9]姑姑——有一次說爸爸實在是個殖民時代的產物。她是用一種溫和、諒解的方式這樣談起爸爸，就好像那也不是爸爸的錯，就像在說某人是因為嚴重瘧疾才會扯開喉嚨胡言亂語一樣。

「你沒有其他話要說嗎？gbo？賈賈？」爸爸又問了一次。

「Mba[10]，我的嘴巴沒有要說的話，」賈賈說。

「什麼？」爸爸的眼睛開始籠罩上一抹陰影，那是之前出現在賈賈眼中的陰影。恐懼。那份恐懼離開賈賈的眼中進入爸爸眼中。

「我沒有話要說，」賈賈。

「果汁很好——」媽媽開始說。

賈賈把椅子往後推。「謝謝主。謝謝爸爸。謝謝媽媽。」

我轉頭盯著他看。至少他是用正確的方式道謝，我們每次吃完飯都會這樣做。但他也做了我們從沒做過的事：在爸爸還沒說飯後禱詞就離開餐桌。

「賈賈！」爸爸說。那抹陰影不停擴大，包裹住爸爸的所有眼白。賈賈拿著他的盤子走出餐廳。爸爸作勢要起身但又癱坐回椅子上。他的臉頰鬆垂，看起來像鬥牛犬。

我伸手拿我的玻璃杯，盯著果汁瞧，那種黃色很稀薄，像尿。我把所有果汁灌進喉嚨，一口飲盡。我不知道還能怎麼做。我這輩子沒遇過這種事，從來沒有。整棟住宅區的圍牆都會崩毀，我很確定，並且壓倒所有緬梔樹。天空會坍下來。伸展在發亮大理石地板上的波斯地毯會皺縮。總之會有什麼事發生。但唯一發生的事就是我噎到了。我的身體因為咳嗽劇烈抖動。爸爸和媽媽衝過來。

8 伊博語，「gbo?」的意思是「有聽見嗎？」應該是跟約魯巴語的「ngbo」同樣意思。

9 伊菲歐瑪（Ifeoma）這個名字源自伊博語，意思是美好的事物。

10 伊博語，「mba」為否定的意思。這裡可翻譯為「沒有」。

爸爸猛力拍打我的背，媽媽則是一邊揉捏我的肩膀一邊說，「O zugo[11]。別咳了。」

那天晚上，我待在床上沒跟家人一起吃晚餐。我斷斷續續地咳嗽，用手背去碰臉頰會覺得燙。我的頭裡有幾千隻怪物在玩令人痛苦的丟接遊戲，可是丟接的不是球，而是來回丟著一本棕色皮革裝訂的彌撒書。爸爸走進我的房間，我的床墊在他坐下輕撫我臉頰時沉了下去。他問我還有沒有需要什麼。媽媽已經在煮歐夫恩薩拉[12]了。我說不用，然後我們沉默地坐著，我們的雙手緊握了很長一段時間。爸爸的呼吸聲向來很吵，可是現在更像是快喘不過氣來，我好想知道他在想什麼。說不定他正在自己的腦中奔跑、正在逃離什麼東西。我沒看他的臉，因為不想看見那些遍佈在他每一吋臉皮上的疹子，真的好多，而且因為分布平均導致整片皮膚看起來很腫。

過沒多久媽媽就帶了一些歐夫恩薩拉上來，可是那種湯的濃郁香氣只是讓我反胃。在廁所吐過之後，我問媽媽賈賈在哪。自從午餐吃完後他就一直沒來看我。

「在他的房間裡。他沒有下樓吃晚餐。」她慈愛地撫弄著我的玉米壟髮辮。她很喜歡這樣。她喜歡用手指追索從我的頭皮不同部位交織又匯流在一起的髮流走向。她會等到下週再幫我編髮。我的髮絲太粗，每次都會在她用梳子去梳時緊緊糾結成一團。現在嘗試梳我的頭髮只會激怒已經在我頭裡的那些怪物。

「妳會買新的小人偶嗎？」我問。我可以聞到她手臂底下如同白堊的除臭劑氣味。她的棕臉可說完美無瑕，只有額頭上那枚最近出現的鋸齒狀傷疤。那張臉上現在沒有表情。

「Kpa[13]，」她說。「我不會買新的。」

說不定媽媽已經意識到她再也不需要那些小人偶了；她明白當爸爸把彌撒書丟向賈賈時，踉蹌摔落的不只是那些小人偶，而是所有的一切。我是直到現在才明白，也是直到現在才允許自己去想這件事。

媽媽離開後，我躺在床上在腦中爬梳過去，爬梳賈賈和媽媽和我更常透過靈魂而非嘴唇對話的那些年。直到我們去了恩蘇卡。恩蘇卡是一切的開端。伊菲歐瑪姑姑那間恩蘇卡小公寓陽臺邊的小花園掀翻了一切沉默。賈賈的反抗在我看來就像伊菲歐瑪姑姑那些實驗性的紫色木槿花：極為少見、香氣中隱含著自由意味，而且跟人們在政變後站在政府廣場上揮舞綠葉呼喊口號時的那種自由不同。那是一種存在的自由，一種行動的自由。

可是我的記憶不是從恩蘇卡展開。而是從更早之前，當時我們前院的木槿花都還是驚人的紅色。

11 伊博語，「O zugo」在此是「別咳了」的意思。
12 歐夫恩薩拉（ofe nsala）是白胡椒湯。
13 伊博語，「Kpa」的意思是「這種情況嗎？」

透過我們的靈魂對話

棕櫚主日之前

媽媽走進房間時我正坐在書桌前，她的雙臂抱著一整堆我的學校制服。她把那堆制服放在我的床上。那些制服是從後院的曬衣繩拿過來的，我今天早上才拿去掛在那邊晾。賈賈和我會洗自己的學校制服，西西則負責洗我們的其他衣物。我們總會把制服布料的一小角浸入泡泡水裡確認會不會掉色，就算我們很清楚不會掉色也會這麼做。爸爸分配給我們洗制服的時間是半小時，我們只想好好利用其中的每一分鐘。

「謝謝妳，媽媽，我正打算要收進來，」我說，然後起身開始摺衣服。讓年紀大的人替妳做家務並不得體，可是媽媽並不介意。她有太多事都不介意了。

「快要下小雨了。我不希望這些衣服濕掉。」她用手摸過我的那些制服，其中有條灰裙子搭配上較為深色的腰帶，長度足以在我穿上時蓋住兩條小腿。「Nne，妳要有個弟弟或妹妹了。」

我盯著她。她正雙膝併攏坐在我的床上。「妳要生小寶寶了？」

「對。」她微笑，一隻手還在撫摸我的裙子。

「什麼時候？」

「十月。我昨天去公寓巷看過我的醫生了。」

「感謝歸於神。」賈賈和我在有好事發生時都會這樣說，因為爸爸期待我們在這種時候這樣說。

「是的。」媽媽放開我的裙子，那動作幾乎是不情願的樣子。「神是信實的。妳知道在妳來到世上後我流產過幾次，村民開始竊竊私語。我們烏木那[1]的成員甚至派人去找妳父親，催促他趕快跟別人生孩子。太多人的女兒都願意獻身了，其中很多人還是大學畢業生。他們有可能生很多兒子，接手我們的家，然後把我們趕出去，就像伊贊度先生的第二任老婆一樣。可是妳父親只要我，他只要我。」她很少一次說這麼多話。她平常說話就跟小鳥吃飯一樣，一次只吃一點。

「是的，」我說。爸爸應該要因為沒有選擇跟另一個女人生更多兒子而受到稱讚，這是當然，而且是他選擇不娶第二個老婆。可是話說回來，爸爸這個人本來就不一樣。我真希望媽媽別拿他去跟伊贊度先生比，或是跟任何其他人比。因為這樣做是看低他，是玷汙他。

「他們甚至說有人用ogwu[2]綁住我的子宮。」媽媽搖搖頭，露出微笑，每次只要談起那些相信神諭的人們，或是有親戚暗示她該去諮詢巫醫的意見，又或是人們重述那些在前院挖出包有一束束頭髮和動物骨頭的布包，而且許多好事正是因為這些東西才無法進展的故事時，她就會露出這種寬容的微笑。「他們不知道神的作為是奧秘的。」

「對，」我說。我小心拿著那些衣服，確保每條摺線的邊緣平整。「神的作為是奧秘的。」我不知道她在幾乎六年前的最後一次流產後還嘗試在生孩子。我甚至無法想像她和爸爸同時躺在他們那張床上的樣子，那是一張比傳統特大雙人床還要大的客製床。當我想到他們之間的親密情感時，我想到的是他們在彌撒上互祝平安的樣子，那時候的爸爸會先和她雙手緊握，再把她溫柔擁入懷中。

「學校都還順利嗎？」媽媽問，然後起身。這問題她之前問過了。

「順利。」

「西西和我要為姊妹們煮摩依摩依[3]，她們很快就要到了，」媽媽說，然後回頭走下樓梯。我跟在她身後把摺好的制服放在走廊的桌子上，西西等等會再拿去燙。

那些姊妹很快就到了，她們是「顯靈聖牌聖母」禱告會的成員。她們唱出的伊博歌曲飄到樓上，在樓上迴盪著，還伴隨著強而有力的拍手聲。她們會花大概半小時禱告和歌唱，然後媽媽會用她低沉的聲音打斷大家，內容即便是我樓上的房門開著也很難聽見，但總之是告訴大家她為大家準備了「一點小東西」。西西開始把一盤盤豆子蒸布丁、加羅夫飯和炸雞端進來時，這些女人就會開始溫柔地責備媽媽。「碧翠絲姐妹，這是怎麼回事？為什麼做這些呢？難道我們對其他姊妹家裡提供的anara[4]有任何不滿嗎？妳不該這麼做的，真的。」然後有個尖銳的聲音會說「讚美主！」並盡可能把第一個字拖得好長。那些讚美主的「阿利路伊亞」聲響衝擊著我的房間牆面，衝擊著客廳內的所有玻璃陳設家具。然後他們會禱告，他們會要求神獎勵碧翠絲姊妹的慷慨，並賜予她比現在更多的祝福。然後叉子鏘—鏘—鏘和湯匙在盤子上的刮擦聲會響徹整棟屋子。媽媽從來不會使用塑膠餐具，就算來客人數很多也一樣。

我聽見賈賈腳步跳躍著跑上樓梯時，她們剛要開始為食物禱告。我知道他會先進我的房間，因為爸爸不在家。如果爸爸在家，賈賈會先回自己的房間換衣服。

1 烏木那（umunna）是伊博語中「家族」的意思。
2 伊博語，ogwu的意思是魔法、魔藥之類的意思。
3 伊博語，摩依摩依（moi-moi），意思是某種調味過的豆子蒸布丁。
4 伊博語，anara，一種茄子。

「Ke kwanu？」我在他走進時這麼問。他身上無論是學校制服、藍短褲，還是那件左胸前有聖尼可拉斯閃亮胸章的白色襯衣，都在前面和後面留有熨燙過的直線。他去年被選為最整潔的國三男生，爸爸當時把他抱得好緊。他覺得自己的背都要斷了。

「很好。」他站在我的書桌邊，漫無目的地翻閱著打開放在我面前的那本《科技入門》教科書。

「妳吃了什麼？」

「加里[5]。」

真希望我們還會一起吃午餐，賈賈用他的眼睛說。

「我也是，」我直接說出口。

以前司機凱文會先到無玷聖心之女學院接我，然後我們再一起去聖尼可拉斯學院接賈賈。賈賈和我會在我們到家後一起吃午餐。現在由於賈賈參加了聖尼可拉斯學院的全新資優學生計畫，所以得上課後班。爸爸重新修訂了他的行程表，但我的沒有改變，而且還規定我不能等他一起吃午餐。我必須吃完午餐、小睡，然後在賈賈到家時開始讀書。

不過賈賈知道我每天午餐吃什麼。我們的廚房牆上有張菜單，媽媽每個月會更換兩次。可是他每次還是會問我。我們常做這件事，就是會問一些彼此早就知道答案的問題。或許是因為這樣我們才不會問出其他問題，那些我們其實不想知道答案的問題。

「我有三份作業得做，」賈賈說，然後轉身打算離開。

「媽媽懷孕了，」我說。賈賈回來在我的床邊坐下。「她跟妳說的？」

「對。預產期是十月。」

賈賈閉上眼睛，一陣子後再次張開。「我們會照顧寶寶；我們會保護那個小男孩。」

我知道賈賈的意思是保護寶寶不受到爸爸傷害，可是我沒說任何有關保護寶寶的話。我只是問，「你怎麼知道是男生？」

「我感覺是男生。妳怎麼想？」

「我不知道。」

賈賈在我的床上又坐了一陣子，然後才下樓吃午餐；我把教科書推到一旁，抬眼，盯著那張貼在牆面高處的每日行程表看。「凱姆比利」[6]的粗體字寫在那張白紙的最頂端，賈賈書桌前方的那張紙上則是寫著「賈賈」。我好想知道爸爸會怎麼為寶寶規劃行程。我的這位新弟弟啊。他會在他還是個寶寶就開始規劃，還是會等到他成為一個能走路的幼兒呢？爸爸喜歡秩序。這件事甚至展現在行程表上，因為他非常仔細地用黑色墨水在上面畫線，並用這些線分隔開每天的讀書和小睡時間、小睡和家庭時間、家庭和吃飯時間、吃飯和禱告時間，還有禱告和睡覺時間。他常會修訂這些行程。在學期中時，我們的小睡時間比較短，讀書時間比較長，就連週末也不例外。而學校放長假時，我們就能有多一點時間跟家人相處、讀報紙、下棋或玩大富翁，還可以聽廣播。

而政變就發生在隔天的家庭時間，那是一個週六。爸爸才剛吃掉賈賈在棋盤上的將軍，我們就聽見收音機裡傳來軍樂，音樂中的肅穆氛圍讓我們下意識地停下動作聆聽。一名有著濃濃豪薩口音

5 加里（Garri）是一種用木薯粉做的食物。

6 凱姆比利（Kambili）這個名字源自伊博語，意思是「讓我活著，不然我必將活著。」

的將軍宣布政變發生，我們有了新政府，而且很快就會得知國家的新領導人是誰。

爸爸把棋盤推到一邊，表示他要去書房打電話。賈賈和媽媽還有我坐著等他回來，三人都沒說話。我知道他是去打電話給他的編輯，艾德．寇克，說不定是要跟他談一些跟政變報導有關的事。等他回來後，我們一邊喝西西用細長玻璃杯送上的芒果汁一邊聽他談政變。他看起來很難過，兩片長方形的嘴唇似乎鬆垮地垂下來。政變會引發更多的政變，他說，然後跟我們談起六〇年代的血腥政變到了最後，是以他離開奈及利亞去英格蘭讀書沒多久後的一場內戰作結。政變總會開啟惡性循環。軍隊裡的男人總是不停彼此推翻，因為他們有能力這麼做，而且全都醉心於權力遊戲。

爸爸告訴我們，當然，政客都很腐敗，《標準報》曾針對許多內閣部長利用外國銀行帳戶藏錢的狀況寫過很多報導，那些都是本來要用來支付教師薪水或興建道路的錢。可是我們奈及利亞人需要的不是士兵統治，我們需要的是一個更新後的民主體制。更新後的民主體制。這說法聽起來很重要，尤其是他的口氣，可是話說回來爸爸不管說什麼聽起來都很重要。他喜歡在說話時把身體往後靠，抬頭往上望，彷彿正在空氣中尋找什麼。我會把注意力放在他的嘴唇上，看著那兩片嘴唇的各種動態，有時還會看到忘我。有時我想永遠保持在這個狀態裡，就這樣聽著他的聲音、聽著他說那些重要的事。他微笑時也會讓我湧起同樣感受，他的臉會開始發光，就像裡頭有著閃亮潔白果肉的椰子一樣裂開。

政變隔天，正準備要出發去參加聖艾格尼絲教堂的賜福禱告前，我們坐在客廳讀報。我們的供應商每天早上都會為我們送來各大主要報紙，而且每家報紙都有四份。這是爸爸的指示。我們先讀《標準報》。只有《標準報》上有批判時事的社論，其中呼籲新的軍政府趕快實施重回民主體制的計畫。爸爸把《今日奈及利亞報》上的其中一篇文章大聲讀出來，其中一個評論專欄作家堅稱這個國家是該有個軍方領導人了，畢竟所有政治家都已失控，而且我們的經濟一團亂。

「《標準報》永遠不會寫這種狗屁不通的話，」爸爸說，他把報紙放下。「更別說把那個男人稱為『總統』。」

「總統這個說法預設他是人民選出來的，」賈賈說。「國家元首才是正確稱呼。」

爸爸露出微笑。我真希望我有比賈賈先提出這點。

「《標準報》的社論寫得很好，」媽媽說。

「艾德不費吹灰之力就能表現得比所有人優秀，」爸爸的語氣中有種漫不經心的驕傲，同時快速掃過其他家的報紙。「〈政權新氣象〉。還真是了不起的標題。他們都很怕啦。大家都在寫原本的平民政府有多腐敗，就好像認定軍政府不會有貪腐問題一樣。這個國家要墮落啦，而且會墮落得很慘。」

「神會拯救我們，」我說，我知道爸爸會喜歡我這樣說。

「對、對，」爸爸點著頭說，然後伸手握住我的手。我感覺我的口中彷彿滿是融化的糖。

接下來幾週，我們在家庭時間讀的報紙都變得不太一樣，所有其他人的語氣都變得更溫順。《標準報》也不一樣了，其中的批判性更強，也比以前提出更多質疑。就連前往學校的車程都不一樣了。在政變後的第一週，凱文會拔下一些綠油油的樹枝插在車子的車牌上方，這樣集結在政府廣場抗議的群眾會讓我們過去，因為那些綠油油的樹枝代表「團結」。不過我們的樹枝看起來始終沒有示威者手上的那麼綠，而有時我們開車經過時，我總是感到好奇，要是加入他們一起擋在車子行駛的路上，並且一起高喊「自由」，那到底會是什麼感覺？

在之後的幾週，凱文開車經過歐古依路時會遇到士兵站在靠近市場的路障邊，他們到處晃盪，同時撫摸著手裡的長槍。他們會把一些車子攔下來搜索。有一次我看見路上有個男人跪在他的寶獅504車旁，雙手高舉在空中。

但家中什麼都沒變。賈賈和我依然遵照我們的行程表度日，也繼續問我們彼此早就知道答案的問題。唯一改變的只有媽媽的肚子：她的肚子開始隆起，不易察覺地逐漸柔軟隆起。她的肚子一開始看起來像顆洩氣的足球，可是到了五旬節週日，肚子把她那件金色刺繡的紅色罩衫撐起的程度足以暗示底下不只有很多層布料，也不是罩衫的尾端打結而已。聖壇上出現跟媽媽罩衫同樣紅色的裝飾。紅色是五旬節的顏色。來訪的神父穿著一件對他來說似乎太短的紅色長袍做彌撒。他很年輕，在讀福音時常抬眼望向群眾，那雙棕色眼睛彷彿能看穿教眾。他在結束後緩慢親吻了《聖經》。這個舉動要是換作其他人可能顯得戲劇化，但他做起來卻不會，反而感覺起來很真實。他告訴我們，他才剛獲得聖職，目前還不知道會被指派去哪一個教區。他和班奈迪克神父有個很親近的共同好友，所以班奈迪克神父邀請他來訪做彌撒時他很高興。不過他沒說我們聖艾格尼絲教堂的聖壇有多美，這裡通往聖壇的階梯可是像擦亮的冰塊一樣發光。他也沒提起這是埃努古最棒的聖壇之一，甚至在整個奈及利亞來說都是最棒的。他不像其他來訪的神父一樣暗示人們更常能在聖艾格尼絲與神同在，從地板延伸到天花板彩繪玻璃上那些光輝燦爛的聖人像也可以阻止神的離開。講道到了一半時，他開始唱起一首伊博歌曲：「Bunie ya enu……[7]」

所有教眾都倒抽了一口氣，有些人嘆息，有些人的嘴巴張成大大的〇。他們已經習慣了班奈迪克神父簡樸的佈道風格，以及班奈迪克神父像鼻子被捏住的單調語氣。他們緩慢地加入一起唱。我看見爸爸緊抿嘴唇。他轉頭想知道賈賈和我有沒有在唱，並在看見我們雙唇緊閉時認可地點點頭。

彌撒結束後，我們站在教堂入口外等爸爸跟擠在他身邊的人群打完招呼。

「早安，讚美神，」他說，然後跟一個個男人握手、跟一個個女人擁抱，他拍拍那些幼童，還捏捏寶寶們的臉頰。有些男人在他耳邊低語，爸爸也悄聲回應，然後那些男人會感謝他，用雙手握住爸爸的手，然後才離開。爸爸終於打完招呼，本來像塞滿牙齒的嘴巴一樣停滿車的寬闊教堂廣場現在幾乎已經全空，我們開始往我們的車子走去。

「那個年輕神父啊，在講道時竟然像五旬節教派教會裡那種不信神的領導人一樣唱起歌，那種教會現在跟蘑菇一樣到處都是。像他那種人只會給教會帶來麻煩。我們一定要記得為他禱告，」爸

7 伊博語，「Bunie ya enu……」在此脈絡下指的是「將祂高舉……」

爸說，他打開梅賽迪斯車的車門，把彌撒書和教會公報放到他的座位上，然後轉身面向神職人員的教區住所。我們總會在彌撒後順路去拜訪班奈迪克神父。

「讓我待在車子裡等吧，biko，」媽媽靠著梅賽迪斯的車門說。「嘔吐物在我的喉嚨裡了。」

爸爸轉身盯著她。我屏住呼吸。那個片刻感覺好長，可是實際上或許只有幾秒。

「妳確定妳要待在車子裡？」爸爸問。

媽媽望著地面。她把雙手按在肚子上，可能是不想讓罩衫的綁結鬆開或努力想把早餐的麵包和茶壓回去。「我的身體不太對勁，」她喃喃地說。

「我問的是，妳確定妳要待在車子裡？」

媽媽抬頭。「我跟你去。感覺其實沒那麼糟。」

爸爸的表情沒有變。他等著她走向他，轉身，然後兩人開始朝著神父的房子走去。賈賈和我跟在他們身後。我在我們走路時看著媽媽。在此之前我都沒注意到她有多憔悴。她那通常如同落花生醬一樣光滑的棕色皮膚現在看起來像是被抽乾所有水分，一片灰白，彷彿哈馬丹風吹過後乾裂泥土的顏色。賈賈透過眼神跟我說話：要是她吐了呢？要是她吐了，我會把我的裙襬撩起來讓媽媽吐在裡面，這樣我們就不會把班奈迪克神父的家搞得太慘。

那棟房子的樣子就像是建築師太晚才發現自己設計的是間住宅，而非教堂。通往用餐區域的拱門就像聖壇入口，牆上放著奶油色電話的方形凹陷像是準備好接收聖體的空間，客廳一旁的小書房說是塞滿神聖典籍、彌撒祭衣以及多餘聖餐杯的祭衣室也不為過。

「尤金弟兄！」班奈迪克神父說。他那張蒼白的臉在看見爸爸後綻放出一抹微笑。他正坐在餐桌邊用餐。桌上的切片水煮山藥看起來像午餐，但同時又有一盤更像是早餐的煎蛋。他要我們跟他一起吃。爸爸代表我們拒絕後走到桌邊，用我們很難聽見的音量講話。

「妳還好嗎？碧翠絲？」班奈迪克神父問，他抬高音量好讓客廳的媽媽可以聽見。「妳看起來不太好。」

「我沒事，神父。只是因為天氣在過敏，你也知道，就是哈馬丹風和雨季交替的時候。」

「那麼，凱姆比利和賈賈，你們享受這場彌撒嗎？」

「是的，神父。」賈賈和我同時說。

我們沒多久就離開了，跟平常拜訪班奈迪克神父的時間相比稍微早一點。爸爸在車上沒說話，他的下巴像在磨牙一樣左右移動。我們都沉默地聽著錄音機傳出的〈萬福瑪利亞〉。到家後，西西把爸爸的茶組拿出來，其中的陶瓷茶壺有個裝飾精美的小把手。爸爸把他的彌撒書和教會公報放在餐桌上，坐下。媽媽在一旁繞著他打轉。

「讓我幫你倒茶，」她主動提議，但她之前從沒伺候過爸爸喝茶。

爸爸沒理她，自己倒好茶，然後要賈賈和我喝一小口。賈賈喝了一小口，把杯子放回碟子上。爸爸拿起來遞給我。我雙手捧著喝了一小口加了糖和奶的立頓茶湯，然後放回碟子上。

「謝謝你，爸爸，」我感覺那份滾燙的愛烙上我的舌頭。

我們上樓換衣服，賈賈和媽媽還有我一起。我們踩在樓梯上的腳步聲就跟我們每週日一樣節制而靜默：這等待的靜默會延續到爸爸小睡結束，我們才可以吃午餐。接下來是內省時光的靜默，爸爸會給我們一段經文或一本早期教會神父的著作閱讀，或要我們深刻沉思其中意涵。然後是晚禱玫瑰經的靜默。再然後是我們開車去教會參加賜福禱告的靜默。就連我們在週日的家庭時間也是一片靜默，沒有任何人在下棋或討論報紙內容，這樣做可說更符合安息日的氛圍。

「說不定西西今天可以自己煮午餐，」賈賈在我們走到弧形樓梯的頂端時說。「妳午餐前該休息，媽媽。」

媽媽正打算說些什麼，但沒說，只是用手飛速遮住嘴巴，然後趕忙跑回她的房間。我站在原地聽她從喉嚨深處發出尖細的嘔吐聲，然後回到自己的房間。

午餐是加羅夫飯，搭配的是拳頭大小且骨頭都已經酥掉的炸阿祖[8]，另外還有恩果恩果[9]。爸爸喝掉了大部分的胡椒湯，他的湯匙在玻璃碗內的嗆辣湯汁內不停猛撈。靜默如同雨季的藍黑色雲朵籠罩著餐桌。只有外頭吵雜的歐奇里[10]鳥會打破這片靜默。每年這些鳥都會在第一場降雨之前抵達此處，在餐廳外的酪梨樹上築巢。賈賈和我有時會在地上找到掉下來的鳥巢，那些巢是用細枝、乾草和媽媽用來編髮的繩子碎段交纏而成，其中的繩子是從後院的垃圾桶裡叼來的。

我率先吃完午餐。「謝謝主。謝謝爸爸。謝謝媽媽。」我把雙臂交抱在胸前，等大家吃完一起禱告。我沒有望向任何一個人的臉，只是把眼神聚焦在掛在對面牆上的祖父照片。

爸爸開始禱告，他的聲音聽起來比平常顫抖。他首先為食物禱告，然後要求神原諒那些嘗試阻撓祂旨意的人、那些把個人的自私欲望擺在前面，而且不想在彌撒後去拜訪服侍祂的那種人。媽媽的「阿門」在整個餐廳內迴盪。

午餐後，我待在自己房裡，為了之後要在家庭時間談起病人傅油聖事的聖經源頭而在讀雅各書

第五章，然後就聽到了那些聲響。在我父母臥房那扇手工雕刻的門後傳來幾聲沉重的悶響。我想像是門卡住了，爸爸努力想把門打開。如果我可以想像地更努力一點或許就會成真。我坐下，閉上雙眼，然後開始數數。數數讓一切感覺沒有那麼漫長，也讓一切感覺起來沒那麼糟。有時一切在我還沒數到二十就結束了，而當我數到十九時，聲響停止。我聽見門打開。爸爸在樓梯上的腳步聲聽起來比平常更沉重、更笨拙。

我走出我的房間，此時賈賈也從他的房間走出來。我們站在樓梯頂端的平台看著爸爸往下走。媽媽像他在塞梅邊境區工廠員工大量購買的大麻米袋一樣癱趴在他的肩膀上。他打開餐廳的門。然後我們聽見前門打開，還聽見他對守衛阿達穆說了些話。

「地板上有血，」賈賈說。「我去廁所拿刷子。」

我們清掉那一滴滴落在地面的血跡，那些血跡不停延伸，就像是有人拿著滲漏的水彩罐一路往樓下走。賈賈負責刷，我負責擦。

媽媽那天晚上沒回來，賈賈和我獨自吃晚餐。我們沒談起媽媽，反而談起兩天前因為運毒遭公開處死的三名男子。賈賈有聽到一些男生在學校聊起這件事。處死過程有在電視上播放。那些男人

8 阿祖（azu）是魚。

9 恩果恩果（ngwo-ngwo）是山羊內臟胡椒湯。

10 歐奇里（ochiri）是一種鷺鳥。

被綁在柱子上，他們的身體即便在子彈已經不再打之後還是不停顫抖。我把班上女生說的話告訴賈賈：她母親把電視關掉，問她為何有必要看著自己的同胞死去，還問那些聚集在行刑現場的人有什麼毛病。

晚餐過後，賈賈做了飯後禱告，還在結尾為媽媽添加了一段短短的禱詞。就在我們根據行程表在各自的房內讀書時，爸爸回來了。我正在我的《初級中學農業入門》的內摺頁中畫一個懷孕的火柴人，爸爸走進我的房間。他的雙眼紅腫，整個人不知為何因此看起來更年輕，也更脆弱。

「妳母親明天會回來，大概是妳從學校回來的時候。她不會有事的，」他說。

「是的，爸爸。」我把眼神從他的臉上移開，重新望向我的課本。

他抓住我的肩膀，用輕柔的劃圓動作揉捏著。

「站起來，」他說。我站起來，他抱住我，他把我抱得好緊，我可以感覺他在那顆在柔軟胸膛下跳動的心臟。

媽媽在隔天下午回家。凱文開著寶獅505車把她載回來。那台車的副駕駛座門上醒目得印著工廠名字，平常大家也是用這台車載我們上學和放學。賈賈和我站在前門等待，距離近到肩膀可以碰在一起。我們趕在她碰到門把前幫她打開門。

「Umu m[11]，」她說，然後擁抱我們。「我的孩子們。」她穿著之前那件胸口寫著「神是愛」的白色T恤，身上的綠色罩衫垂掛到腰際，下擺比平常還低，並在側邊懶散地綁著一個結。她的眼神空洞，就像那些在鎮上路邊垃圾堆附近遊蕩的瘋子。他們總是拖著一個破爛骯髒的帆布袋，裡頭裝著他們人生的各種碎片。

「發生了意外，寶寶沒了，」她說。

我稍微往後退開，盯著她的肚子看。她的肚子看起來還是大大的，罩衫也依然被往外推出一個微微的弧形。她真的確定寶寶沒了嗎？我還盯著媽媽的肚子看時，西西走了進來。西西的顴骨很高，導致她總是帶著一種有稜有角、又好像對什麼詭異地感到興味盎然的神情，就好像她總在嘲諷你、嘲笑你，但你永遠不會知道為什麼。「午安，太太，nno[12]，」她說。「要現在用餐還是等洗完澡之後？」「啊？」有那麼一瞬間，媽媽似乎不明白西西在說什麼。「現在不要，西西，現在不要。給我準備水和一條毛巾。」

媽媽站在客廳中央抱住自己，在西西帶了裝在塑膠盆裡的水和一條廚房毛巾進來前，她就這樣站在在靠近玻璃桌的旁邊。陳列架有三層精巧細緻的玻璃，每層都放著正在跳芭蕾舞的米白色小人。媽媽盯著最下層看，她把層架和小人偶擦亮。我坐在最靠近她的皮沙發上，距離近到伸手就能把她的罩衫拉平。

「Nne，現在是妳的讀書時間。上樓去，」她說。

「我想待在這裡。」

她緩慢地用那塊毛巾擦一個小人偶，那個小人有一支火柴棒大小的腿高舉在空中。然後她說。

11 伊博語，Umu m的意思是「我的孩子們」。

12 伊博語，nno的意思是「歡迎」。

「Nne，去吧。」

我上樓坐下，盯著我的課本看。那些黑色的印刷字變得模糊，每個字母都跟彼此泡在一起，接著一切變成亮紅色，像鮮紅色的血。那片感覺很稀薄的血不但從媽媽體內流出來，也從我眼中流出來。

之後吃晚餐時，爸爸說我們要誦唸十六種不同的九日敬禮，目的是要讓媽媽獲得原諒。然後到了週日，也就是聖三一主日後的第一個週日，我們在彌撒結束後留下來進行九日敬禮。班奈迪克神父用聖水灑在我們身上。有些聖水落在我的唇上，於是我在禱告時品嘗著那令人難受的鹹味。假如爸爸感覺到賈賈和我開始在第十三次誦唸〈聖猶達祈求禱文〉時失神，他會提議我們從頭再來一次。我們得把事情做對。我沒有去想，我甚至沒有想到要去想，媽媽到底要因為什麼獲得原諒。

課本裡的字在我每次閱讀時變成血。即便第一學期的考試逐漸逼近，即便我們已經開始進行課程複習，我還是無法讀懂那些字。

就在第一場考試的前幾天，我在房內讀書，努力想要一次專注地讀懂一個字，此時門鈴響了。來的人是伊宛德[13]・寇克，她是爸爸的報社編輯的妻子。她正在哭。我可以聽見是因為我的房間就在客廳正上方，此外也因為我從未聽過有人哭這麼大聲。

「他們把他抓走了！他們把他抓走了！」她一邊發出粗啞的啜泣聲一邊說。

「伊宛德、伊宛德，」爸爸說，他的聲音比她的聲音低沉許多。

「我該怎麼辦，先生？我有三個孩子！其中一個還在吸我的奶呢！我要怎麼獨自把他們養大？」

我幾乎聽不清楚她說的內容，反而是清楚聽見了彷彿有什麼鯁住她喉嚨的聲音。然後爸爸說，「伊宛德，別這樣說。艾德會沒事的。我向妳保證。艾德會沒事的。」

我聽見賈賈離開他的房間。他會走到樓下假裝要去廚房喝水，然後在靠近客廳的門口站一陣子偷聽。等他再次上來後，他告訴我士兵在艾德・寇克開車離開《標準報》編輯辦公室時逮捕了他。我想像艾德・寇克被拖出他的車子，塞進另一台車，那很可能是台塞滿士兵的黑色旅行車，所有士

13 伊宛德（Yewande）這個名字源自約魯巴族，意思是「母親已歸來」，指的是家族中有年長女性過世，但之後又有女嬰出生。

兵手上抓著的槍都垂在窗外。我想像他的雙手因恐懼而顫抖，長褲上還有片濕漉漉的痕跡正在擴大。

我知道他被逮捕是因為上一期《標準報》進行的大型頭條報導，其中談及國家領導人和他的妻子是如何付錢叫人把海洛因運到國外，另外還質疑了最近處死三個人的行動決策，以及誰才是真正的大毒梟。

賈賈說他透過鑰匙孔偷看到爸爸正握著伊宛德的手禱告，並要她複誦「凡信靠祂的都不致被遺棄。」

我在接下來幾週考試時也是向自己重複這幾句話。當凱文開車載著把成績單緊貼在胸口的我回家時，我不停複誦也是這句話。「可敬的姊妹」並沒有把我們的成績單密封起來。我在班上考了第二名。上頭用數字寫著「2/25」。我的班導師克拉拉修女在上面寫道，「凱姆比利有著超乎年齡的聰慧，安靜又負責任。」校長露西修女長則寫道，「聰明、聽話的學生，也是足以讓人驕傲的女兒。」可是我知道爸爸不會感到驕傲。他常跟賈賈和我說，既然他花了那麼多錢在無玷聖心之女學院和聖尼可拉斯學院，就沒有要看到其他小孩考得比我們好。從來沒有人花錢讓他上學，他那不信神的父親特別沒有，他指的是我們的恩努克烏爺爺，但他仍然每次都拿第一名。我想讓爸爸感到驕傲，我想表現得跟他以前一樣好。我需要他摸摸我的後頸，對我說我正在完成神的定旨。我需要他抱緊我說，一旦受賜予的多、背負的期待也多。我需要他對我微笑，而且是那種點亮整張臉的微笑，我的心會因此暖起來。可是我只考了第二名。我留下了失敗的汙點。

媽媽甚至在凱文還沒把車子在車道上完全停下就打開了車門。她總會在學期的最後一天站在前門等待，一邊唱著伊博語讚美歌一邊擁抱賈賈和我，同時還輕撫著我們手中的成績單。那是我們唯一會在家高聲歌唱的時刻。

「O me mma, Chineke, o me mma……[14]」媽媽開始唱歌，然後在我開口向她打招呼時停下。

「午安，媽媽。」

「Nne，一切順利嗎？妳的臉色有點陰沉。」她站到一邊讓我過去。

「我拿了第二名。」

媽媽沉默了一下。「來吃飯。西西煮了椰子飯。」

爸爸回家時我正坐在書桌前。他腳步笨重地爬上樓梯，每一下沉重的腳步聲都在我腦中掀起一股亂流，然後他走進賈賈的房間。賈賈一如往常拿了第一名，所以爸爸會為他感到驕傲，他會擁抱賈賈，把他的雙臂搭在賈賈的肩膀上。不過這次他在賈賈的房間裡待了一段時間，我知道他在仔細檢視每一個科目的成績，想確認有沒有哪一科成績比上學期少了一、兩分。有些什麼正在擠壓我膀胱內的液體，所以我衝去廁所，等從廁所出來時，爸爸已經在我的房間裡。

「晚安，爸爸，nno。」

「學校順利嗎？」

我想說我拿了第二名，這樣他就會立刻知道了，我也能立刻承認我的失敗，可是我卻說，「順利，」然後把成績單遞給他。他打開成績單的時間漫長得像永遠，仔細讀內容的時間更是漫長。我

14 伊博語，「O me mma, Chineke, o me mma……」的意思是「善行者，神，善行者……」

嘗試在等待時調節自己的呼吸節奏，但同時也始終清楚自己做不到。

「誰拿了第一名？」爸爸終於開口問。

「琴威・吉德茲。」

「吉德茲？上學期拿第二名的那個女生？」

「對，」我說。我的肚子開始發出聲音，那種空洞的攪動聲似乎太響亮了，就算我努力吸緊肚子也不肯停下來。

爸爸又盯著我的成績單看了一陣子，然後說，「下樓吃晚餐。」

我走下樓。我的雙腿像是沒有關節，就是兩條直直的木頭。爸爸回家時帶了一些新餅乾的樣本，他把那些綠色包裝的小餅乾分給大家。然後我們開始吃晚餐。我咬了一口小餅乾。「非常好吃，爸爸。」

爸爸咬了一口，咀嚼起來，然後望向賈賈。

「有一種清新的滋味，」賈賈說。

「非常美味，」媽媽說。

「神的恩典一定會讓這餅乾大賣，」爸爸說。「我們的威化餅現在已經成為市場領導商品，這個餅乾也會一樣。」

我卻沒有、也沒辦法在爸爸說話時看著他的臉。水煮山藥和胡椒味蔬菜無法進入我的喉嚨，像是在孤兒院門口緊抓母親手不放的小孩一樣緊巴住我的口腔內壁。我喝下一杯杯的水，想把食物沖下去，所以等到爸爸開始進行飯後禱告時我的胃裡已經脹滿水。等他講完後，爸爸說，「凱姆比利，跟我上樓。」

我跟在他身後。他穿著他的紅色絲綢睡衣爬上樓梯，屁股像玉米煎餅一樣顫抖搖動。做得很好的玉米餅都會這樣抖，像果凍一樣。爸爸房內的奶油色裝潢每年都會變，但基本上都是不同的奶油色。那條會在你踩上去時下陷的長毛絨毯是單純的奶油色、窗簾只有在邊緣有些許棕色刺繡，而兩張奶油色皮製扶手椅擺在一起的樣子就像有兩人坐在一起親密對話。這一切奶油色混在一起後讓整個房間看起來更寬廣，彷彿沒有盡頭，就算想逃跑似乎也沒辦法，因為根本沒有可以跑去的地方。我小時候想到天堂時，腦中出現的畫面就是爸爸的房間，包括其中的柔軟、其中的奶油質感，以及那種永無止境的錯覺。每當哈馬丹暴風雨在屋外肆虐，導致一顆顆芒果敲打紗窗，還讓所有通電鐵絲彼此拍打後爆出橘色火焰時，我都會鑽進爸爸的懷抱。爸爸會讓我待在他的雙膝之間，或用散發出安全氣味的奶油色毯子把我包裹起來。

我現在坐在一條類似的毯子上，那條毯子就放在床鋪邊緣。我輕巧脫掉拖鞋，讓我的雙腳陷入地毯，然後決定讓我的腳就這樣陷在裡面，讓腳趾像被包裹著。這樣至少有一部分的我能感覺安全。

「凱姆比利，」爸爸深呼吸著說。「妳這學期沒拿出最好的表現。妳之所以得第二名是妳選擇的結果。」他的眼神很憂傷。深沉而憂傷。我想碰觸他的臉龐，想用我的手撫摸過他如同橡皮的軟趴趴臉頰。他的雙眼中藏著一些我永遠不會知道的故事。

電話在那時候響了起來。自從艾德·寇克被逮捕後，家裡的電話響得更頻繁了。爸爸接起話筒低聲講了起來。我坐著等他，但他只是抬起頭揮手要我走開。他隔天也沒有再叫我去談我的成績單，再隔天也沒有決定要怎麼懲罰我。我猜他可能太專心在處理艾德．寇克的事，可是即便過了一週，在他終於把他從牢裡弄出來後，他也沒再提起我的成績單。同樣地，他沒有告訴我們他把艾德．寇克搞出監獄了，我們是直接看見他的社論文章重新出現在《標準報》上，其中寫的是自由的價值，還提到他的筆不會、也無法停止書寫真相。可是他沒有提起自己之前被拘留在哪裡、誰逮捕了他，或者他們對他做了什麼事。最後他用一條斜體字附註感謝了他的出版人：「一個正直的人，也是我所知道最勇敢的男人。」我跟媽媽一起坐在沙發上，當時是家庭時間，我把那行字讀了一遍又一遍，然後閉上雙眼感覺一股激流穿過我的身體。我在彌撒結束後聽見班奈迪克神父談起爸爸時也會有同樣感覺，在打完噴嚏後也會有同樣感覺。那種感覺好清澈，又讓人感到輕微的癢刺。

「感謝神，艾德沒事，」媽媽說，她用雙手撫摸過報紙。

「他們在他的背上捻熄菸蒂，」爸爸搖著頭說。「他們在他背上捻熄了好多菸蒂。」

「他們會獲得報應，但不會在這個俗世，mba，」媽媽說。雖然爸爸沒有對她微笑——他看起來實在憂傷到無法露出微笑——我卻好希望是我能在媽媽開口前說出這句話。我知道爸爸很喜歡聽到她這麼說。

「我們現在要地下出刊了，」爸爸說。「大環境對我的職員不安全。」

我知道地下出刊的意思是報紙會在一個祕密的地方出刊。但我想像的是艾德．寇克和其他職員在一個地底下的辦公室工作，有盞螢光燈的光線溢滿整個陰暗潮濕的空間，而其中的所有男人都俯首桌前，不停書寫真相。

那天晚上，爸爸在祈禱時多添加了一個較長的段落，他希望神讓那些統治我們國家的不信神男人們速速垮台，然後他一次又一次地誦唸著，「我們的聖母，奈及利亞人民之盾，請為我們禱告。」

學期與學期之間的假期很短，只有兩週，而在重新開學前的那個週末，媽媽帶賈賈和我去市場買新的涼鞋和書包。我們其實不需要這些東西，畢竟我們的書包和棕色皮涼鞋都還很新，才用了一學期。可是那是我們唯一可以不受管束的固定行程，也就是在每個新學期開始前上市場，而且不用獲得爸爸允許就可以在凱文載著我們時把車窗搖下來。在市場的外圍，我們盯著那些在垃圾堆附近的半裸瘋子看、那些漫不經心停下腳步拉下拉鍊在街角撒尿的男人，還有那些在老闆終於從後方探出頭來之前，看似在跟一堆堆綠色蔬菜大聲討價還價的女人。

在市場的陰暗巷道內，我們不停甩開那些想把我們拉過去的商販，他們總是說「我有你要的東西，」或是「跟我來，在這裡，」但其實他們根本不知道我們要什麼。我們因為那些鮮肉的血味以及魚乾的霉腐味皺起鼻子，低頭穿過在蜂蜜賣家棚子上方嗡嗡盤旋成一片厚重雲朵的蜜蜂。

帶著涼鞋和一些媽媽買的布料離開市場時，我們看見有一小群人聚集在我們剛剛經過的路邊蔬菜攤前。有些士兵正在來回走動。市場裡有女人在大叫，其中許多人把雙手放在頭頂上，那是人們表現出絕望或震驚時會做的姿勢。有個女人躺在泥土地上嚎哭，雙手扯著自己短短的爆炸頭捲髮。她的罩衫已經散開，白色內衣露了出來。

「走快一點，」媽媽和賈賈及我走得更近，我感覺到她想要擋住不讓我們看見那些士兵跟那個女人。就在我們快速經過時，我看見那個女人對士兵吐口水，也看見士兵把一根鞭子高舉到空中。那根好長的鞭子先是在空中捲曲起來，之後才落到女人的肩膀上。另外一個士兵正在把一盤盤水果踢到地上，他一邊用靴子把一顆顆木瓜踩爛一邊笑。等我們上車後，凱文跟媽媽說那些士兵收到命令要摧毀那些蔬果攤，因為全都是違建。媽媽沒說話。望向窗外的她就彷彿還想看那些女人最後一眼。

搭車回家時，我想著那個躺在泥地上的女人。我沒看見她的臉，但卻感覺像是認識她，彷彿我們一直認識著彼此。我真希望可以過去扶她起來，並把沾在她罩衫上的紅色泥土清乾淨。

我在隔天爸爸載我去學校時也還想著她。他在歐古依路上慢下車速，把一些平整乾淨的奈拉紙幣甩向一個大字形躺在路邊的乞丐。他的附近有些孩子正在叫賣已經剝好皮的橘子。那個乞丐盯著紙幣看，然後站起身對著我們的背影揮手，而且又是拍手又是跳上跳下。我本來以為還他的腿瘸了呢。我透過後照鏡看他，用雙眼穩穩地盯住他，直到他終於消失在我的視線範圍內。他讓我想起那個躺在泥地上的女人。他的喜悅中有種無助，那個女人的絕望中也有同樣的無助。

環繞著無玷聖心之女初中學院的圍牆很高，就跟我們家的圍牆差不多高，但最上頭沒有纏繞著許多通電鐵絲，而是插著一塊塊不規則形的綠色玻璃碎片。爸爸說在我讀完小學後，就是這些牆讓他下定決心送我來這裡上學。紀律是重要的，他說。你不可能讓年輕人用梯子翻牆到鎮上撒野，但那些聯邦政府學院的人就是這麼搞的。

「這些人根本不會開車，」爸爸在開到學校大門口時喃喃地說。許多車在這裡車頭對著車頭猛按喇叭。「第一個開進校區也沒有獎品好嗎。」

有些年紀比我小的女孩不顧學校門口守衛的攔阻，努力擠到車子旁兜售剝皮橘子、香蕉和落花生，她們身上被蛀蟲咬爛的上衣不停從肩膀上滑下來。爸爸終於小心翼翼地把車子開進寬廣的校區內，經過仔細修整的草坪，最後在排球場附近停下來。
「你們班在哪裡？」他問。
我指向位於一些芒果樹旁的建築。爸爸和我一起下車，我不知道他在做什麼、不知道他為什麼在這裡，也不知道為什麼他要求凱文載賈賈去學校，然後自己開車載我上學。
我們走向教室時，瑪格麗特修女看見了他。身邊圍繞著學生和幾位家長的她興高采烈地向他揮手，然後搖搖擺擺地快步朝我們走來。她的口中飛出大量話語：爸爸最近過得如何？您對我在無玷聖心之女學院推動的進展還滿意嗎？下週接待主教時會來現場嗎？
爸爸改變了說話的口音，此刻的他聽起來像個英國人，就跟他和班奈迪克神父說話時的狀態一樣。他很殷勤，帶著一種面對宗教人士時總會出現的討好態度，尤其是面對身為白人的宗教人士時特別如此。他之前掏出用來重新裝修無玷聖心之女圖書館時的支票時態度也是這麼殷勤。他說他只是來看看我的教室，瑪格麗特修女則表示，如果有任何需要都請跟她說。
「琴威．吉德茲在哪裡？」爸爸在走到我們教室前方時這麼問。有群女孩站在門邊說話。我四下張望，感覺太陽穴上壓著重物。爸爸會做什麼？琴威那張膚色較淡的臉就在那群女孩中央，一如往常。
「她是中間那個女孩，」我說。爸爸要去跟她說話嗎？他要因為她拿了第一名而去扯她的耳朵嗎？我好希望地面現在裂開，這樣就能把整間學校的所有建築吞噬進去。
「看看她，」爸爸說。「她有幾顆頭？」
「一顆。」我不需要看著她就能回答這個問題，但我還是望向她。

爸爸從口袋裡掏出一把小鏡子，尺寸就跟粉盒差不多大小。「看著鏡子。」

我呆呆盯著他。

「看著鏡子。」

我接過鏡子，往裡頭看。

「妳有幾顆頭？gbo ？」爸爸問，這是他今天第一次說伊博語。

「一顆。」

「這女孩也只有一顆頭。她可沒有兩顆頭。所以為什麼妳讓她拿了第一名？」

「不會再發生了，爸爸。」一陣輕巧的伊庫庫[15]吹來，掀起的沙土就像是彈簧被拉長的棕色螺旋。我可以感覺嘴唇沾上沙粒。

「妳覺得我為什麼這麼努力給妳和賈賈最好的生活？妳既然擁有這麼多優渥的條件，就必須拿出好表現。因為神給了妳很多，對妳的期待也很多。祂期待的是完美。我沒有把我送去頂尖學校的父親。我的父親把大部分時間都花在崇拜樹木和石頭的神明。如果沒有傳教團的神父和修女，我今天什麼都不是。我曾經有兩年是那位教區牧師的男僕。沒錯，男僕。沒人會把我送去學校。我每天走八英里路到尼莫才讀完小學。我就讀聖葛利果初中時還擔任神父們的園丁。」

這些話我之前都聽過了，就是他曾經多麼努力、「可敬的姊妹」傳教團和神父對他的教誨，以及他從他那位崇拜偶像的父親——也就是我的恩努克烏爺爺——那裡什麼都沒學到。可是我還是點點頭並表現出警醒的樣子。我希望班上的女孩沒在想我父親和我到底為什麼跑來學校的教室大樓前方進行這麼長的對話。終於，爸爸不再說話。他把鏡子收了回去。

「凱文會來這裡接妳，」他說。

「是的，爸爸。」

「再見啦。好好念書。」他從我的身側擁抱我。那是個很短暫的擁抱。

「再見啦，爸爸。」我望著他沿兩邊滿是無花矮綠樹叢的小徑離開，此時集合的鐘聲響起。

集合的現場非常喧鬧，露西修女長不得不好幾次表示，「好了，女孩們，我們安靜！」我一如往常地站在隊伍的最前方，因為後方屬於各個女孩小團體，畢竟她們不停咯咯發笑，又對彼此講悄悄話，所以必須躲避老師的視線。老師們站在高聳的講台上，身穿白色和藍色修女服的她們像是高聳的雕像。我們唱了一首《天主教聖歌集》裡面的歡迎曲，露西修女長把《馬太福音》的第五章一路讀到第十一節。然後我們唱了國歌。唱國歌對無玷聖心之女學院來說是相當新鮮的舉動。這是去年開始的事，因為有些家長擔心他們的孩子不知道國歌或效忠宣誓詞。我在唱歌時一直觀察著那些修女。「可敬的姊妹」中只有奈及利亞人有唱，她們的白亮牙齒在深黑色皮膚的畫布上閃爍著。至於「可敬的姊妹」中的白人只是雙手抱胸站著，或是輕撫吊掛在手腕上的玫瑰念珠，仔細確認每個學生的嘴唇都有在動。結束之後，露西修女長在厚重鏡片後的雙眼瞇起掃過一排排學生。她總會選一個人帶頭唸出效忠宣誓詞。

「凱姆比利．阿柴克，請開始念誓詞，」她說。

露西修女長之前從沒選過我。我張開嘴，可是發不出聲音。

15 伊庫庫（Ikuku）在伊博語中的意思是「風」。

「凱姆比利．阿柴克？」露西修女長和學校的其他人都轉頭盯著我。

我清清喉嚨，努力想讓自己發出聲音。我認識誓詞的每個字，腦中也想著每個字，可是就是無法從我口中說出那些字。我腋下的汗水溫暖潮濕。

「凱姆比利？」

終於，我結結巴巴地開口，「我宣誓效忠於奈及利亞，我的國家；我宣誓忠誠、效忠、正直……」

學校的其他人一起加入，而我一邊蠕動嘴唇一邊嘗試讓呼吸緩和下來。集會結束後，我們列隊走回教室。我們班遵照往常的既定模式準備開學，包括擦椅子、掃掉桌子上的灰塵，還有抄寫黑板上的全新學期課表。

「假日過得如何？凱姆比利？」艾辛恩靠過來問。

「還行。」

「有去國外旅行嗎？」

「沒有，」我說。我不知道還能說什麼，可是我想讓艾辛恩知道，儘管我總是表現笨拙又不太會說話，但還是很感謝她對我這麼親切。我想說謝謝妳沒有嘲笑我，也沒有像其他女生一樣說我是「自以為高等的土豪」，可是說出來的話卻是，「妳有去旅行嗎？」

艾辛恩笑了。「我嗎？O di egwu[16]。那是妳、加布里耶拉和琴威那種人才能旅行，就是家裡很有錢的那種人啦。我只是回村裡拜訪我的奶奶而已。」

「喔，」我說。

「為什麼妳爸今天早上來學校？」

「我……我……」我停下來深吸一口氣，因為知道如果不這樣做會口吃得更厲害。「他想看看我班上的狀況。」

「妳看起來跟他很像。我是說，妳沒那麼大塊頭，可是五官和膚質都一樣，」艾辛恩說。

「對。」

「我聽說琴威上學期把第一名從妳手上奪走了。Abi[17]？」

「對。」

「我想妳爸媽一定不介意吧。啊！啊！畢竟從我們的第一學期開始，妳就一直拿第一名啊。琴威說她爸有帶她去倫敦。」

「喔。」

「我拿了第五名，對我來說是進步，因為再前一個學期是第八名。妳也知道，我們這班很競爭。我小學時都拿第一名。」

此時琴威．吉德茲來到艾辛恩的桌子旁。她的聲音很高亢，像鳥在叫。「我打算這學期繼續當班長，我的小艾蝶，所以一定要投給我喔，」琴威說。她的校裙在腰部收得很緊，她的身體因此分

16 伊博語，「O di egwu」的意思有很多，可以是「對啦！太可怕了！（諷刺）」或是「太讚了吧」。在此應該是有諷刺的意思，口語上或許可翻為「最好有那麼讚」。

17 「Abi」的意思是「真的嗎？」

成上下兩個圓潤的部分，就像數字8。

然後完全不令人驚訝的是，琴威忽略我，直接走向坐在我隔壁桌的女孩，對她重複了剛剛說的話，只是這次用的是她自己想出來的另一個暱稱稱呼她。琴威從沒跟我說過話，就連我們為了農業科學課蒐集雜草做標本冊編在同一組時也沒有。女孩們會在短短的下課時間圍到她的桌子旁，大家一起發出銀鈴般的笑聲。她們的髮型通常跟她一模一樣——如果琴威那週的髮型是伊西歐烏[18]，那大家的髮型就會是一根根編成髮繩的黑色髮棒，如果琴威那週是舒庫[19]髮型，那大家就會在頭皮上編滿曲折的玉米壟髮辮，下面再綁一個馬尾。琴威的走路姿態就像腳下有什麼很燙的東西，只要一隻腳板落地就會立刻抬起另一隻腳。每到比較長的下課時間，她會蹦蹦跳跳地帶一群女孩去福利社買小餅乾和可樂。根據艾辛恩的說法，琴威會幫所有人的飲料付錢。我通常會在比較長的下課時間去圖書館讀書。

「當然，」艾辛恩說。

「琴威只是想要妳先跟她說話，」艾辛恩悄聲說。「妳也知道，就是她開始說妳是『自以為是的土豪』，因為妳不跟任何人說話。她說就算妳爸爸擁有一間報社和那些工廠，也不代表妳可以自以為了不起，畢竟她爸爸也很有錢。」

「我沒有自以為了不起。」

「就像今天，在集會的時候，她說妳就是因為自以為了不起，所以才沒有在露西修女長第一次叫妳時開始唸效忠誓詞。」

「露西修女長第一次叫我時，我沒聽見。」

「我不是在說妳自以為了不起，我的意思是，琴威和大部分女生是這麼想的。或許妳該試著去跟她說話，也不要放學後老是跑走，而是跟我們一起走到學校大門口。為什麼妳老是在跑啊？話說回來。」

「我只是喜歡跑步，」我說，同時又在心裡想，除了第一次沒聽見露西修女長叫我的那個謊言之外，下週六告解時要不要把這個回答也當作一個需要告解的謊言。每次只要放學鐘聲一響起，凱文就會把那台寶獅505停在學校大門口。由於凱文還得為爸爸處理很多家務，我不可以讓他久等，所以我總是在最後一堂課結束後衝出教室。就是用衝的，彷彿我正在參加校內運動會的兩百公尺賽跑。有一次凱文跟爸爸說我多花了幾分鐘，爸爸用雙手同時在我的左邊和右邊臉頰各賞了一個巴掌，他巨大的手掌在我臉上留下兩道平行的痕跡。我的耳朵連續好幾天都嗡嗡作響。

「為什麼？」艾辛恩問。「如果妳留下來跟人們說話，說不定大家就會知道妳沒那麼自以為是。」

「我就是喜歡跑步，」我又說了一次。

18 伊西歐烏（isi owu）是一種非洲的傳統編髮造型。
19 舒庫（shuku）這種髮型的上方看起來像是一個籃子，下方有馬尾，原本是只有貴族家的妻子才能做這種髮型。

直到學期結束前，班上大部分女生都覺得我就是個自以為是的土豪。可是我不太擔心這件事，因為我背上還有更沉重的擔子——擔心我無法在這學期拿到第一名。那種感覺就像是每天在學校頂著一袋小碎石，而且不可以用手去扶。我課本裡的文字還是會變成一片朦朧的紅。我還是會看見被細細血線綁住的小弟靈魂。我背下老師說的所有話，因為要是課後想再透過課本複習根本什麼都無法看懂。每次考試後都會有一塊像是沒做好的發酵木薯團結塊卡在我的喉頭，直到我們的練習簿發回來之後才會消失。

學校在十二月初因為聖誕節假期而關閉。凱文把我載回家時，我偷看了我的成績單，看見上面寫著1/25，不過因為那個筆跡很斜，我得研究很久才能確定不是7/25。那天晚上我抱著爸爸發亮臉龐的畫面入睡，彷彿還能聽見爸爸說他多麼以我為傲的聲音，以及我是如何完成了神的旨意。

哈馬丹風充滿沙塵的風跟著十二月一起襲來。這些風帶來了撒哈拉沙漠和聖誕節的氣味，把瘦長的卵形葉片從緬梔樹上扯下、把木麻黃上的針葉扯下，並把一切事物蒙上一層棕色薄膜。我們的每年聖誕節都是在家鄉度過。維若妮卡修女說這是伊博人的年度遷徙。她用那種彷彿把字詞在舌頭上滾來滾去的愛爾蘭口音說，她無法理解為何這麼多伊博人在家鄉建了這麼大的房子，但一年只有十二月的一、兩週待在那邊，並接受一年的其他時間住在大城市裡擠到不行的窄小住處。我常在想為什麼維若妮卡修女需要理解這件事。這種事本來就是這樣。

我們離開的那天風吹得很急，木麻黃被拉來扯去，樹枝又是彎折又是扭轉，就彷彿正在對著一位沙塵之神敬禮，而葉子及枝條則是發出像是足球評審吹哨的聲音。所有車都停在車道上，車門和後車廂打開，等著我們把行李裝進去。爸爸開的是那輛梅賽迪斯車，媽媽會坐在副駕駛座，而賈賈和我坐在後座。凱文負責開那台工廠的車載西西，至於總在凱文每年一週長假期間代班的工廠司機「週日」則是開另一台富豪車。

爸爸站在木槿花叢旁給予指示，他的一隻手插在白色短袖長外衣的口袋裡，另一隻手揮舞著指示大家把不同東西放進不同車裡。「行李箱放進梅賽迪斯車，那些蔬果也是。山藥放進寶獅505，還有那有人頭馬牌的酒跟果汁箱。看看那疊okporoko[20]能不能也一起塞進去。裝了米、加里、豆子和大蕉的袋子放進富豪車。」

要打包的東西很多，阿達穆從大門口過來協助週日和凱文。光是那些幼犬大小的白色條狀山藥就塞滿了寶獅505車的後車廂，就連富豪車的前座都斜斜地放著一袋豆子，就像一名已經睡歪的乘客。凱文和週日先開車出發，我們隨後跟上，所以要是路障那邊有士兵攔下他們，爸爸才能在看見後停下。爸爸在我們開出住家大門街道前開始誦唸玫瑰經。他在讀完第一端後停下，這樣媽媽才可以繼續誦唸下一組十遍的《聖母經》。賈賈帶領誦念下一端，然後輪到我。爸爸開車的速度慢條斯理。高速公路上只有單線道，我們開到一台貨車後方，他乖乖跟著開，一邊喃喃地說這些路都不安全，還說阿布賈的那些權貴把所有本該把高速公路蓋成雙線道的錢都偷走了。許多車子對我們按

20 伊博語，okporoko是一種進口的挪威魚乾。

喇叭後超到我們前方，其中有些車也塞滿了為聖誕節準備的山藥、一袋袋米還有一箱箱飲料，導致後車箱沉重到幾乎要摩擦到路面。

到了九哩路，爸爸停下來買麵包和歐克帕[21]。圍過來的小販幾乎淹沒了我們的車子，他們不停把水煮蛋、烤腰果、瓶裝水、麵包、歐克帕，還有阿吉迪[22]塞進我們車子的每扇窗戶內，同時反覆喊著：「跟我買，喔，我會給你很好的價錢。」或者「看著我，我就是你要找的人。」

雖然爸爸只買了麵包和包在熱香蕉葉裡的歐克帕，他還是給了每個小販一張二十奈拉紙幣，而即便在我們已經駕車駛離並接近阿巴後，他們不停大喊的「謝謝先生，神保佑你」聲響還是一直迴盪在我耳中。

高速公路上那個立在出口邊寫著「歡迎來到阿巴小鎮」的綠色標誌很容易被人漏看，因為真的很小。爸爸離開高速公路後開上泥土路，很快我就聽見梅賽迪斯車的車底刮擦著被太陽烤乾的顛簸泥地時發出嘎吱—嘎吱—嘎吱的聲響。許多人在我們開過時大喊著爸爸的頭銜「Omelora[23]！」有一棟三層建築窩在雕飾華麗的金屬大門後方，附近有許多用泥巴和茅草蓋的小屋。有些全裸或半裸的孩童正踢著軟趴趴的足球玩。坐在樹下長凳上的男人喝著裝在牛角或霧面玻璃馬克杯內的棕櫚酒。等抵達我們鄉下住家的寬敞黑色大門前時，車子已經蒙上一層沙。三名老年男子站在我們大門旁那棵孤零零的烏垮樹[24]下揮手大吼，「Nno nu！Nno nu！[25]你們回來啦？我們等等很快就會去歡迎你們！」我們的大門守衛把大門拉開。

「謝謝祢，主，賜予我們旅途的平安，」爸爸在我們開車進入我們的住宅區時這麼說，還在胸前劃了十字。

「阿門，」我們說。

我們的房子還是令人讚嘆到難以呼吸，那棟四層樓建築如此雄偉，前方有著湧出水的噴泉，側邊有兩排椰子樹，前院還點綴著一些橘子樹。三個小男孩衝進來跟爸爸打招呼。他們是沿泥巴路追著我們的車跑來的。

「Omelora！您好啊，先生啊！[26]」他們一起像合唱一樣大喊。他們只穿著短褲，每個人的肚臍都跟小汽球一樣大。

「Kedu nu？[27]」爸爸從隨身小行李箱中的一大捲紙鈔中抽給他們一人一張十奈拉紙幣。「跟你們的家長打招呼，一定要把這個錢拿給他們看。」

「是的先生啊！謝啊先生啊！」他們一邊衝出我們的住宅區一邊大笑。

凱文和週日把所有食物從車上拿下來，賈賈和我則把行李箱從梅賽迪斯車上拿下來。媽媽和西西去後院把炊煮用的鑄鐵三腳架收好。我們的食物會用廚房內的瓦斯爐烹煮，可是金屬三腳架之後

21 歐克帕（okpa），一種豆子布丁。
22 阿吉迪（agidi），一種玉米布丁。
23 伊博語，Omelora這個頭銜的意思是「為社群（區）做事的人」。
24 烏垮樹（Ukwa tree）的意思是麵包樹。
25 伊博語，「Nno nu! Nno nu!」的意思是「歡迎（你們）！歡迎（你們）！」
26 原文的「Good afun, sah.」是混雜著當地語言的破碎英文（pidgin），翻譯上只用「啊」的結尾來做區分。
27 伊博語，「Kedu nu?」的意思是「你們都好嗎？」

可以在有客人來時放上大鍋烹煮米飯和燉菜。其中有些鍋子大到可以放進一整頭羊。媽媽和西西很少進行那類烹煮工作，她們通常只是待在現場提供更多的鹽、更多的瑪姬牌味精塊，還有更多的廚具，因為我們烏木那成員的妻子們會來進行烹煮工作。她們想要媽媽好好休息，她們總會這樣說，畢竟她之前承擔了住在城市裡的壓力嘛。此外每年她們都會把剩菜——比較肥的肉塊、米飯和豆子、一瓶瓶飲料和伯恩維他牌麥芽飲和啤酒——在用餐後帶回自己家。我們總是準備好要在聖誕節期間餵飽整座村莊，我們總是要確定來訪的人會帶著合理程度的飽足感離開。畢竟說到頭來，爸爸的頭銜是「omelora」，「為社區做事的人」。不過會接待客人的不只有爸爸。這些村民還會成群結隊地行進到每間家裡有巨大大門的大房子，有時他們還會帶附扣蓋的塑膠碗去。聖誕節嘛。

賈賈和我在樓上打開行李箱整理時，媽媽走進來說，「艾德・寇克和他的家人來祝我們聖誕快樂。他們是在前往拉各斯的途中來找我們。下來跟他們打個招呼吧。」

艾德・寇克是個矮小、圓潤而且愛笑的男人。每次看見他時，我都努力想像他在《標準報》辦公室寫社論的樣子。我嘗試想像他對抗那些士兵的樣子，但沒辦法，他看起來就像個填充玩偶，而且因為總是在微笑，在如同枕頭的臉頰上，那兩個深深的酒窩像是永遠嵌在那裡，彷彿曾有人用小棍子戳進他的臉頰。就連他的眼鏡看起來都有種玩偶的感覺：鏡片比窗戶上的百葉片板還厚，上頭有一抹藍色光澤，外框是白色塑膠。我們走進客廳時，他正把那個完全複製他長相的圓嘟嘟寶寶往空中拋。他的小女兒站在離他很近的地方，央求著也把她拋到空中。

「賈賈、凱姆比利，你們好嗎？」他說，但沒等我們回答，他就發出如同鈴鐺響的一貫笑聲，然後指向他的寶寶說，「你知道大家都說，在孩子還小的時候，只要你把他們拋得越高，他們就越可能學會飛！」寶寶發出咯咯的笑聲，露出粉色牙齦，伸手要抓他爸爸的眼鏡。艾德．寇克把頭往後仰，再次把寶寶往上拋。

他的妻子伊宛德擁抱我們，問我們過得好不好，然後姿態親暱調皮地拍打艾德．寇克的肩膀，把寶寶從他手中接過來。我小心翼翼地觀察她，我還記得她哽咽地對爸爸大聲哭喊的樣子。

「你們喜歡回村莊嗎？」艾德．寇克問我們。

我們同時望向爸爸。他坐在沙發上一邊讀聖誕卡一邊微笑。「喜歡，」我們說。

「咦？你們喜歡來這種叢林地方？」他的雙眼戲劇化地張大。「你們在這裡有朋友？」

「沒有，」我們說。

「所以你們在這個化外之地做什麼？」他鬧著問我們。賈賈和我露出微笑，什麼都沒說。

「他們總是好安靜，」他轉向爸爸說。「好安靜。」

「他們跟現在其他人養出來的吵鬧孩子不同。那些人的家裡沒在訓練他們對神懷有敬畏之心，」爸爸說，我很確信他因為驕傲而拉出微笑，眼神中也是因此露出光芒。

「要是我們都這麼安靜，很難想像《標準報》會是什麼樣子。」那是個笑話。艾德．寇克在笑，他的妻子伊宛德也在笑。可是爸爸沒笑。賈賈和我轉身走回樓上，安靜地。

椰子葉片的摩擦聲把我吵醒。外頭是高聳的大門，我可以聽見山羊在咩咩叫、烏鴉在嘎嘎叫，還有人們隔著泥巴住宅圍牆彼此大吼著打招呼的聲音。

「早安啊。醒了嗎？嗯？起床都好嗎？」

「早安啊。你們房子裡的人起床都好嗎？喔？[28]」

我伸手推開臥房窗戶，這樣做可以把那些聲響聽得更清楚，而且可以讓沾染著山羊大便和成熟橘子氣味的空氣進到房內。賈賈輕敲我的門，走進我的房間。我們在這裡的房間緊鄰彼此，不像埃努古時距離很遠。

「妳起床了嗎？」他問。「在爸爸叫我們之前下去準備禱告吧。」

我綁好身上的罩衫。在比較溫暖的夜晚時，我會用罩衫當成薄被披在睡衣外面。我把罩衫的結在腋下綁好，跟著賈賈下樓。

寬廣的走廊讓我們的房間像是一間旅館，那些在一年之中始終鎖著門的空間散發出的無人氣息也讓這裡更像旅館。浴室、廚房和廁所長時間無人使用，臥房大多時候也沒人住。我們只使用一樓和二樓，上次使用另外兩層樓已經是很多年前的事了，當時爸爸剛被任命為酋長，並接下那個「omelora」的頭銜。我們烏木那的成員催促他接下這個頭銜很久了，甚至在他還只是萊文提斯公司的一位經理、也還沒買下第一間工廠前就已經催個不停。他夠有錢了，他們堅稱。此外，我們烏木那裡從沒有人接受過任何頭銜。所以當爸爸在跟教區牧師進行過廣泛而深入的討論，並在堅持受銜典禮中必須移除所有異教徒色彩後才終於決定接受頭銜時，大家開心地像是在舉辦迷你的「新山藥節」[29]慶典。大量車子擠在穿越阿巴的每一條泥土路上。我們的房子的三樓和四樓都擠滿人。而現在我只有在想看見比我們住宅區牆外道路更遠的地方時才會上去那裡。

「爸爸今天要舉辦一場教會委員會的聚會，」賈賈說。「我聽見他跟媽媽說了。」

「聚會是什麼時候？」

「中午以前。」他透過眼神說，到時候我們可以一起去做些什麼。

在阿巴時的賈賈和我沒有行程表。由於爸爸總是忙著招待絡繹不絕的訪客、早上五點就會去參加教會委員會的聚會，還會在小鎮委員會的聚會一路待到午夜，所以我們更常對彼此說話，也比較少單獨待在各自的房間裡。當然也可能因為阿巴就是個不一樣的地方，人們總會隨意漫步進我們的住宅區，我們呼吸的空氣也移動地比較緩慢。

爸爸和媽媽在其中一間可以通往樓下主要客廳的一間小客廳裡。

「早安，爸爸。早安，媽媽，」賈賈和我說。

「你們兩位都好嗎？」爸爸問。

「很好，」我們說。

爸爸看起來眼神明亮。他一定已經醒來好幾小時了。他正在翻看《聖經》，那是包含《次經》的天主教版本，封面與封底的裝訂是閃亮的黑色皮革。媽媽看起來很想睡。她揉揉沾著眼屎的雙眼問我們有沒有睡好。我可以聽見樓下主客廳傳來客人的說話聲。這裡的客人破曉就來了。就在我們劃完十字然後圍繞著桌邊跪下時，有人敲門。一個身穿破爛T恤的中年男子探頭進來。

「Omelora！」男人用一種只以頭銜稱呼他人時的強勢語氣開口。「我現在要離開了。我想看看

28 這邊原文也是是混雜著當地語言的破碎英文，比如早安是「Gudu morni」。

29 新山藥節（New Yam festival）在每年八月初的雨季結束時舉行。象徵的是收穫已完結，下一個工作週期即將開始。

能不能讓我在歐耶亞巴加納[30]時為孩子買幾樣聖誕節的東西。」他說的英文有很重的伊博口音，即便是最短的字都被裝飾上額外的母音。爸爸很喜歡村民跟他見面時努力講英文。他說這代表他們有見識。

「Ogbunambala！[31]」爸爸說。「等等我，我正在跟我的家人禱告。我想準備一點小東西給你的孩子。你等等也跟我一起喝茶吃麵包。」

「嘿！謝謝先生。我今年都沒喝到奶呢。」那個男人還在門口徘徊。或許他覺得只要離開這裡，爸爸說要為他的茶添加奶的承諾就會消失無蹤。

「Ogbunambala！去坐好等我。」

那個男人退到樓下。爸爸先讀了《詩篇》的內容，然後才說了《主禱文》、《聖母經》、《光榮頌》和《使徒信經》。雖然在爸爸說了頭幾個字之後我們就大聲跟上，外頭還是有一份靜默包裹住、覆蓋住我們所有人。可是當他說，「我們現在會用自己的語言來向聖靈禱告，因為聖靈依據祂的旨意為我們代求，」那份靜默就被打破了。我們聲音聽起來很響亮、很不諧調。媽媽從為了和平及我們國家所有統治者禱告的禱詞開始、賈賈為神父還有信仰虔誠者祈禱，我則為教宗祈禱。最後二十分鐘，爸爸為我們能夠不受不信神的人們及其力量所傷害而祈禱、為了奈及利亞以及統治這個國家的不信神者祈禱，也祈禱我們能繼續正直地成長。最後，他為了盼望我們的恩努克烏爺爺可以皈依天主教而祈禱，因為這樣恩努克烏爺爺才能從地獄中獲救。爸爸花了一些時間描述地獄，就彷彿神並不知道那些永恆的火焰是如此熾烈、狂暴。到了最後的最後，我們一起高聲說「阿門！」

爸爸闔上《聖經》。「凱姆比利和賈賈，你們今天下午會去爺爺家向他問候。凱文會帶你們過去。記得，別碰任何食物，什麼都不要喝。還有，跟平常一樣，你們不會待超過十五分鐘。就十五分鐘。」

「是的，爸爸。」自從我們開始拜訪恩努克烏爺爺後，過去幾年的聖誕節都會聽到他這麼說。恩努克烏爺爺之前召集了一場烏木那聚會，向遠親抱怨他根本沒能認識自己的孫輩，而我們也沒辦法認識他。恩努克烏爺爺也有跟我們說這件事，爸爸都不會跟我們說這種事。恩努克烏爺爺跟整個烏木那說，爸爸表示只要他願意皈依天主教，而且把他院子裡放在茅草聖殿內的祈[32]丟掉，爸爸就願意為他蓋一棟屋子、買一台車，並雇用一位司機。恩努克烏爺爺笑了，他說他只是想在有機會時見見他的孫輩。他才不會丟掉他的祈；這件事他已經跟爸爸說過很多次。所有烏木那成員都站在爸爸這邊，他們總是如此，但也覺得他應該讓我們去拜訪恩努克烏爺爺、去跟他問候，因為每個年紀老到足以被稱為爺爺的男人都有資格獲得孫輩的問候。爸爸自己從未去向恩努克烏爺爺問候，也從未去拜訪他，可是他會透過凱文或我們烏木那中的其中一位成員把一疊薄薄的奈拉紙鈔捲起來送給他，那疊紙鈔比凱文拿到的聖誕節獎金還薄。

「我不喜歡送你們去異教徒家，可是神會保護你們，」爸爸說。他把《聖經》放進抽屜，把賈

30 歐耶亞巴加納（Oye Abagana）指的是亞巴加納這座小鎮上四天伊博市集的第二天。

31 伊博語，Ogbunambala的直譯是「那個在公開場合殺戮的人。」意思是在說「沒有祕密或隱私」。

32 這裡的「祈」（chi）是參考徐立妍在《繞頸之物》中的翻譯。Chi在伊博文化中指的是一種個人守護靈，可理解為全能之神楚庫烏（Chukwu）的分靈，也可理解為一種「神賦光輝」。

賈和我拉到他身邊，輕輕地揉著我們手臂兩側。

「好的，爸爸。」

他走進那間大客廳。我可以聽見更多人在說話，而且有更多人進來說「Nno nu」，他們開始抱怨生活有多困難，以及他們是如何窮到無法在今年聖誕節為孩子買新衣服。

「妳和賈賈可以在樓上吃早餐。我會把東西拿上去。你們的父親會跟客人一起吃，」媽媽說。

「我去幫妳，」我提議。

「不用，nne，上樓吧。跟妳哥哥待在一起。」

我看著媽媽走向廚房，她的步伐有點跛，頭上堆疊的髮辮在最尾端交織成一個像是高爾夫球的隆起，像一頂聖誕老人帽。她看起來很累。

「恩努克烏爺爺住在附近，走五分鐘就能到，不需要凱文載我們，」賈賈在我們一起走上樓時這麼說。他每年都這麼說，可是最後我們都還是會爬上車，讓凱文送我們過去，因為這樣他才能看住我們。那天早上凱文載我們離開家裡的大門時，我轉身再次容許自己用雙眼輕輕拂過這棟屋子光潔的白牆和柱子，還有噴泉創造出來的完美銀色弧形水流。恩努克烏爺爺從未走進這裡，因為爸爸下令禁止異教徒踏進他家，就連他的爸爸也不能例外。

「你們的父親說你們只能待十五分鐘，」凱文說。他已經把車子在路邊停下，就靠近恩努克烏爺爺那片由許多茅草屋圍起來的住家。我盯著凱文脖子上的疤痕，下車。幾年前放假時，他在靠近奈及三角洲附近的家鄉從棕櫚樹上摔下來。那道疤痕從他的後腦杓中央一路延伸到後頸。形狀就像一把匕首。

「我們知道，」賈賈說。

賈賈用力推開恩努克烏爺爺那扇吱吱嘎嘎的木頭大門，這扇門窄到就算爸爸有一天願意來訪，可能都還得側身才能走進去。整個住宅區大概只有我們在埃努古的住家後院的四分之一。兩頭山羊和幾隻雞到處遊蕩，小口啄食著快要乾死的草莖。佇立在整個住宅區中央的屋子很小，像枚袖珍的骰子，實在很難想像爸爸和伊菲歐瑪姑姑是在這裡長大。這裡看起來就像以前我在幼稚園畫畫時會畫出的房子：一個正方形的房子中央有一扇正方形的門，兩邊各有一扇正方形窗戶。唯一的差別在於恩努克烏爺爺的房子有一座露臺，周遭圍繞著生鏽的金屬欄杆。賈賈和我第一次來訪時，我走進屋內找廁所，恩努克烏爺爺笑著指向屋外的小茅廁，那是一間利用未上漆水泥塊蓋起來的衣櫃大小建築，沒有門的入口上掛著一條棕櫚葉片編成的簾子。我那天也仔細觀察了他，但在與他四目交接時移開眼神，我想找出他與我們不一樣的跡象，我是指不信神的跡象。我沒有看到任何不同，可是確定那些跡象一定存在某處。那些跡象一定存在。

恩努克烏爺爺坐在露臺上的一張矮凳上，前方的酒椰葉纖維墊上放著一碗碗食物。他在我們進來時起身。披在他的身上的罩衫在脖子後方綁了一個結，底下是一件曾是白色但隨著時光變成棕色的汗衫，腋下泛黃。「Neke！Neke！Neke！[33]凱姆比利和賈賈來跟他們的老爺爺問好啦！」他說。雖然他因為年紀大而駝背，但還是可以輕易看出他以前有多高。他跟賈賈握手，然後擁抱我。我讓自己緊靠著他稍微久一點，動作很輕，同時屏住呼吸，因為他身上有一股揮之不去又濃烈難聞的木

33伊博語，「Neke！Neke！Neke！」的意思是「看啊！看啊！看啊！」

薯味。

「來吃東西，」他指著酒椰葉纖維墊說。那些琺瑯碗中裝著一片片鬆碎的福福及找不到絲毫魚或肉塊的稀薄湯水。這樣的詢問是一種習俗，不過恩努克烏爺爺希望我們拒絕——他的雙眼閃爍著調皮的光芒。

「不用了，感謝您，」我們說。我們坐在他身邊的木頭長凳上。我往後靠，把頭枕在窗戶的木製格柵上，那些格柵有一條條平行開口。

「聽說你們昨天回來的，」他說。他的下唇跟他說話的聲音一樣在顫抖，有時他講完話，我要過一下子才能聽懂，因為他講的方言實在很古老。他說話的方式不像我們帶有英語化後的語調。

「是的，」賈賈說。

「凱姆比利，妳長得好大了，是個成熟的agbogho[34]了。追求者很快就會開始上門囉，」他用逗弄的語氣說。他的左眼快瞎了，上頭總是蓋著一層顏色和質地都很像稀釋奶水的薄膜。我在他伸手輕拍我的肩膀時露出微笑。他手上的老人斑實在很顯眼，顏色比他的陶土色皮膚還要淺很多。

「恩努克烏爺爺，你好嗎？身體如何？」賈賈問。

恩努克烏爺爺聳聳肩，像是在說很多事都不對勁但也別無選擇。「我很好，我的孫子[35]。除了身體健康地等待與祖先團聚之外，一個老人還能怎麼辦呢？」他停止說話，用指尖將福福揉成一小球。我仔細看著他，我看著他臉上的微笑，看著他把捏好的一小球食物往外丟向花園的姿態，此時花園中被曬乾的香草植物正在輕輕的微風中搖擺，他藉由這個動作邀請土地之神阿尼[36]跟他一起用餐。「我的腿常常痛。你的伊菲歐瑪姑姑如果有湊得到錢會帶藥給我。可是我是個老人了。就算腿不痛，我的手也會痛。」

「伊菲歐瑪姑姑和她的孩子今年會回來嗎？」我問。

恩努克烏爺爺搔抓著還頑固巴在他光頭上的幾簇白髮。

「Ehye[37]，我在等他們明天來。」

「他們去年沒有來，」賈賈說。

「伊菲歐瑪負擔不起。」恩努克烏爺爺搖搖頭。「自從她孩子的父親死掉後，她就見識過各種苦日子。可是她今年會帶他們回來。你會見到他們。你們跟他們不熟是不對的。你不該跟你的表親不熟。這樣不對。」

賈賈和我沒說話。我們跟伊菲歐瑪姑姑或她的孩子不熟，是因為她和爸爸之前為了恩努克烏爺爺的事吵架。這是媽媽告訴我們的。自從爸爸禁止恩努克烏爺爺走進他的家門之後，伊菲歐瑪姑姑就不再跟爸爸說話，是又過了幾年之後，他們才終於又開始跟彼此說話。

「如果我的湯裡有肉，」恩努克烏爺爺說，「我會給你們吃。」

「沒關係的，恩努克烏爺爺，」賈賈說。

34 伊博語，agbogho是agboghobia的簡稱，意思是「年輕女士」。
35 原文是「my son」，是一種家族內的泛稱，這裡為了讓讀者精確了解翻成「我的孫子」。
36 土地之神阿尼（Ani）會在奈及利亞的新山藥節時獲得敬拜。
37 伊博語，「Ehye」是「對！對！」的意思。

恩努克烏爺爺慢條斯理地把食物吞下去。我看著那些食物滑下他的喉頭，努力穿過喉結的區域。那顆喉結就像布滿皺紋的堅果一樣往外突出。他的身邊沒有任何飲料，就連水也沒有。「那個平常幫我忙的孩子很快就會過來了，她叫琴耶魯。我會派她去幫你們買一些飲料，就從伊奇的店裡買，」他說。

「不用了，恩努克烏爺爺。感謝您，」賈賈說。

「Ezi okwu？[38]我知道你們的父親不讓你們在這裡吃東西，因為我會拿我的食物奉獻給我們的祖先，可是就連飲料也不行？我難道不也是跟所有人一樣從店裡買的嗎？」

「恩努克烏爺爺，我們來之前才剛吃過，」賈賈說。「如果我們渴了，我們會在你的屋子裡喝東西。」

恩努克烏爺爺露出微笑。他的牙齒泛黃，而且因為很多牙齒都已經沒了，所以牙縫很寬。「你很會說話，我的孫子。你就像我重新投胎的父親奧格布伊菲·歐里奧克。他說話很有智慧。」

我盯著琺瑯盤裡的福福看，盤緣的葉綠色已經斑駁。我想像那個福福被哈馬丹風吹得又乾又脆，並在恩努克烏爺爺吞嚥時刮擦著他的食道。賈賈用手肘推了推我，但我不想離開，我想留在這裡，這樣要是那些福福黏住恩努克烏爺爺的喉嚨害他嗆到時，我可以跑去幫他拿水。不過我不知道水在哪裡就是了。賈賈又用手肘推了我一下，我還是沒辦法起身。是那張長凳不讓我離開，是那張長凳吸住我。我看著一隻灰色公雞走進院子角落的聖殿，恩努克烏爺爺的神就在裡面，那是爸爸說賈賈和我永遠不能靠近的地方。那個聖殿是一個低矮開放的棚屋，泥巴屋頂和牆上鋪滿乾燥棕櫚葉片。看起來就像聖艾格尼絲教堂後方奉獻給露德聖母的小石穴。

「讓我們離開吧，恩努克烏爺爺，」賈賈終於還是開口了。他站起身。

「好吧，我的孫子，」恩努克烏爺爺說。他沒有說「什麼，這麼快？」或「我的房子是有在趕你走嗎？」畢竟他已經很習慣我們沒到多久就離開這件事。他送我們走到車子邊，手裡撐著那根樹枝做的枴杖，凱文下車向他問好，然後遞給他那薄薄一捲鈔票。

「喔？替我向尤金道謝，」恩努克烏爺爺微笑著說。「謝謝他。」

他在我們坐車離開時揮手送別。我也揮手回應。他蹣跚地走回住處，而我的眼神一直停留在他身上。就算恩努克烏爺爺很介意他的兒子透過一名司機毫無人情味地給了他那麼微不足道的一點錢，他也沒有表現出來。他去年聖誕節沒有表現出來，再前一年的聖誕節也沒有。他從未表現出來。我媽媽那邊的祖父五年前過世了，在此之前，爸爸對待他的態度跟對待恩努克烏爺爺很不一樣。每年聖誕節我們抵達阿巴時，都還沒抵達我們自己家，爸爸就會先到我們的「ikwu nne」，也就是媽媽的娘家。祖父的皮膚顏色很白，幾乎像是有白化症，據說那些傳教士就是因此那麼喜歡他。他堅持說英文，而且總是說英文，就算伊博口音很重也不放棄。他也懂拉丁文，而且常引用梵蒂岡第一屆大公會議的教義內容，平常的大多時間都待在聖保羅教堂。他是那裡的第一位要理問答師。他堅持要我們用英文叫他「祖父」，不像我們是用伊博語稱呼恩努克烏爺爺或歐奇父親。爸爸現在還是很常談起他，而且談起時眼神驕傲，就彷彿這位祖父才是他的父親。他比許多人更早真正睜開雙眼，爸爸會說，他是其中一位迎接傳教士到來的人。你知道他英文學得多快嗎？在他成為口譯

38 伊博語，「Ezi okwu?」的意思是「真的嗎？」、「認真的嗎？」

後，你知道他幫助多少人成功皈依天主教嗎？天啊，光是他就讓阿巴的大多數人成為天主教徒！他用正確的方法做事，白人的方式，而不是我們現在的這套！爸爸有一張祖父的照片，照片中的祖父身穿聖約翰騎士的全套制服，這張用深色紅木裱框的照片就掛在我們位於埃努古的家裡牆上。不過我並不需要靠那張照片來回憶祖父。他過世時我只有十歲，可是我記得那雙幾乎是綠色的白化眼珠，以及他似乎總在每句話裡都提到罪人這個詞的習慣。

「恩努克烏爺爺看起來沒有去年健康了，」我在坐車離開時靠近賈賈耳邊悄聲說。我不想讓凱文聽見。

「他是個老人了，」賈賈說。

到家後，西西送上午餐的米飯和炸牛肉，這些食物都放在淡黃褐色的優雅餐盤上。賈賈和我兩人獨自用餐。教會委員會的聚會已經開始，我們時不時聽見男人高聲爭論的聲音，同時也能聽見後院有女人高低起伏的說話聲。我們烏木那成員的妻子們正在為鍋子塗油，好讓等一下更容易清洗，另外也有人在木頭研缽裡磨香料，或是在三腳架下生火。

「你會告解嗎？」我在吃飯時問賈賈。

「告解什麼？」

「你今天說的話啊。你說如果我們口渴，我們會在恩努克烏爺爺的家裡喝東西。你知道我們不能在恩努克烏爺爺家裡喝東西的，」我說。

「我只是想說些話讓他好過一點。」

「他聽了很開心。」

「他裝得很用心，」賈賈說。

爸爸打開門走進來。我沒聽見他上樓的聲音，而且也沒想到他會上來，因為教會委員會的聚會還在樓下進行。

「午安，爸爸，」賈賈和我說。

「凱文說你們跟你們的爺爺一起待了二十五分鐘。我是這樣交代你們的嗎？」爸爸的聲音很低沉。

「我浪費了太多時間，是我的錯，」賈賈說。

「你們在那裡做什麼？你們吃了奉獻給偶像的食物嗎？你們玷汙了你們信仰基督的舌頭了嗎？」

坐在桌邊的我整個僵住。我不知道舌頭也可以信仰基督。

「沒有，」賈賈說。

爸爸走向賈賈。他現在已經完全在說伊博語。我以為他會扭賈賈的耳朵、會用跟他說話一樣的節奏又拉又扯，甚至以為他會搧賈賈一巴掌，並因此發出像是學校中有厚重書本從圖書館書架上掉落的聲音。然後他會走過來用像是要拿胡椒罐的自在姿態伸手也給我一巴掌。可是他只是說，「我要你們吃完飯後回房禱告乞求原諒，」然後他又回到樓下。爸爸留下的安靜很沉重，但令人舒適，像是在淒冷早晨擁有一件編織得很好、但質地有點刺的羊毛衫。

「妳的盤子上還有飯，」賈賈終於開口說。

我點點頭，拿起叉子，然後聽見爸爸在窗外高聲大喊，於是又放下叉子。

「他在我家做什麼？安尼昆瓦在我家做什麼？」爸爸語調中的暴怒情緒讓我指尖冰涼。賈賈和我衝到窗邊，但什麼都看不見，只好又衝到外面的露臺，但有躲好在柱子邊站著。

爸爸站在前院靠近橘子樹的地方，他正對著一個身穿破爛白色汗衫、罩衫綁在腰間的皺巴巴老頭子大叫。另外幾個男人站在爸爸身邊。

「安尼昆瓦在我家做什麼？這個崇拜偶像的人在我家是怎麼回事？離開我家！」

「你知道我跟你父親同年齡嗎？gbo？」那個老男人問他。那根在空氣中揮動的手指本來打算對著爸爸的臉，但最後只在他胸口晃了晃。「你知道我吸我母親的奶時，你父親也在吸他母親的奶嗎？」

「離開我家！」爸爸指向大門。

兩個男人動作緩慢地把安尼昆瓦送出去。他沒有反抗。反正他也已經老到無法反抗。可是他不停回頭對著爸爸丟出更多話語。「Ifukwa gi！[39]你就像一隻跟著屍體進入墳墓的盲目蒼蠅！」

我的眼神著那個老頭子的蹣跚腳步移動，直到他終於走出大門。

39 伊博語，「Ifukwa gi」的意思是「瞧瞧你自己」。

伊菲歐瑪姑姑隔天晚上抵達，那時的橘子樹已在我們前院的噴泉池裡投下不停隨水波擺動的細長影子。就在我坐著讀書時，她的笑聲從客廳飄上來。我已經有兩年沒聽見這個笑聲了，但我不管在哪裡都能認出這個粗獷又精力充沛的聲音。伊菲歐瑪姑姑跟爸爸一樣高，身材比例很好。她走路很快，像是那種永遠清楚目的地以及打算在那裡做什麼的人。而她說話的方式跟走路一樣，像是想在最短的時間內把最多的字從口中說出來。

「歡迎，姑姑，nno，」我一邊說一邊起身擁抱她。

她不像往常一樣用一隻手快速抱我一下。而是用雙臂環抱住我，讓我緊貼住她柔軟的身體。她那件底下是A字裙型的連身裙翻領散發出薰衣草香氣。

「凱姆比利，kedu？[40]」她膚色深黑的臉上拉出一個大大的微笑，露出門牙中間的縫隙。

「我很好，姑姑。」

「長得好大啦。瞧瞧妳、瞧瞧妳。」她伸手抓了一下我的左邊乳房。「瞧瞧這些長得多快！」

我把眼神別開，深呼吸，這樣才不會講話結巴。我不知道如何應付這種逗我玩的舉動。

「賈賈在哪裡？」她問。

「他睡著了。他頭痛。」

40 伊博語，「kedu?」的意思是「你好嗎？」

「在聖誕節的前三天頭痛？不可能吧。我要來叫醒他，給他治好這什麼鬼頭痛。」伊菲歐瑪姑姑笑了。「我們快中午時到的。但其實我們很早就離開恩蘇卡，如果不是車子在路上拋錨的話會更早到，可是就在靠近九哩路時出了狀況。不過感謝神，我們一下子就找到了修車技師。」

「感謝歸於神，」我說。然後，沉默了一下後，我問，「我的表親都好嗎？」這是出於禮貌的發言，不過問候我幾乎不認識的表親還是感覺很奇怪。

「他們很快就來了。他們現在跟恩努克烏爺爺待在一起，他正講起他的其中一個故事。你知道他很愛講個不停。」

「喔，」我說。我不知道恩努克烏爺爺很愛講個不停。我甚至不知道他會講故事。

媽媽拿著一個托盤進來，上頭堆滿一瓶瓶側放的非酒精飲料和麥芽飲，最上面還小心堆上一盤欽欽[41]。

「Nwunye m[42]，那些是要給誰的啊？」伊菲歐瑪姑姑問。

「給妳和孩子啊，」媽媽說。「妳不是說孩子們很快就要到了嗎？okwia？[43]」

「妳不該這麼麻煩的，真的。我們在路上買了okpa，剛剛才吃過。」

「那等等我再幫你們把炸點心裝袋，」媽媽說。她轉身離開房間。她的罩衫很時髦，上頭有黃色的印花圖案，搭配的上衣也有黃色蕾絲繡在澎澎的短袖上。

「Nwunye m，」伊菲歐瑪姑姑大喊，媽媽轉身走回來。

我是在多年前第一次聽見伊菲歐瑪姑姑叫媽媽「Nwunye m」，當時大感驚駭，我沒想到女人可以稱呼另一個女人「我的妻子」。之後當我問起時，爸爸說那是所謂邪惡傳統的餘緒，在這個族群的傳統中，跟妻子結婚的不只是那個男人，而是一個整個家族。之後有一次，我和媽媽明明身邊沒人，她卻還是悄聲對我說，「我也是她的妻子，因為我是妳父親的妻子。這樣的稱呼代表她接受我。」

「Nwunye m，過來坐下。妳看起來很累。妳還好嗎？」伊菲歐瑪姑姑問。

媽媽的臉上出現一個緊繃的微笑。「我很好，非常好。我一直在幫助烏木那裡的其他妻子煮飯。」

「過來坐下，」伊菲歐瑪姑姑又說了一次。「過來坐下休息。我們烏木那的這些妻子可以自己去找鹽，而且也會找到。畢竟她們都是來這裡偷拿妳的東西，只要沒人在看，她們就會用香蕉葉把肉包起來偷偷帶回家呢。」伊菲歐瑪姑姑笑著說。

媽媽在我身邊坐下。「尤金安排要在戶外多擺一些椅子，尤其是聖誕節那天。目前已經有很多人來拜訪了。」

「妳很清楚我們這邊的人，在聖誕節期間，他們除了挨家挨戶地跑之外無事可做，」伊菲歐瑪姑姑說。「不過妳不能整天待在這裡招待大家。我們應該帶孩子去阿巴加納參加阿羅節[44]，去看姆

41 欽欽（chin-chin）是一種油炸麵粉類的點心。
42 伊博語，「Nwunye m」的意思是「我的妻子」。
43 伊博語，「okwia?」的意思是「不是嗎？」
44 阿羅節（Aro festival）指的就是新山藥節。

姆歐[45]。」

「尤金不會讓孩子去參加那種異教徒活動，」媽媽說。

「異教徒活動？kwa？[46]所有人都會去阿羅節看姆姆歐。」

「我知道，但妳也知道，尤金就是這樣。」

伊菲歐瑪姑姑緩慢地搖搖頭。「我會跟他說我們是去兜風，這樣我們所有人都能相處一下，特別是孩子們。」

媽媽不停絞扭著手指，有一陣子沒說話。然後她問，「妳什麼時候會帶妳的孩子去他們父親的家鄉？」

「可能今天吧，不過我現在實在沒有心力去應付伊菲迪歐拉的家人。他們每年要吃的鬼東西越來越多。他們烏木那的人說，他有留錢下來，不知道是放在哪裡，但總之是我藏起來了。去年聖誕節時，他們家甚至有個女人說是我殺了他。我真想把沙子塞進她嘴裡。然後我又想，我應該要她跟我一起坐下來，唉，然後好好向她解釋，畢竟不會有人殺掉她深愛的丈夫，也不可能策劃一場車禍讓一台拖車直接撞進丈夫的車子裡，但話說回來，我又何必浪費我的時間呢？他們的腦子就跟珠雞一樣小。」伊菲歐瑪從齒縫發出很大的吐氣聲。「真不知道我還會把孩子帶回去那裡多久。」

媽媽因為同情發出嘖嘖的咂舌音響。「大家常說些沒道理的話。不過孩子回去還是好的，尤其是男孩子。他們得熟悉父親的農莊家園，還有父親烏木那裡的成員。」

「我真不知道伊菲迪歐拉怎麼會來自那種烏木那。」

我看著她們的嘴唇在說話時扭動。媽媽的嘴唇跟伊菲歐瑪姑姑相比很蒼白，伊菲歐瑪姑姑的嘴唇上有一層閃亮的棕色唇膏。

「烏木那總是會說傷人的話，」媽媽說。「我們自己的烏木那不也是說尤金該再娶一個妻子，因為像他這種地位的男人不能只有兩個小孩嗎？如果不是有像妳這樣的人站在我這邊，那……」

「別這樣。別再這樣心存感激了。要是尤金真的那麼做，那他才是失敗者，不是妳。」

「話是這樣說。但一個女人如果只有小孩但沒老公，那算什麼？」

「我就是這樣啊。」

媽媽搖搖頭。「妳又來了，伊菲歐瑪。妳知道我的意思。女人要怎麼過這種生活？」媽媽的雙眼張得很圓，導致那雙眼睛在臉上占據的面積更大了。

「Nwunye m，有時人生在婚姻結束後才開始啊。」

「妳跟妳那些在大學裡的高談闊論啊。妳都是這樣教妳的學生嗎？」媽媽臉上露出微笑。

「真的啊，我都這樣說。可是他們現在越來越早結婚了。學歷有什麼用？他們會這樣問我。反正畢業也找不到工作。」

「至少結婚後會有人照顧他們。」

「我不知道誰會照顧誰。我的大一研討課上有六個女孩結婚了，她們的丈夫每週坐著梅賽迪斯或凌志車來找她們，然後買音響、課本和冰箱給她們，等她們畢業後，她們和她們的學歷就成為了

45 姆姆歐（mmuo）就是鬼靈。
46 伊博語，「kwa?」的意思是「當真？」

丈夫的資產。妳不明白嗎？」

媽媽搖搖頭。「又是大學裡的那種高談闊論。丈夫是女人生命中最圓滿的成就，伊菲歐瑪。這就是她們想要的。」

「那是她們以為她們想要的。可是我又能怎麼責怪她們呢？看看這個軍政府的暴君對我們國家幹了什麼好事。」伊菲歐瑪姑姑閉上雙眼，人們一旦試圖回想一些不愉快的過往時就會這麼做。「我們在恩蘇卡已經三個月沒汽油可用了。我上週為了等汽油送來在加油站過夜，但最後汽油也沒來。有人因為沒有足夠的汽油把車子開回去，所以直接把車子留在加油站。真希望妳能看看那天晚上咬我的那些蚊子，唉，我皮膚上的腫包跟腰果一樣大。」

「喔。」媽媽同情地搖搖頭。「話說回來，整體來說，大學的情況如何？」

「我們才把又一場罷工活動叫停，不過我們這些講師已經兩個月沒拿到薪水了。他們說聯邦政府沒有錢。」伊菲歐瑪姑姑乾笑了幾聲。「Ifukwa[47]，人們都在離開這個國家。菲力帕兩個月前離開了。妳記得我的朋友菲力帕嗎？」

「幾年前的聖誕節，她有跟妳一起回來。深色皮膚、身材圓潤的那位？」

「對。她現在在美國教書。她和另一位兼任教授共用一間辦公室，但她說至少那裡的老師有薪水拿。」伊菲歐瑪姑姑停止說話，伸手把沾在媽媽上衣的某個東西拍掉。我盯著她的每個動作看，無法把眼神從她身上拔開，我想看著她無所畏懼的樣子、她說話時打手勢的樣子，還有她微笑時露出大牙縫的樣子。

「我已經把我的老舊煤油爐拿出來用了，」她繼續說。「我們現在就是用這個。我們甚至已經聞不出廚房裡滿滿的煤油味了。妳知道煮飯用的瓦斯現在一桶多少錢嗎？真是太誇張了！」

媽媽在沙發上改變了一下姿勢。「何不跟尤金說一聲？工廠裡有瓦斯桶……」

伊菲歐瑪姑姑笑了，她充滿情感地拍拍媽媽的肩膀「Nwunye m，情況很艱困，但我還不擔心會死。跟妳說這些只是想跟妳說。如果換作別人，我會用凡士林把我這張飢餓的臉塗到發光。」

爸爸在此時走了過來，他正打算回臥房。我很確定他是要去拿更多疊奈拉紙幣給那些為了伊格巴克里斯馬斯[48]而來的訪客，然後在他們唱出他們的感激之情時對他們說，「這是來自神的禮物，不是我。」

「尤金，」伊菲歐瑪姑姑朝他大喊。「我剛剛才在說，賈賈和凱姆比利明天該和我跟我的孩子一起出去走走。」

爸爸發出了不耐煩的悶哼，然後往這邊的門口走來。

「尤金！」

每次伊菲歐瑪姑姑跟爸爸說話時，我的心臟都會瞬間停止，然後再匆忙跳動起來。她的語氣好輕率。她似乎沒有意識到那個人可是爸爸，他可是不同的、是特別的。我想伸出手按住她的嘴唇，好讓她閉嘴，也想讓一些閃亮的棕色唇膏沾在我的手指上。

「妳要帶他們去哪裡？」爸爸問，他站在門口。

47 伊博語，Ifukwa的意思是「你瞧」或「你看見了嗎？」

48 伊格巴克里斯馬斯（igba krismas）的意思是歡慶聖誕節。

「就是到處看看。」

「觀光？」爸爸問。他說英文，而伊菲歐瑪姑姑說的是伊博語。

「尤金，讓孩子跟我們出去走走吧！」伊菲歐瑪姑姑聽起來有點惱火。她的說話音量有點提高。「我們不是在慶祝聖誕節嗎？嗯？我們的孩子一直都沒時間相處。Imakwa[49]，我那個最小的孩子奇馬甚至不知道凱姆比利的名字。」

爸爸看著我，然後看向媽媽，彷彿在我們臉上尋找藏在鼻子底下、額頭上方，或嘴唇上的字母，並確認這些字母會不會拼成他不喜歡的字句。「好。他們可以跟妳一起去，可是妳知道我不要我的孩子靠近任何不敬神的事物。如果妳開車經過姆姆歐，要把車窗關起來。」

「明白了，尤金，」伊菲歐瑪姑姑說，語調中有種過度誇張的正式感。

「我們何不在聖誕節中午一起吃午餐？」爸爸問。「到時候孩子們也能相處。」

「你知道孩子們和我會跟他們的恩努克烏爺爺一起過聖誕節。」

「偶像崇拜者懂什麼聖誕節？」

「尤金……」伊菲歐瑪姑姑深吸一口氣。「好，孩子們和我會在聖誕節那天過來。」

爸爸又下樓了，我還坐在沙發上看著伊菲歐瑪姑姑跟媽媽說話，此時我的表親們來了。亞馬卡跟她媽媽長得一模一樣，只是比較瘦的青少女版本。她講話及說話的速度比伊菲歐瑪姑姑還快，模樣也更篤定。她只有那雙眼睛跟她媽媽不同，那雙眼睛沒有伊菲歐瑪姑姑那種無條件的溫暖，反而總在探詢些什麼。那雙眼睛總在提問，而且很多答案都拒絕接受。歐比歐拉的年紀比她小一歲，皮膚顏色很淺，厚重的眼鏡後方有雙蜂蜜色的眼睛，嘴角永遠在他臉上翹出一道微笑。奇馬的膚色就跟鍋子底下燒焦的米一樣黝黑，就一個七歲男孩來說長得很高。他們笑起來的聲音都一樣：粗獷、低啞，彷彿是隨著內心的熱情迸發出來。

他們向爸爸問好，當他給他們慶祝聖誕節的鈔票時，亞馬卡和歐比歐拉對他表示感謝，並伸長手接下那兩捲厚厚的紙鈔。他們的眼神有禮，但透露出驚訝，顯示他們沒有預設自己有權收下這些錢。他們根本沒料到有錢。

「你們這裡有衛星電視，對吧？」亞馬卡問我。在我們彼此打過招呼後，那是她說的第一件事。她的頭髮剪得很短，前面較高，然後逐漸往後變短到後腦勺頭髮很少的地方。

「對。」

「我們可以看CNN嗎？」

我想辦法讓自己咳了一聲。我希望自己不會結巴。

「或許明天吧，」亞馬卡繼續說，「我想我們現在要去拜訪我爸爸在烏克波的家人。」

「我們不太看電視，」我說。

「為什麼？」亞馬卡問。我們實在不太可能都是十五歲。她看起來比我年長很多，可能是因為她和伊菲歐瑪姑姑之間驚人的相似性，又或者是因為她直直盯著我雙眼看的樣子。「因為你們已經看到很煩了嗎？真希望我們所有人都有衛星電視，這樣大家都能看到很煩。」

我想說我很抱歉，我不希望她因為我們不看衛星電視而討厭我們。我想跟她說，雖然我們在埃

49 伊博語，Imakwa的意思是「你知道嗎？」

努古的家和這裡的屋頂都裝了巨大的衛星接收盤，但我們其實不看電視。爸爸沒在我們的行程表裡用鉛筆寫下「電視」兩個字。

不過亞馬卡已經轉向她母親。伊菲歐瑪姑姑正微微曲著身體坐在媽媽身邊。「媽，如果要去烏克波，我們應該趕快離開，這樣才能趕在恩努克烏爺爺睡著前回來。」

伊菲歐瑪姑姑站起身。「對，nne，我們該走了。」

她在大家一起下樓時牽起奇馬的手。亞馬卡指向樓梯扶手，扶手上有很深的手工刻紋，她說了一些話，歐比歐拉笑了。她沒有回頭跟我說再見，不過男孩們有。伊菲歐瑪姑姑也對我們揮著手說，「明天再跟妳和賈賈見面喔。」

伊菲歐瑪姑姑把車開進我們住宅區時，我們剛吃完早餐。在她闖進樓上餐廳那一刻，我彷彿看見一位驕傲的遠古祖先，這位女性拿著自製的陶壺跋涉好幾英里取水、把孩子養到可以走路及說話，並用太陽曬暖的石頭磨利製成大砍刀作戰。她的存在感充斥整個空間。「準備好了嗎？賈賈和凱姆比利？」她問。「Nwunye m，妳不跟我們一起來嗎？」

媽媽搖搖頭。「妳知道尤金希望我別跑太遠。」

「凱姆比利，我想妳穿長褲會很舒服，」伊菲歐瑪姑姑在我們走向車子時這麼說。

「沒關係，姑姑，」我說。我不知道自己為何沒告訴她我的所有裙子都到膝下，而且距離膝蓋很遠。此外我也沒有長褲，因為女人穿長褲是有罪的。

她的寶獅５０４休旅車是白色的，擋泥板已經鏽蝕成難看的咖啡色。亞馬卡坐在前座，歐比歐拉和奇馬坐在最後一排。賈賈和我爬進後座前排。媽媽站在原地目送我們，直到車子離開她的視線範圍前都沒離開。我知道是因為我可以感覺到她的眼神、她的存在。車子發出喀拉喀拉的聲響，就好像有鬆掉的螺絲隨著顛簸道路上下晃動。儀錶板上沒有空調出風口，只有幾個大大的方形缺口，所以每扇車窗都是搖到最底。那些不停掃過我嘴邊的沙子還飛進我的眼睛和鼻子裡。

「我們要去接恩努克烏爺爺，他會跟我們一起去，」伊菲歐瑪姑姑說。

我感覺胃裡一陣翻攪，轉頭瞄了賈賈一眼。他的眼神跟我對上。我們要怎麼跟爸爸說呢？但賈賈只是別開眼神。他也沒有答案。

伊菲歐瑪姑姑還沒在那棟泥巴和茅草搭蓋的住宅前方關掉車子的引擎，亞馬卡就已經打開門彈跳出去。「我去叫恩努克烏爺爺！」

男孩們下車跟著亞馬卡穿過小小的木造大門。

「你們不下車嗎？」伊菲歐瑪姑姑轉頭問賈賈和我。

我別開眼神。賈賈跟我一樣完全坐著不動。

「你們不想進去恩努克烏爺爺住的地方嗎？可是你們不是兩天前才來問候？」伊菲歐瑪姑姑張大眼睛盯著我們。

「我們在跟他問候過後就不可以來這裡了，」賈賈說。

「這是什麼鬼話啊？啊？」伊菲歐瑪沒再說下去，或許是想起這條規則也不是我們訂的。「告訴我，你們的父親為什麼不想要你們來這裡？你們覺得原因是什麼？」

「我不知道，」賈賈說。

我努力吸吮自己的舌頭，希望舌頭可以因此動起來，結果嘗到了口中沙沙的塵土。「因為恩努克烏爺爺是異教徒。」爸爸一定會因為聽見我這麼說而感到驕傲。

「你們的恩努克烏爺爺不是異教徒，凱姆比利，他只是傳統主義者，」伊菲歐瑪姑姑說。

我盯著她看。異教徒也好，傳統主義者也好，兩個有何差別？他就不是天主教徒啊。他沒有信仰。我們總是為了他那種人祈禱，希望他們可以皈依天主教，這樣他們才不會受到地獄之火的永恆折磨。

我們沉默地坐著，終於大門被猛力推開，亞馬卡走了出來。她走得距離恩努克烏爺爺很近，這樣要是他有需要就能隨時扶住他。男孩們走在他們身後。恩努克烏爺爺穿著鬆垮的印花上衣和及膝的卡其短褲。我從沒在之前來訪時見過他穿那件綁在身體上的破爛罩衫以外的衣服。

「是我買那條短褲給他的，」伊菲歐瑪笑了一聲說。「看看他，這樣穿多年輕啊，誰會相信他已經八十歲啦？」

亞馬卡把恩努克烏爺爺扶到副駕駛座上坐好，然後跟我們一起坐在後座前排。

「恩努克烏爺爺，午安，您好，」賈賈和我向他問好。

「凱姆比利，賈賈，我竟然可以在你們回城市前再見一面？Ehye，看來我很快就要去跟祖先團聚啦。」

「Nna anyi[50]，老是預測自己的死期不累嗎？」伊菲歐瑪姑姑說完後發動引擎。「讓我們來聽一些新聞！」她叫他「Nna anyi」，意思是我的父親。我真好奇以前爸爸是不是也這樣叫他。如果現在他們有機會對話的話，他又會怎麼叫他？

「他很喜歡講自己快死了，」亞馬卡語氣調侃地用英文說。「他覺得這樣可以勒索我們配合他。」

「最好是快死了啦。就算等我們跟他現在一樣老，他都還會在這裡，」歐比歐拉同樣語氣調侃地用英文說。

「那些孩子在說什麼？gbo？伊菲歐瑪？」恩努克烏爺爺問。「他們在共謀瓜分我的金子和土地嗎？甚至不等我先走嗎？」

「如果你有金子和土地，我們早就殺掉你啦，」伊菲歐瑪姑姑說。

我的表親們都笑了。亞馬卡瞄了賈賈和我一眼，可能覺得我們不一起笑很奇怪。我想微笑，可是我們當時車子正經過我們家，看到逐漸逼近的黑色大門和白牆讓我嘴唇僵硬。

「我們伊博人會對至高神楚庫烏[51]這樣說，」恩努克烏爺爺說。「給我財富和一個孩子，但如果只能選一個，給我孩子，因為當我的孩子成長，我的財富也會跟著成長。」恩努克烏爺爺停止說話，轉過頭望向我們的房子。「Nekenem[52]，看看我。我的兒子擁有那棟所有阿巴人都能住進去的房子，但我有好多次吃飯時都只能面對空空的盤子。真不該讓他去追隨那些傳教士。」

「Nna anyi，」伊菲歐瑪姑姑說。「不是傳教士的問題。我不是也有去讀傳教士學校嗎？」

50 伊博語，「Nna anyi」的意思是「我的父親」。
51 伊博語，楚庫烏（Chukwu）對伊博人來說是靈性上至高無上的存在。
52 伊博語，Nekenem的意思是「看看我」。

「但妳是女人。妳不算。」

「咦？我不算？尤金有關心過你腿痛的問題嗎？如果我不算，那我就不再問候你早上起床好不好了。」

恩努克烏爺爺咯咯笑出聲。「如果妳那樣，就算我跟祖先團聚，靈魂都還會來糾纏妳。」

「你會先糾纏尤金啦。」

「跟妳開玩笑的啦，nwa m[53]。如果我的祈沒有給我一個女兒，那我現在不知道會流落何方。」

恩努克烏爺爺沉默了一下。「我的靈魂會為妳祈福，這樣楚庫烏才會派一個好男人照顧妳和孩子。」

「請你的靈魂要求楚庫烏趕快把我升為資深講師吧，那才是我要的，」伊菲歐瑪姑姑說。

恩努克烏爺爺有一陣子沒回話。我本來在想是不是車裡音響傳出的快活音樂、車子鬆掉螺絲的喀搭喀搭聲，還有哈馬丹沙霧的混合結果讓恩努克烏爺爺逐漸昏沉睡去。

「不過我還是得說，就是傳教士把我的兒子誤入歧途，」他突然開口嚇了我一跳。

「我們已經聽你說過這件事很多次了。說點別的吧，」伊菲歐瑪說。可是恩努克烏爺爺還是繼續說，彷彿沒聽見她說什麼。

「我還記得第一個來阿巴的傳教士，那個人叫約翰神父啊[54]。他的臉就跟棕櫚油一樣紅。他們說我們這裡的這種太陽無法在白人的土地上放出光芒。他有一個幫手，一個來自尼莫的男人，名字是朱德。他們會在下午把孩子聚集到麵包樹底下的傳教站，教導他們認識那個宗教。我沒有加入他們，kpa，可是有時會去看看他們在做什麼。有一天我對他們說，你們敬拜的神在哪裡？他們說他就像是楚庫烏，說祂在天上。所以我問，那個被殺掉之後掛在傳教站外面木樁上的人是誰？他們說是神的兒子，那個兒子和那個父親是同等的。就在那時我知道那個白人瘋了。父親和兒子是同等的？Tufia！[55]妳看不出來嗎？這就是為什麼尤金不把我當一回事，因為他覺得我們是同等的。」

我的幾個表親咯咯笑出聲。伊菲歐瑪也笑了，但她很快停下來對恩努克烏爺爺說，「夠了，閉上嘴好好休息。我們快到了，你得保留精力去跟孩子們解釋姆姆歐。」

「恩努克烏爺爺，你坐得舒服嗎？」亞馬卡問，她把身體往副駕駛座靠。「要我幫你調整一下座位嗎？調整後能有更多空間。」

「不用，我很好。我是個老人了，身高都不見啦。我年輕力壯時才坐不進這台車呢。那時候我只要把手伸長就能拔到樹上的icheku[56]，根本不需要爬樹。」

「當然，」伊菲歐瑪姑姑又笑了。「你難道不是也能伸手就碰到天空嗎？」

她很輕易就能笑出來，而且很常笑。他們每個人都是，就連小奇馬也一樣。

我們抵達埃西以切克時，路上排隊的車子多到幾乎頭尾緊貼。擠在車子旁的人群實在太緊密，人與人之間完全沒有空間，像是全部融為一體，於是罩衫和T恤融為一體、長褲和裙子融為一體，而連身裙也跟襯衣融為一體。伊菲歐瑪姑姑在終於找到一個停車位後緩緩把休旅車停進去。姆姆歐

53 伊博語，「nwa m」指的是「我的孩子」。
54 原文的「Fada John」是混雜著當地語言的破碎英文。
55 伊博語，「Tufia!」的意思是「老天爺啊！」或「不可能這樣！」
56 伊博語，icheku指的是「黑絨羅望子」。

已經開始經過，通常一整排車子都會等一個姆姆歐走過才繼續開。每個角落都能看到小販，他們帶著一個個裝有阿卡拉[57]、蘇亞[58]和棕色雞腿的玻璃箱、一盤盤剝皮橘子，還有裝滿沃斯牌香蕉冰淇淋的浴缸大冰櫃。整個場面就像是一幅生氣盎然的畫突然活了起來。我從沒去任何地方看過姆姆歐，而此刻我坐在靜止的車內，身邊有好幾千個也是來看姆姆歐的人。爸爸曾有一次載著我們經過埃西以切克的人群，那是好幾年前的事了，當時他喃喃地說這些參加異教徒化裝舞會的人都很無知。他說了他們的故事，表示這些人都是從螞蟻洞爬出來的靈，說他們可以讓椅子跑動、讓籃子裝滿水，但這些都只是魔鬼搞出來的民間傳說。魔鬼搞出來的民間傳說。爸爸的語氣讓人覺得這一切都很危險。

「看看這個，」恩努克烏爺爺。「這是個女靈，女性姆姆歐是無害的。她們在節慶期間甚至不會靠近那些大姆姆歐。」他指的那個姆姆歐很嬌小。那張雕刻出來的木臉有著稜角分明的漂亮五官和飽滿嘴唇。那個姆姆歐很常停下來跳舞，這裡扭扭那裡扭扭，掛在她腰間的珠串於是不停搖晃擺盪。附近的群眾歡呼起來，有些人丟錢過去。許多小男孩——跟在那些姆姆歐身後並用金屬歐金[59]和木製伊恰卡[60]彈奏音樂——撿起那些皺巴巴的奈拉紙幣。他們才剛要經過我們身邊，恩努克烏爺爺就大吼著，「別看！女人不可以看這個！」

有個姆姆歐沿路走來，他身邊圍繞的幾個老先生在姆姆歐走動時不停搖響一個聲音尖銳的鈴。這個姆姆歐的面具看起來像是露出冷笑的真實頭骨，兩個眼窩往內凹陷。有隻一直扭來扭去的烏龜綁在那個姆姆歐的額頭上。另外還有一條蛇和三隻死雞掛在姆姆歐被草莖覆蓋的身體上，隨著姆姆歐走動而搖擺。附近路上的群眾快速退開，大家看起來一臉恐懼。幾個女人還轉身衝進附近的住宅。

伊菲歐瑪似乎覺得這一切都很有趣，但她還是把頭轉開了。「別看，女孩們。就順著你們爺爺的意思吧，」她用英文說。亞馬卡已經別開眼神了。我也別開眼神望向那些緊貼在車邊的群眾。順從地參加這場變裝遊行是種罪惡。可是至少我只看了一下子，所以或許就技術上來說，我並沒有真的順從地參加這場異教徒的變裝遊行。

「那是我們的agwonatumbe[61]，」在那個姆姆歐走過之後恩努克烏爺爺這麼說，他的語氣驕傲。「那是我們這個地區最強的姆姆歐，所有阿巴附近的村莊都是因此害怕我們。在去年的阿羅節上，agwonatumbe舉起一支權杖，所有其他姆姆歐都立刻轉身逃跑！他們甚至沒等等看會發生什麼事！」

「看！」歐比歐拉指向另一個在路上移動的姆姆歐。那個姆姆歐看起來就像是塊漂浮的白布，體積比我們在埃努古院子裡的大酪梨樹還要更胖、更高。恩努克烏爺爺在那個姆姆歐經過時低聲咕噥了一下。那個姆姆歐看起來很詭異。我在看著姆姆歐時腦中浮現了許多椅子在奔跑的畫面，所有椅子的四隻腳不停彼此敲打，彷彿看見有水被裝在籃子裡，以及有人形的東西從螞蟻洞裡爬出來。

57 阿卡拉（akara）是油炸豆餅。
58 蘇亞（suya）是烤肉。
59 歐金（ogene）是一種金屬雙鐘樂器。
60 伊恰卡（ichaka）是一種手搖鈴。
61 伊博語，agwonatumbe的直譯是「襲擊烏龜的那條蛇」。

看。

「他們怎麼做的？恩努克烏爺爺？人要怎麼進去裡面？」賈賈問。

「噓！這些是姆姆歐，是靈！別像個女人一樣說話！」恩努克烏爺爺勃然大怒，轉頭瞪著賈賈看。

伊菲歐瑪笑著用英文說。「賈賈，你不該說那裡面有人。你不知道嗎？」

「不知道，」賈賈說。

她仔細盯著賈賈看。「你沒有ima mmuo[62]，對嗎？歐比歐拉兩年前在他父親的家鄉做過。」

「沒有，我沒做過，」賈賈喃喃地說。

我看著賈賈，不知道他眼神中的黯淡是不是因為羞愧。我突然好希望他有做過「ima mmuo」，也就是進入靈界的啟蒙儀式。我對那件事所知甚少，其實女人是完全不該了解這件事的，畢竟是那男人成年禮的第一步。不過賈賈曾告訴我，他聽說男孩子會被鞭打並被迫在看好戲的群眾面前洗澡。爸爸只提過一次這個啟蒙儀式，當時是在說所有讓兒子去參加儀式的基督徒腦子根本進水了，而且最後也會被地獄之火吞噬。

我們沒過多久就離開了埃西以切克。伊菲歐瑪姑姑先把昏昏欲睡的恩努克烏爺爺送回家，他健康的眼睛半閉著，快瞎掉的眼睛卻全張著，而覆蓋在那隻眼睛上的薄膜現在看起來更厚了，像煉乳。伊菲歐瑪姑姑在我們的住宅區內停下腳步，問她的孩子們要不要進去屋內，亞馬卡說不要，她的聲音很大，似乎是希望兩個弟弟也跟著拒絕。伊菲歐瑪姑姑把我們帶進去，對爸爸揮揮手，他正在一場聚會中，然後她用她一貫的方式緊緊抱了賈賈和我後離開。

那天晚上，我夢到我在笑，但發出的聲音不像我的笑聲，但也不確定我的笑聲聽起來該是如何。那笑聲聽起來粗獷、低啞，就像伊菲歐瑪姑姑的笑聲。

62 伊博語，「ima mmuo」的意思是「你不懂鬼嗎？」或「你沒有接受過啟蒙嗎？」

爸爸開車載我們去參加聖保羅教堂的聖誕彌撒。我們的車開入佔地遼闊的教堂前院時，伊菲歐瑪姑姑和她的孩子正要爬進他們家的休旅車。他們等爸爸停好梅賽迪斯車，走過來跟我們打招呼。伊菲歐瑪姑姑說他們剛剛參加了早場彌撒，打算中午再去跟我們會合。她因為身穿紅色罩袍與高跟鞋看起來更高了，甚至散發出更為無懼的氣息。亞馬卡抹的紅色唇膏跟母親一樣，襯的她微笑時露出的牙齒更白，「聖誕快樂。」

雖然我試圖把注意力放在彌撒上，腦中卻一直想起亞馬卡的唇膏。真想知道把顏色抹上嘴唇是什麼樣的感覺。更讓我難以專心在彌撒上的是，從頭到尾都說伊博語的神父完全沒在佈道時提到福音的內容，反而提起了鐵皮和水泥。「你們以為我把鐵皮的錢都吞掉了，okwia？」他大吼，同時還不停做出手勢，以控訴姿態一一指向教眾。「話說回來，你們有多少人奉獻給教會？gbo？如果你們不奉獻，我們怎麼有辦法蓋房子？你們以為鐵皮和水泥只需要花十考包[63]就能買到嗎？」

爸爸希望神父能聊點別的，主要是跟在馬槽裡的誕生故事有關，或跟牧羊人及那顆指引星有關。我能看出來他的心思，因為他把彌撒書抓得太緊，不停在靠背長椅上改變的坐姿也反映了這點。我們坐在長椅第一排。一名在白色連身裙胸口掛著聖母瑪利亞徽章吊飾的帶位員趕來招待我們坐下，還急迫地用很大聲的悄聲語氣對爸爸說，這些前排是專門保留給重要人士的。烏米阿迪酋長坐在我們的左邊，他是在阿巴唯一房子比我們大的人，部落王室殿下「伊格威」[64]則坐在我們的右邊。那位伊格威在進行平安禮時走過來跟爸爸握手，他說，「Nno nu，我之後會去拜訪你，這樣我們才能好好向彼此問好。」

彌撒結束後，我們陪著爸爸到教堂建築旁的多功能大廳參加募款活動。那場募款活動是為了蓋神父的新房子。一名在額頭上緊緊綁著頭巾的帶位員分發印有神父舊房子照片的小冊子給大家，一枚看起來不太有把握的箭頭指著屋頂漏水的地方，另外還有一枚指著白蟻啃掉門框的地方。爸爸寫了一張支票遞給帶位員，跟她說他不想發表演說。當主持人宣布金額時，神父起身開始跳舞，還不停左右扭動他的屁股，群眾也起身大聲歡呼，聲音就像雨季結束時的轟隆雷鳴。

「我們走吧，」爸爸在主持人終於繼續宣布其他人的捐款時這麼說。他帶領我們走出大廳，路途上跟許多人微笑揮手。這些人都伸出手想抓他的白色寬鬆長衣，就彷彿光是碰觸到他就能治好他們的病。

我們到家時，客廳裡的所有小沙發椅和長沙發都已經坐滿人，有些人甚至是靠坐在邊桌上。這些男男女女在爸爸進去時站起身，他們高喊「Omelora！」的叫聲充斥在空氣中。爸爸到處跟人握手、擁抱並說著「聖誕快樂」和「神保佑你」。有人把通往後院的門開著，客廳中充滿濃濃的藍灰色的燒柴煙，客人的五官因此變得朦朧。我可以聽見烏木那的妻子們在後院喋喋不休地說著話，她們正在把湯和燉菜從柴火上的大鍋子裡撈出來，準備送去給來家裡的人吃。

「來跟我們烏木那裡的妻子們問好，」媽媽對賈賈和我說。

63 考包（kobo）的幣值是奈拉紙幣（naira）的百分之一。

64 伊格威（Igwe）也有「天空之神」的意思。

迎。

我們跟著她走到屋外後院。那些女人一看見賈賈和我後立刻拍手怪叫，我說，「Nno nu。」歡

她們看起來都一個樣子，每個人身上都同樣穿著不合身的上衣、破舊罩衫，頭上還綁著頭巾。她們臉上都拉出大大的微笑，牙齒都是煤炭色，被太陽曬得乾巴巴的皮膚無論顏色或質地都跟落花生殼一樣。

「Nekene，看看那個即將繼承他父親財富的男孩！」其中一個女人說，此時她怪叫地更大聲了。她的嘴巴扭出像是狹窄管道的形狀。

「如果不是我們血液裡流著同樣的血，我會把我的女兒賣給你，」另一個人對賈賈說。她正蹲在柴火邊整理三腳架底下的柴。其他人都笑了。

「這女孩已經是個成熟的agbogho了！很快就會有一個強壯的男人帶棕櫚酒來給我們了！」另一個女人說。她身上骯髒的罩衫沒有綁好，其中一角在她端著一盤炸牛肉丁走過時拖在地面。

「上樓換衣服，」媽媽攬住賈賈和我的肩膀說。「你們的姑姑和表親很快就要來了。」

西西在樓上已經擺好餐桌上的八套餐盤餐具，其中有焦糖色的大餐盤和熨燙成平整三角形的成套餐巾。伊菲歐娜姑姑和她的孩子們抵達時，我正在把上教堂的衣服換下。我聽見她響亮的笑聲，那笑聲迴盪、持續存在了好一陣子。我沒意識到我的那些表親也在笑，直到我走到客廳才發現，他們的笑聲也在跟他們母親的笑聲彼此應和著。媽媽還穿著上教堂那件繡滿大量亮片的粉紅色罩衫。她和伊菲歐瑪姑姑一起坐在沙發上。賈賈正在陳列架旁跟亞馬卡還有歐比歐拉說話。我走過去加入他們，同時開始調節我的呼吸，以免自己又開始結巴。

「那是音響，是吧？你們為什麼不放一些音樂呢？還是你們聽音響也聽到很煩了？」亞馬卡問。她平靜無波的眼神不停在賈賈和我身上來回快速移動。

「對，那是一台音響，」賈賈說。他沒說我們從來沒用音響播放任何東西，我們甚至沒想過這種可能性。我們聽的只有爸爸在家庭時間打開的廣播。亞馬卡走過去拉開裝黑膠唱片的抽屜。歐比歐拉也跟過去看。

「難怪你們不用音響，這裡的東西都好無聊！」她說。

「這些才不無聊，」正在翻看那些黑膠唱片的歐比歐拉說。他習慣不停把架在鼻子上的厚重眼鏡往上推。終於他把其中一片放上唱盤，那是一個愛爾蘭教會合唱團演唱的〈齊來，信主聖徒〉。他似乎對這座音響感到著迷，站在那裡隨著歌曲播放盯著那台音響看，彷彿可以藉由死盯著這座機器來理解內部所有鍍鉻零件的秘密。

奇馬走進來。「這裡的廁所好好喔，媽咪。裡面有大鏡子和裝在玻璃瓶裡的乳液。」

「希望你沒有打破什麼，」伊菲歐瑪姑姑說。

「我沒有，」奇馬說。「可以開電視來看嗎？」

「不行，」伊菲歐瑪姑姑說。「你的尤金舅舅很快會上來，等他上來我們就吃午餐。」

西西走了進來。她身上散發著食物和香料的味道。她跟媽媽說伊格威來了，爸爸表示希望我們下去向他問好。媽媽起身拉緊身上的罩衫，等著伊菲歐瑪帶領大家走下去。

「我以為伊格威應該要在他的宮殿裡接待客人才對。我不知道他會去別人家拜訪，」亞馬卡在我們走下樓梯時說。「我猜是因為你們的父親是大人物吧。」

我真希望她剛剛說的是「尤金舅舅」而不是「你們的父親」。她說話時甚至沒有看向我。我看著她，感覺像是看著珍貴的亞麻色沙子從我指間不停滲漏出去。

伊格威的宮殿距離我們家只有幾分鐘。我們曾去拜訪過一次，大概是幾年前吧，不過後來沒再去過，因為爸爸說雖然伊格威已經皈依天主教，卻還是允許他的異教徒親戚在他的宮殿裡進行祭祀。媽媽曾有一次以專屬於女人的傳統方式對他問候，她鞠躬時把腰彎得很低，好讓他能用稻草色動物尾巴做的柔軟扇子輕拍她的背。那天晚上回家後，爸爸跟媽媽說那樣做是有罪的。你不該向另一個世俗之人鞠躬。對伊格威鞠躬是個背棄神的傳統。所以幾天後，我們去奧卡見主教，我沒有跪下來親吻他的戒指。我想要讓爸爸以我為傲。可是爸爸在車裡扯我的耳朵，說我沒有明辨是非的精神：主教是屬神的人，而伊格威只是傳統領袖而已。

「午安，先生，nno，」我下樓對伊格威說。他微笑著對我開口時，鼻毛從寬大的鼻孔中探出來抖動，「我們的女兒啊[65]，kedu？」

其中一間比較小的起居室被專門用來接待他、他的妻子，還有他們的四名助手。雖然冷氣開著，其中一名助手還是在用一把表面貼滿金箔的扇子為他搧風。另一名助手正在為他的妻子搧風。他的妻子是個黃皮膚女人，脖子上掛著一串又一串的珠寶、金墜子、珠粒和珊瑚。綁在她頭上的頭巾地像一片寬大的香蕉葉往前展開，而且非常高聳，我想教堂中坐在她身後的人得站起來才能看到聖壇。

我看著伊菲歐瑪姑姑放低一邊膝蓋，並用一種表達尊敬的音量高聲說出「伊格威！」我看著他輕拍她的背。覆蓋在他長袍上的金色亮片在午後陽光中閃閃發亮。亞馬卡對著他深深鞠躬。媽媽、賈賈和歐比歐拉跟他握手，而且都是用雙手緊握住他的手。我在門邊又站了一下子，確保爸爸看見我沒有走到靠近伊格威的地方去向他鞠躬。

回到樓上後，媽媽和伊菲歐瑪姑姑去了媽媽的房間。奇馬和歐比歐拉伸直身體趴在地毯上，開始玩歐比歐拉在口袋裡找到的沃特卡牌[66]。亞馬卡想看一本賈賈說有帶來這裡的一本書，所以他們一起進了賈賈的房間。我坐在沙發上看著表弟們玩著紙牌。我不懂那個遊戲，也不懂為什麼每隔一陣子就會有人大笑著喊「驢子！」音響已經關掉了。我起身走進走廊，站在媽媽的臥房門邊。我想進去跟媽媽還有伊菲歐瑪姑姑待在一起，但又只是站那在那裡不動，偷聽著裡面的動靜。媽媽壓低聲音在說話，我只能勉強聽到「工廠到處都有滿滿的瓦斯桶。」她想說服伊菲歐瑪姑姑去跟爸爸要那些瓦斯桶。

伊菲歐瑪姑姑也壓低聲音說話，可是我聽得很清楚。畢竟她就算壓低聲音還是跟平常的狀態差不多——精神高亢、活力充沛、無懼、張揚，魅力非凡。「妳難道忘記伊菲迪歐拉都還沒死的那時候，尤金曾提議要買車給我嗎？可是首先他要我加入聖約翰騎士服務團。他還要我們把亞馬卡送去修道院學校。他甚至要我停止化妝！我確實想要一台新車，nwunye m，我想重新開始使用瓦斯爐、想要新的冷凍庫，而且想要更多錢，這樣才不用在奇馬的長褲變得太小時幫他拆縫線。可是我不會要求我的兄弟低頭彎腰，好讓我為了得到這些東西去舔他的屁股。」

65 這裡也是一種泛稱，指的是同一個社群中的女性晚輩。
66 沃特卡牌（whot cards）是奈及利亞的國民遊戲，是一種戰略性卡牌遊戲。

「伊菲歐瑪，如果妳……」媽媽的聲音再次變得越來越不清楚。

「妳知道尤金為什麼跟伊菲迪歐拉處不來嗎？」伊菲歐瑪姑姑壓低的聲音又回來了，不過變得更激情、更響亮。「因為伊菲迪歐拉當面說出他的感受。伊菲迪歐拉不怕說出真相。可是妳知道尤金會為了他不喜歡的真相爭辯。我們的父親快死了，妳有聽見嗎？快死了。他是個老傢伙了，他還能有多少時間？gbo？但尤金不讓他走進這棟屋子，也不願向他問好。O joka！[67]尤金得停止做神的工作了。神是無所不能的。如果神要因為我們的父親選擇追尋祖先道路而審判他，那就讓神去審判，而不是尤金。」

我聽見烏木那這個詞。伊菲歐瑪姑姑回答前又發出那種粗啞笑聲。「妳也很清楚我們烏木那裡的這些人，事實上阿巴的所有人都一樣，他們只會說他想聽的話。我們這裡的人怎麼會不懂人情世故？難道妳會去亂捏餵養妳的手指嗎？」

我沒聽見亞馬卡從賈賈房間出來走向我的聲響，或許是因為走廊太寬了，直到我的脖子可以感受到她的呼吸，她說，「妳在做什麼？」

我嚇得跳起來。「沒事。」

她一臉奇怪地看著我，而且直直盯著我的眼睛。「妳父親已經上樓準備好要吃午餐了，」她終於開口。

爸爸看著我們在桌邊坐下，然後開始飯前禱告。這次的禱告比平常長一點，超過二十分鐘，等他終於說「因我主耶穌基督之名」時，伊菲歐瑪姑姑高聲喊出的「阿門」比我們其他人的聲音更突出。

「你是想要讓飯都變冷嗎？尤金。」她喃喃地說。爸爸只是繼續把餐巾打開，一副沒聽見她說話的樣子。

餐廳裡充滿叉子碰到盤子的聲響，還有上菜湯匙碰到碟子的聲響。雖然是下午時間，西西卻已經把窗簾拉上，打開水晶吊燈。黃色燈光讓歐比歐拉的雙眼映照出更深邃的金色，就像特別甜的蜂蜜。房內的冷氣開著，但我覺得很熱。

亞馬卡幾乎把所有食物都堆在她的盤子上——加羅夫飯、福福和兩種不同的湯，另外還有炸雞和牛肉、沙拉和奶油醬——就像個短時間內再也沒有機會吃到東西的人。一片片生菜從她的盤子邊緣伸出來碰到桌面。

「你們總是用刀叉還有餐巾吃飯嗎？」她轉過來看著我問。

我點點頭，努力把視線聚焦在加羅夫飯上。真希望亞馬卡可以小聲一點。我不習慣在桌上有這種對話。

「尤金，你一定得讓孩子們來恩蘇卡拜訪我，」伊菲歐瑪姑姑說。「我們沒有豪宅，可是至少他們可以更認識他們的表親。」

「孩子們不喜歡離開家，」爸爸說。

「那是因為他們沒有離開過。我確定他們會喜歡恩蘇卡。賈賈和凱姆比利，是吧？」

我喃喃地對盤子說了些話，然後開始咳嗽，就好像在說如果不是因為咳嗽，我其實真的能說出

67伊博語，「Ojoka!」的意思是「這太糟了！」

一些他人可理解的話。

「爸爸說沒問題的話才可以，」賈賈說。爸爸對賈賈微笑。真希望剛剛我有這麼說。

「或許他們下次放假的時候吧，」爸爸的口氣很堅定。他希望伊菲歐瑪姑姑放棄這個話題。

「尤金，biko，讓孩子們來跟我們住一星期吧。他們要到一月底才需要回學校。就讓你的司機載他們去恩蘇卡。」

「Ngwanu[68]，我們再看看吧，」爸爸說。這是他第一次說伊博語。他的眉頭快速皺了一下，兩道眉毛幾乎要碰到彼此。

「伊菲歐瑪剛剛說他們剛取消了一場罷工，」媽媽說。

「恩蘇卡的情況有改善嗎？」爸爸重新用英文問。「那間大學現在只是靠往日榮光在苟延殘喘。」

伊菲歐瑪瞇起眼睛。「你有想過打電話問候我嗎？嗯？尤金？你的手要是哪天拿起電話打給你妹妹，難道是會萎縮掉嗎？gbo？」她的伊博語帶著一絲逗弄的口吻，但語調中的剛毅讓我感覺喉頭哽住。

「我有打給你，伊菲歐瑪。」

「多久前的事？我問你——多久前的事？」伊菲歐瑪姑姑把她的叉子放下。現場有很長一段時間氣氛緊繃，她坐著不動，爸爸也不動，而我們也一動也不動。終於媽媽清清喉嚨，問爸爸果汁瓶是不是空了。

「對，」爸爸說。「叫那個女生拿更多瓶果汁來。」

媽媽起身去叫西西。西西拿來的瓶內盛裝著感覺很優雅的液體，那些液體的形狀逐漸往上變得尖細，像個纖瘦但凹凸有致的女性。爸爸先為每個人倒飲料，然後請大家一起舉杯。「敬聖誕節的精神，敬神的榮耀。」

我們一起重複他的話。歐比歐拉的句子在最後揚起，所以聽起來像在提問：「敬神的榮耀？」

「也敬我們，敬家族精神，」伊菲歐瑪姑姑在喝果汁之前又補充。

「這是你們工廠製造的嗎？尤金舅舅？」亞馬卡問，同時瞇起眼睛想看清楚寫在瓶子上的字。

「對，」爸爸回答。

「有點太甜了。如果糖能加少一點會更好。」亞馬卡的語調就跟日常和長輩說話時一樣禮貌。

我不確定爸爸有沒有點頭，或者只是隨著咀嚼動了一下。我的喉嚨再次哽住，無法把口中的米飯吞下去。我在伸手拿玻璃杯時不小心把杯子翻倒，血色果汁蔓延在白色蕾絲桌布上。媽媽趕緊把一條餐巾蓋在上面。當她拿起那條染紅的餐巾時，我想起她留在樓梯上的血。

「你有聽說阿歐克波的事嗎？尤金舅舅？」亞馬卡問。「那是一個在貝努埃的小村莊。聖母瑪利亞出現在那裡。」

我真想知道亞馬卡是怎麼做到的。怎麼一張開嘴巴，字詞就能輕易從她口中流瀉而出。

爸爸花了一點時間咀嚼、吞嚥，然後才說，「有，我有聽說。」

「我計畫帶著孩子去那裡朝聖，」伊菲歐瑪姑姑說。「說不定凱姆比利和賈賈可以跟我們一起

68 伊博語，Ngwanu的意思是「來吧」，這裡大概可翻成「先吃飯吧」。

去。」

亞馬卡很快抬眼望向她的母親，表情驚訝。她開口說了些什麼，但又停住。

「嗯，教會還沒確認這個顯靈現象的真實性，」爸爸說。他若有所思地盯著他的盤子。

「你知道等教會針對阿歐克波的事正式發言時，我們早就死了，」伊菲歐瑪姑姑說。「就算教會說那件事不是真的，重要的是我們去的原因——虔誠的信仰。」

伊菲歐瑪姑姑說的話似乎意外地讓爸爸很開心。他緩慢地點點頭。「你們計畫什麼時候去？」

「大概一月，在孩子回學校上課前。」

「好。等我們回埃努古，我會打電話給你，然後安排讓賈賈和凱姆比利去個一、兩天。」

「一星期啦，尤金，讓他們待一星期。我家沒有會把人頭咬掉的野獸！」伊菲歐瑪姑姑笑了，她的孩子也發出同樣的粗啞笑聲。他們露出的牙齒就像裂開的棕櫚果核一樣白。只有亞馬卡沒笑。

隔天是星期天，但感覺不像星期天，或許是因為我們聖誕節才上過教堂。媽媽走進我的房間輕輕搖晃我、擁抱我，我聞到她身上除臭劑的薄荷氣味。

「睡得好嗎？我們今天要去早場彌撒，因為妳父親在彌撒後有一場聚會。Kunie[69]，趕快進廁所，已經超過七點了。」

我打了一個呵欠，坐起身。床上有片紅色汙漬就跟翻開的筆記本一樣大。

「妳的月經來了，」媽媽說。「有帶衛生棉嗎？」

「有。」

我稍微沖了一下就從淋浴間出來了，就怕洗太久會拖到時間。我挑了一件藍白連身裙，在頭上綁了條藍色頭巾。我把頭巾在脖子背後綁了兩個結，尾端塞進玉米壟髮辮底下。有一次爸爸驕傲地擁抱我、親吻我的額頭，因為班奈迪克神父跟他說我總在參加彌撒時把頭髮好好覆蓋住，而不是像教會的其他女孩一樣讓頭髮露出來，一副不知道在教堂露出頭髮是種罪惡的樣子。

我走出去時，已經打扮好的賈賈和媽媽已經在樓上客廳等待了。我的肚子被一陣陣絞痛蹂躪著，就像是有人用獠牙一次次深深咬入我的胃壁，然後又一次次鬆開。「妳有普拿疼嗎？媽媽？」

「經痛abia？[70]」

「對。而且我的胃好空。」

媽媽望向牆上的掛鐘，那是爸爸捐錢給一個慈善機構後得到的禮物，橢圓形的鐘面上用金色字母浮雕著他的名字。七點三十七分。聖餐齋戒規定信眾不可以在彌撒前一小時攝取固體食物。我們從未打破聖餐齋戒的規定。就算餐桌上已經為了早餐擺好茶杯和穀片碗，我們在回家前都不會進食。

「吃一點玉米片吧，快點，」媽媽用幾乎是悄悄話的音量說。「妳需要胃裡有一點食物才能吃普拿疼。」

賈賈從桌上的盒子裡倒了一些穀片出來，用茶匙舀了一點奶粉和糖進去，然後加水。玻璃碗是

69 伊博語，Kunie的意思是「站起來」。

70 伊博語，abia是「來了」、「出現了」的意思。這裡整句可以簡單翻譯為「經痛了嗎？」

透明的，我可以在碗底的水中看見像粉筆的結塊奶粉。

「爸爸跟訪客在一起，如果他上來我們會聽見，」他說。

我開始狼吞虎嚥地把泡了奶水的穀片吃下去，而且是站著吃。媽媽遞給我普拿疼藥片，那枚藥片還包在薄薄的鋁箔包裝內，鋁箔紙在我打開時皺成一團。賈賈沒在碗裡倒很多穀片，所以爸爸開門走進來時我其實快吃完了。

爸爸的白色襯衣上有完美的縫線，但還是不太能掩蓋他肚子上那一坨肉。他盯著我手裡那個裝有玉米片的玻璃碗。我低頭看著幾片軟軟的玉米片漂浮在結塊奶粉之間，心裡疑惑著他爬上樓梯時怎麼都不會發出聲音。

「妳在做什麼，凱姆比利？」

我用力把食物吞下去。「我……我……」

「妳在彌撒前十分鐘吃東西？彌撒前十分鐘？」

「她月經來了，她經痛——」媽媽說。

賈賈立刻打斷她。「是我叫她在吃普拿疼前先吃一點玉米片，爸爸。我幫她弄的。」

「難道魔鬼都叫你們去幫他跑腿嗎？」爸爸的口中爆出伊博語。「魔鬼在我們家搭帳篷住下來了嗎？」他轉向媽媽。「妳就坐在那裡看著她做這種褻瀆聖餐齋戒的事？maka nnidi？[71]」

他慢慢解開他的腰帶。那是一條用多層棕色皮料製成的厚重腰帶，上頭的扣帶低調地包裹上皮革。那條腰帶先是落在賈賈身上，打在他的肩膀上，然後在媽媽舉起雙手時落在她的一隻前臂上，由於她穿著上教堂的衣服，所以是落在縫有許多亮片的蓬鬆袖子上。我把碗放在桌上時，腰帶正落在我的背上。以前有時我會看著富拉尼[72]遊牧者身上的白色傑拉巴長袍隨風拍打著他們的腿，當他們用細枝將牛群驅趕過道路時，每次揮打的動作都迅速精準。爸爸對媽媽、賈賈和我揮鞭時就像一個富拉尼游牧者——只不過沒有他們精瘦、高挑的身體——同時不停喃喃低語著「惡魔不會贏」。我們始終沒有移動超過腰帶揮舞範圍兩步的距離。

然後腰帶停下來了，爸爸盯著他手裡的皮製腰帶，整張臉皺成一團，眼皮也鬆垮垮的。「你們為什麼要走上罪惡的道路？」他問。「你們為什麼喜歡罪惡？」

媽媽把皮帶從他手中接過來，放在桌上。

爸爸把賈賈和我用力抱過去。「腰帶有傷到你們嗎？有打傷你們的皮膚嗎？」他仔細看著我們的臉。我感覺背部一陣陣抽痛，但還是說沒事，我說我沒受傷。爸爸在說我們喜歡罪惡時搖頭的樣子就像有什麼沉沉地壓在他身上，也像是有著無法擺脫的過去。

我們去參加了比較晚的那場彌撒，可是先把衣服換掉了，就連爸爸也是。我們還先洗了臉。

我們在新年過後立刻離開阿巴。我們烏木那的妻子拿走了所有剩下的食物，甚至包括媽媽說已經壞掉的煮熟米飯和豆子，還跪在後院的泥地上謝謝爸爸和媽媽。大門守衛在我們開車離開時高舉雙手揮舞著。他的名字是哈魯那，這是他幾天前告訴賈賈和我的，他那有豪薩口音的英文會把P和

71 伊博語，「maka nnidi?」的意思是「為了什麼？」

72 富拉尼（Fulani）人是主要位於西非地區的一個遊牧民族。

F念反，他說我們的「舖親」是他見過最棒的大人物，也是他有過最好的老闆。我們知道我們的「舖親」有幫他的孩子們「舖」學費嗎？我們知道我們的「舖親」幫助他的「老佛」在當地政府辦公室找到送文件的工作嗎？我們很幸運能擁有這樣的「舖親」。

爸爸在我們開上高速公路時開始誦讀玫瑰經。我們出發不到一個半小時就遇到了一座檢查哨，車流因此堵塞，比平常多很多的警察正揮舞著槍枝分散車流。我們沒看見出事的那些車輛，然後才終於開到最壅塞路段。那裡有台車停在檢查哨前，另一台車從後方撞上，而且撞到整台車只剩一半。有具身穿藍色牛仔褲的血淋淋男子屍體躺在路邊。

「願他的靈魂安息，」爸爸一邊說一邊在胸前劃了十字。

「別看那邊，」媽媽轉回來對我們說。

可是賈賈和我已經在看那具屍體了。爸爸正在談起那些警察的事，說他們在林木茂盛的區域也設置檢查哨，就算這樣對摩托車騎士來說很危險也不管，只為了可以藉由叢林掩護從路過人民身上勒索金錢。但我其實沒什麼在聽爸爸說話。我正在想那個穿著藍色牛仔褲的男人，那個死人。我真想知道他本來要去哪裡，而且打算在那個地方做什麼。

爸爸在兩天後打電話給伊菲歐瑪姑姑。要是我們那天沒去告解，爸爸可能就不會打那通電話，而我們可能也不會去恩蘇卡。那麼一切就會維持原樣。

那天是主顯節，是當守瞻禮的日子，所以爸爸沒去工作。我們去參加了早上的彌撒，雖然我們通常不會在當守瞻禮的日子拜訪班奈迪克神父，但還是在結束後去了他的住處。爸爸希望班奈迪克神父聽取我們的告解。我們在阿巴時沒有告解，因為爸爸不喜歡用伊博語進行，此外，爸爸說阿巴的教區牧師不夠屬靈。我們的民族就是有這個問題啦，爸爸告訴我們，我們看待事物的優先順序錯了。我們太在意巨大的教堂建築和雄偉的雕像。你絕不會看到白人這樣做。

在班奈迪克神父的屋子裡，媽媽、賈賈還有我坐在客廳讀著報紙和雜誌，這些報紙和雜誌攤開放在形狀如同棺材的低矮桌上，就像是放在攤位上銷售，而爸爸則在旁邊的書房和班奈迪克神父說話。然後爸爸突然出現，要我們準備進行告解，現在由他先打頭陣。雖然爸爸把門緊緊關上，我還是能聽見他的聲音，那些字詞不停彼此流淌，像是車引擎發動時永無止境的轟隆音響。接下來是媽媽，此時的門留了一個小縫，但我聽不見她說話。賈賈花的時間最短，他出來時甚至還沒把十字劃完，就像是趕著要離開那個房間。我用眼神問他記不記得他對恩努克烏爺爺說的謊，他點點頭。我走進房間，那個房間的大小只勉強能放下一張書桌和兩張椅子，我推了一下門，確保門有關好。

「求神父降福，我有罪，」我坐在椅子的最前緣。我好渴望能夠告解，也渴望這個木頭小隔間帶來的安全感，當然還有將神父和懺悔者隔開的那道綠色簾幕。我真希望我能跪下，也好希望能拿班奈迪克神父桌上的檔案夾擋住臉。面對面告解會讓我聯想到提早到來的審判日，我覺得措手不及。

「是的，凱姆比利，」班奈迪克神父說。他直挺挺地坐在椅子上，手指擺弄著披在他肩膀上的紫色聖帶。

「我上次告解已經是三週前的事了，」我說。我死死地盯著牆壁上緊臨在教宗裱框照片下方的區域，那張照片下方有著一個潦草的簽名。「我的罪如下。我說謊兩次。我打破一次聖餐齋戒的紀律。我在讀玫瑰經時失神三次。關於我所說的一切，以及我忘記說的一切，我懇求你的寬恕，懇求神的寬恕。」

班奈迪克神父在椅子上改變了一下姿勢。「那麼，請繼續。妳知道刻意在告解時有所保留是一種對聖靈犯下的罪。」

「是的，神父。」

「那麼，請繼續。」

我把眼神從牆壁轉開後瞄了他一眼。他的雙眼跟我曾見過一次的蛇是一樣的綠色，當時那條蛇嘶嘶作響地從木槿花叢附近穿越院子。園丁說那是一條無害的花園蛇。

「凱姆比利，妳必須告解妳所有的罪。」

「是的，神父。我已經告解了。」

「對主有所保留是錯誤的。我給妳時間想一想。」

我點點頭，然後再次盯著牆壁看。我做了什麼班奈迪克神父知道但我不知道的事嗎？爸爸跟他說了什麼嗎？

「我在爺爺家待了超過十五分鐘，」我終於說。「我爺爺是異教徒。」

「妳有吃任何用來祭祀偶像的當地食物嗎？」

「沒有，神父。」

「妳有參加任何異教徒儀式嗎？」

「沒有，神父。」我沉默了一下。「可是我們有看到姆姆歐。在變裝遊行上。」

「妳享受那件事嗎？」

我抬眼望向那張牆上的照片，心想那不知道是不是真的教宗簽名。「是的，神父。」

「妳明白在異教徒儀式中感受到快樂是錯誤的，因為那違背了第一誡。異教徒儀式只是被誤導的迷信，而且是通往地獄的大門。明白了嗎？」

「是的，神父。」

「為了妳的悔過，請讀《主禱文》十遍、《聖母經》六遍，還有《使徒信經》一遍。而且妳必須有意識地努力讓所有享受異教徒生活方式的人皈依天主教。」

「是的，神父。」

「那麼，好，請唸《痛悔經》。」

在我誦讀《痛悔經》時，班奈迪克神父喃喃說出降福的話，伸手劃十字。

在我走出來時，爸爸和媽媽還低垂著頭坐在沙發上。我在賈賈身邊坐下，低頭，開始進行懺悔。

我們坐車回家時，爸爸用壓過〈聖母頌〉的音量大聲說話。「我現在沒有瑕疵了，我們全都沒有瑕疵了。如果神現在召喚我們，我們會直接上天堂。直接上天堂。我們不會需要受到煉獄的淨化。」正在微笑的他雙眼明亮，一隻手輕柔敲打方向盤。回家後沒多久，他還沒喝茶就先打給伊菲歐瑪姑姑，而且當時還帶著微笑。

「我跟班奈迪克神父討論過了，他說孩子們可以去阿歐克波朝聖，但你們必須清楚明白，在那裡發生的事還沒獲得教會的認可。」一陣沉默。「我的司機凱文會帶他們去。」一陣沉默。「明天太快了。後天吧。」一陣漫長的沉默。「喔，好。願神保佑妳和孩子。再見啦。」

爸爸把話筒放下後轉向我們。「你們明天出發，所以上樓打包你們的行李吧。準備五天的行李。」
「是的，爸爸，」賈賈和我同時說。
「我想或許，anam asi[73]，」媽媽說，「他們不該空手去拜訪。」
爸爸瞪著她，好像對她的話感到很驚訝。「我們會放一些食物到車子裡，當然，包括山藥和米，」他說。
「伊菲歐瑪有提到恩蘇卡現在很難找到瓦斯桶。」
「瓦斯桶？」
「對，煮飯用的瓦斯。她說她現在是用舊式煤油爐。你還記得之前有人說過，那種摻了錯誤成分的煤油害爐子炸死人嗎？我想或許你可以從你的工廠送一、兩桶瓦斯過去。」
「這是妳和伊菲歐瑪計畫好的嗎？」
「Kpa，我只是建議。要怎麼做還是給你決定。」
爸爸花了一點時間仔細觀察媽媽的臉。「好，」他說。他轉頭重新面對賈賈和我。「上樓打包你們的東西。從你們的讀書時間分二十分鐘出來。」
我們緩慢沿著蜿蜒樓梯往上爬。我不知道賈賈的肚子是不是像我的一樣不停發出攪動聲。這是我們人生中第一次要睡在家以外的地方，而且沒有爸爸在。
「你想去恩蘇卡嗎？」我問他。我們當時正爬到樓梯二樓的平台。
「想，」他說。他的雙眼表示他知道我也想。但我無法透過我的眼神語言告訴他，一想到沒有爸爸說話和腳步聲的五天，我的喉頭就變得多緊繃。

隔天早上，凱文從爸爸的工廠帶回兩桶滿滿的瓦斯桶，另外跟米、豆子、一些山藥、一把把綠色大蕉，還有一些鳳梨一起放進福斯車的行李廂。賈賈和我站在木槿花叢旁等著。園丁正在修剪九重葛，努力馴服那些堅持要從修剪平整的樹叢頂端探出頭的花朵。他已經把緬梔樹底下耙過了，枯葉和粉色花朵一堆堆躺在那裡，等著人用獨輪車運走。

「這是你們在恩蘇卡那週需要遵循的行程表，」爸爸說。他塞進我手中的那張紙就跟貼在我樓上書桌前方牆上的行程表很類似，只是每天多了兩小時「和你的表親相處」。

「唯一可以不照行程表走的只有跟你們姑姑去阿歐克波的那天，」爸爸說。他擁抱賈賈和我的雙手在顫抖。「我從沒和你們分開超過一天。」

我不知道要說什麼，但賈賈點點頭說，「一週後見。」

「凱文，小心開車。了解嗎？」爸爸在我們上車時這麼交代。

「是的，先生。」

「回程時要加油，在九哩路那邊。別忘記帶收據回來給我。」

「是的，先生。」

爸爸要我們下車。他再一次擁抱了我們兩人，輕柔撫摸我的後頸，然後要我們別忘記在車程中誦念完整的十五端玫瑰經。媽媽又抱了我們一下，然後我們再次上車。

73 伊博語，「anam asi」的意思是「我就是說說」。

「爸爸還在揮手，」賈賈在凱文把車頭轉向車道時這麼說。他正望著他頭上的鏡子。

「他在哭，」我說。

「園丁也在揮手，」賈賈說。我不知道他是不是真的沒聽見我說話。我把玫瑰念珠從口袋掏出來，親吻上面的十字架，開始禱告。

我在車子行進時望向窗外，數著路邊被燒黑的車體，有些因為放在路邊太久已經覆蓋上一層紅鏽。我想著那些曾在裡面的人，不知道他們在意外發生前夕有什麼感受？就是在玻璃碎裂金屬遭到壓爛火舌開始亂竄之前？我沒把心思放在任何光榮的「奧蹟」上，而且知道賈賈也沒有，因為他不停忘記已經輪到他誦讀其中一端玫瑰經。車子大概開了四十分鐘，我看見路邊有標示寫著「奈及利亞大學，恩蘇卡」，於是問凱文我們是不是快到了。

「還沒，」他說。「還要再一下。」

在靠近奧皮這座小鎮時——覆滿沙塵的教堂和學校招牌上都寫著「奧皮」——我們遇到了一座警察檢查哨。老舊的輪胎和打滿釘子的圓木散落在大半路面上，只留下一個窄窄的通道。一個警察在我們接近時揮舞旗子要我們停下。凱文無奈地呻吟了一聲，慢下車速，同時把手伸進手套箱抽出十奈拉紙幣丟出窗戶，就朝著警察的方向。警察開玩笑地敬了個舉手禮，微笑，揮手讓我們通過。如果爸爸在車上，凱文絕不會這麼做。每次有警察或士兵把爸爸攔下來時，他都會花很長的時間給他們看車輛相關文件，還讓他們搜車，總之絕不靠賄賂讓他們放行。我們不能成為我們對抗的那種人，他常告訴我們。

「我們正在進入恩蘇卡小鎮，」凱文幾分鐘後說。我們開過市場。那些貨架稀疏但擠在路邊的大量小店鋪幾乎要漫溢到窄窄的路上，此外還塞滿雙排停車的車輛、頭上頂著托盤的小販、摩托車、推著裝滿山藥的手推車的男孩、提著籃子的婦女，還有從地墊上抬頭揮手的乞丐們。凱文現在開得很慢，因為路中央會突然出現坑洞，他小心跟著前方的車子蜿蜒前進。一開出市場那條因為兩側的侵蝕變窄的道路後，他暫停下來讓其他車先過去。

「我們在大學了，」他終於說。

一道寬大的拱頂出現在我們上方，上頭用切割金屬製作的黑色字母拼出「奈及利亞大學，恩蘇卡」字樣。拱頂底下的大門全開，一旁有身穿深棕色制服和成套貝雷帽的警衛看守。凱文把車子停下，搖下車窗。

「午安。請問，我們要怎麼開到瑪格麗特．卡特賴特大道？」他問。

離我們最近的警衛臉上肌膚有著像是揉皺連身裙的紋路，他先問了「你好嗎？」才跟凱文說，瑪格麗特．卡特賴特大道距離很近，我們只需要直走，第一個路口右轉，幾乎就能立刻看到那條大道在左手邊。凱文對他表示感謝後開走。路邊有一整片菠菜色的草坪延展開來。我轉頭盯著草坪中央的雕像，那是一隻用後腿站立的黑色獅子，牠的尾巴彎彎地往上翹，胸前往前挺起。我本來沒有意識到賈賈也在看，直到他大聲讀出刻在底座上的字：「為了恢復人的尊嚴。」然後就彷彿怕我看不出來一樣，接著他又補充說明，「這是大學的座右銘。」

瑪格麗特．卡特賴特大道兩側排列著石梓樹。我想像這些樹在雨季的雷雨中彎曲身體，伸長身體碰觸彼此，把這條大道變成一條幽黑隧道。一開始路邊都是雙聯式平房，這些平房的車道鋪著小碎石，前方立著「小心惡犬」的牌子，但很快就變成車道有兩台車長度的獨立平房，接著是位於一個個方塊街區內的工整公寓大樓，前方有著寬廣空地而非車道。凱文開得很慢，口中喃喃唸著伊菲歐瑪姑姑的門牌號碼，彷彿這樣可以比較快找到。她的公寓位於我們開到的第四個街區，那是一棟外表單調的高大建築，牆面的藍色油漆有些剝落，許多電視天線從陽台上伸出來。建築兩側各有三間公寓，而伊菲歐瑪姑姑的公寓位於左側的一樓。公寓前方有個綻放出各種明亮色彩的圓圈——那是一座花園——周遭用鐵絲網圍起來。玫瑰、木槿花、百合花、仙丹花和灑金榕像手繪花圈一樣肩並肩長在一起。伊菲歐瑪姑姑穿著一條短褲從公寓走出來，雙手在T恤上擦了擦。她的膝蓋皮膚很黑。

「賈賈！凱姆比利！」她幾乎沒等我們完全下車就衝過來抱我們。她把我們抱得好緊，以確保兩人都能抱進她的懷中。

「午安，女士啊，」凱文先向她問好，然後才繞到後方打開後車廂。

「啊！啊！」伊菲歐瑪姑姑說。「尤金是以為我們家鬧飢荒嗎？甚至還讓你們帶一袋米來？」

凱文露出微笑。「Oga[74]說是要向妳打招呼的，女士。」

「嘿！」伊菲歐瑪看著後車廂大叫。「瓦斯桶？喔，nwunye m不該這麼費心的。」然後伊菲歐瑪小小跳了一段舞。她用雙臂做出划船的動作，並輪流把兩條腿往前伸後再用力往下踩。

凱文站在一旁開心地搓揉雙手，就彷彿是他策畫了這場大驚喜。他把瓦斯桶從後車廂抬出來，再讓賈賈幫他抬進公寓。

「你們的表親很快就會回來了，他們去向阿瑪迪神父說生日快樂。阿瑪迪神父是我們的朋友，他在我們的神職辦公室工作。我剛剛在煮飯，而且還幫你們兩人殺了一隻雞！」伊菲歐瑪姑姑笑著把我們拉近她身邊。她聞起來有肉豆蔻的味道。

74這裡的Oga是混雜著當地語言的破碎英文，意思是主人、大人的意思。

「我們要把這些放在哪裡？女士啊？」凱文問。

「就留在陽台上吧。亞馬卡和歐比歐拉晚點會收。」

伊菲歐瑪姑姑搭著我的肩走進客廳。我首先注意到的是天花板真的好矮，感覺伸手就能摸到。這裡跟我們家真的很不一樣。我們家有的是那種讓房間感覺大器而靜謐的高聳天花板。此時有濃濃的煤油煙味混和著咖哩和肉豆蔻的氣味從廚房飄出來。

「我得看看我的加羅夫飯有沒有燒焦！」伊菲歐瑪衝進廚房。

我在棕色的沙發坐下。沙發上的靠墊縫線磨損而且有些部分綻開。那是客廳中唯一的一座沙發，旁邊擺了幾張藤椅，藤椅上放著軟軟的棕色墊子。中央的桌子也是籐製的，上頭有個東方風情的花瓶，瓶身上畫著一名身穿和服跳舞的女子。瓶內有三朵長莖玫瑰，但太過刺眼的紅讓我懷疑是塑膠花。

「Nne，別當自己是客人。進來、進來，」伊菲歐瑪姑姑從廚房走出來說。

我跟著她走進一條旁邊擺有許多爆滿書架的短短走廊。那些灰撲撲的木料似乎只要有人在書架上再加一本書就會坍倒下來。每本書看起來都很乾淨。這些書不是常有人讀就是常有人在打掃。

「這是我的房間。我跟奇馬一起睡，」伊菲歐瑪姑姑打開第一扇門說。門口的牆邊堆著許多盒裝和袋裝的米。有只托盤上放著超大罐的奶粉和伯恩維塔牌的麥芽飲，在一張附有讀書燈的書桌附近放著許多藥瓶和書。另一個角落有一些行李箱堆疊在一起。伊菲歐瑪姑姑帶我走到另一個房間，房內的其中一面牆邊擺了兩張床，並為了能讓兩人以上睡在上面並排放在一起。另外有兩張五斗櫃、一面鏡子，還有一套想盡辦法塞進去的書桌椅。我真不知道賈賈和我要睡在哪裡，伊菲歐瑪姑姑像是看穿了我的心思，她說，「妳和亞馬卡會睡在這裡，nne。歐比歐拉會睡在客廳，所以賈賈跟他一起睡在那裡。」

我聽見凱文和賈賈走進公寓。

「我們已經把東西都拿進來了，女士啊。我現在要走了，」凱文說。他從客廳往裡頭大喊，但其實公寓這麼小，他不用這麼大聲。

「幫我向尤金道謝。告訴他我們很好。小心開車。」

「是的，女士啊。」

我看著凱文離開，突然感覺胸口好緊。我好想跟在他身後逃走，好想跟他說等我拿了我的包包回到車上再走。

「Nne，賈賈，在你們的表親回來之前，來廚房跟我待在一起。」伊菲歐瑪姑姑的口氣很隨興，彷彿我們的來訪是件再尋常不過的事，也彷彿我們之前就來訪過很多次。賈賈率先走進廚房在一張矮木凳上坐下。我因為廚房空間很小站在門邊，畢竟當她在水槽把米瀝乾、確認正在烹煮的肉，或在研磨缽裡把番茄磨成泥時，我走進去很難不擋到她的路。淺藍色的廚房磁磚邊角都已破損崩裂，可是看起來刷得很乾淨，那只鍋子也很乾淨，只是鍋蓋尺寸不合，所以其中一邊歪歪地陷入鍋裡。煤油爐放在窗邊的一張木桌上。一旁的窗戶和破舊窗簾被煤油煙燻成黑灰色。伊菲歐瑪姑姑一邊把米飯放回爐子上一邊絮絮叨叨地說著話，她切了兩顆紫洋蔥，不停流洩出的字句中穿插著粗啞的笑聲。她常抬手用手背抹掉因為切洋蔥而流出的眼淚，所以感覺像是又哭又笑。

她的孩子沒過多久都回來了。他們看起來跟之前不太一樣，或許是因為我第一次在他們自己家看見他們，而不是在阿巴的恩努克烏爺爺家作客的時候。他們進屋時，歐比歐拉把太陽眼鏡取下放進短褲口袋。他看到我時笑了。

「賈賈和凱姆比利到了！」奇馬尖聲大叫。

我們用擁抱彼此打招呼，用我們的身體短暫覆蓋住彼此。亞馬卡的身體兩側在退開之前幾乎沒碰到我。她塗抹著唇膏，那種更像是紅色而非棕色的色調跟之前不同，連身裙則完整呈現出她的纖瘦身形。

「來這裡的路上還順利嗎？」她問的時候看著賈賈。

「順利，」賈賈說。「我本來以為會更久。」

「喔，埃努古距離這裡其實沒那麼遠，」亞馬卡說。

「我們還沒買飲料，媽，」歐比歐拉說。

「我不是叫你們離開前先去買嗎？gbo？」伊菲歐瑪姑姑把切片洋蔥丟進熱油中後退開。

「我現在去。賈賈要一起去嗎？我們只是要去隔壁的雜貨店。」

「別忘記把空瓶帶過去，」伊菲歐瑪姑姑說。

我看著賈賈和歐比歐拉一起離開。我沒辦法看到他的臉，所以不知道他是不是跟我一樣搞不清楚狀況。

「我去換個衣服，媽，然後來炸大蕉，」亞馬卡說完後轉身離開。

「Nne，跟她一起去吧，」伊菲歐瑪姑姑對我說。

我跟著亞馬卡走去她的房間，踏出的每一步都感覺膽戰心驚。這裡的水泥地板很粗糙，不像我家光滑的大理石地板一樣可以讓人滑步前進。亞馬卡把耳環取下，放在五斗櫃上，然後看著在全身鏡中的自己。我坐在床邊看著她，不確定她到底知不知道我跟著她走進房間。

「我想跟埃努古相比，妳一定覺得恩蘇卡很落後吧，」她還看著鏡子。「我有叫媽別再逼你們兩個來了。」

「我……我們……想要來。」

亞馬卡對著鏡子露出微笑，那是一個姿態很高的淺笑，彷彿是在說我根本不該費心對她說謊。「恩蘇卡沒什麼時髦的好地方，怕妳還沒有意識到，就是先說一下。恩蘇卡沒有『創世紀』或『耐克湖』那種地方。」

「什麼？」

「創世紀和耐克湖啊，就是埃努古那些時髦的好地方。你們一天到晚去，對吧？」

「沒有。」

亞馬卡奇怪地看了我一眼。「可是你們每隔一段時間就會去吧。」

「我……對。」我從沒去過創世紀餐廳，那間耐克湖度假旅館也只有在爸爸的合作夥伴在那裡辦婚禮及婚宴時去過一次，而且我們待的時間只夠爸爸和那對新人拍照並送上禮物而已。

亞馬卡拿起一把梳子後梳起她的短髮髮尾。然後她轉向我問，「妳為什麼要壓低聲音？」

「什麼？」

「妳說話時會壓低聲音。妳總是在說悄悄話。」

「喔。」我說。我的雙眼聚焦在書桌上，那上面放滿東西——書本、有裂紋的鏡子，還有許多螢光筆。

亞馬卡把梳子放下，把連身裙從頭上脫掉。在她白色蕾絲胸罩和淺藍色內褲底下的身體就像一頭豪薩山羊：棕色的皮膚，纖長的身體。我很快別開我的眼神。我從沒見過任何人脫掉衣服。看別人的裸體是一種罪。

「我想這裡的音響系統完全比不上妳在埃努古房間的音響系統，」亞馬卡說。她指向五斗櫃旁邊地上的小錄音機。我想跟她說我的房間裡沒有任何播放音樂的「系統」，可是我不確定她聽到後會不會高興，而如果我真的有她也一定不會高興。

她把錄音機按開，隨著多聲部的鼓點節奏點頭。「我聽的大多是原住民音樂。這些音樂有文化意識，有一些真實想說的話。我最喜歡聽的是費拉[75]、奧薩德貝[76]和安耶卡[77]的作品。喔，我想妳大概不知道他們是誰吧。我敢肯定妳就跟其他青少年一樣喜歡美國流行樂。」她說「青少年」的態度就好像她不是青少年一樣，對她來說，青少年似乎就是那種不聽有文化意識的音樂，而且稍微比她低等一點的生物。而且她說「文化意識」的口氣很驕傲，那是人們說出一個從沒想過自己有可能學到的詞彙時會有的態度。

我坐在床鋪邊緣不動，雙手緊緊交握，我想跟亞馬卡說我沒有錄音機，而且我幾乎無法聽出那些流行音樂有什麼不同。

「這是妳畫的嗎？」結果我問了這個問題。那是一幅畫了一個女人和一個孩子的水彩畫，很像掛在爸爸臥房牆上的聖母子油畫，只是亞馬卡畫作中的母子有著深色皮膚。

「對，我有時會畫畫。」

「畫得真好。」真希望我之前就能知道我的表姊妹有在畫寫實水彩畫。此外，真希望她不要再用那種眼神盯著我了，彷彿我是那種還沒獲得充分說明與分類的奇怪實驗動物。

「妳們兩個女孩被什麼困住了嗎？」伊菲歐瑪姑姑在廚房裡對我們大喊。

我跟著亞馬卡再次回到廚房，看著她把大蕉切片、油炸。賈賈很快就跟另外兩個男孩一起帶著裝在黑色塑膠袋裡的瓶裝飲料回來。伊菲歐瑪姑姑要歐比歐拉把餐桌擺好。「今天我們會把凱姆比利和賈賈當成客人，可是從明天開始，他們就會是家人，所以也會參與家裡的工作，」她說。

餐桌用的是會在乾季裂開的那種木頭。最外層的皮面像蛻皮的蟋蟀一樣正在脫落，導致表面翹起許多捲曲薄片。餐椅並不是一整套的。其中四張是單純的木椅，另外兩張附有黑色椅墊。賈賈坐在我的隔壁。伊菲歐瑪姑姑說了飯前禱詞，不過在我的所有表親都說了「阿門」之後，我的雙眼還閉著。

「Nne，我們的禱告已經結束了。我們不會像妳的父親一樣以飯前禱告為名舉辦彌撒，」伊菲歐瑪姑姑一邊說一邊咯咯發笑。

我張開眼睛，發現亞馬卡正盯著我看。

75 費拉．庫蒂（Fela Kuti，一九三八—一九九七）是奈及利亞的音樂家和政治運動者，他曾在英國讀書，一九六〇年代回國創立了「Afrobeat」這種音樂風格。他曾因為庇護政治受難者而受到政府打壓。

76 史蒂芬．歐西塔．奧薩德貝酋長（Chief Stephen Osita Osadebe，一九三六—二〇〇七）是伊博人上流社會最著名的音樂家之一。

77 安耶卡．奧韋努（Onyeka Onwenu，一九五二—二〇二四）是奈及利亞歌手、作曲者、演員、人權運動者。

「我希望凱姆比利和賈賈每天都來，這樣我們才能吃這些。雞肉和飲料！」歐比歐拉一邊推高他的眼鏡一邊說。

「媽咪！我要雞腿，」奇馬說。

「我覺得他們現在把瓶子裡的可樂裝得比較少，」亞馬卡把可樂瓶拿到眼前仔細檢查。

我低頭看著加羅夫飯、炸大蕉和我盤子上的半根雞腿，努力想讓自己專心，也努力想把食物吞下去。桌上的盤子並不是一整套。奇馬和歐比歐拉用塑膠盤，我們其他人用的是樸素的玻璃盤，上頭沒有任何秀美的花朵圖樣或銀線。我的頭頂上方不停有笑聲流過。四面八方都有語句噴出，而且通常沒有尋求或想要獲得任何回應。我們在家裡說話都有目的，尤其是在餐桌上，可是我的表親們似乎只是說啊說啊說個不停。

「媽，biko，給我雞脖子，」亞馬卡說。

「妳上次不是還說服我不要吃雞脖子嗎？gbo？」伊菲歐瑪姑姑問，然後拿起她盤子上的雞脖子，伸手放在亞馬卡的盤子上。

「我們上次吃雞肉是什麼時候？」歐比歐拉問。

「別像山羊那樣嚼食物！歐比歐拉！」伊菲歐瑪姑姑說。

「山羊反芻和吃飯的咀嚼方法都不一樣啦，媽。妳是指哪種？」

我抬頭望向正在咀嚼的歐比歐拉。

「凱姆比利，食物有什麼問題嗎？」伊菲歐瑪姑姑問，我嚇了一大跳。我剛剛覺得自己彷彿不在這裡，只是從遠處觀察一個任何人都可以在任何時間向任何人說任何話的餐桌。這裡的自由空氣想怎麼呼吸都可以。

「我喜歡這個飯，姑姑，謝謝妳。」

「如果喜歡這個飯，就吃這個飯，」伊菲歐瑪姑姑說。

「說不定沒有妳在家裡吃的高檔飯那麼好，」亞馬卡說。

「亞馬卡，別煩妳表姊妹了，」伊菲歐瑪姑姑說。

我在午餐結束前都沒說話，但有仔細聆聽每個人說的每個字。每次的粗啞笑聲或玩笑話也都沒錯過。大多時候說話的是我的表親，而伊菲歐瑪姑姑只是坐在那裡一邊看著他們一邊緩慢吃飯。她看起來像個有好好帶領足球隊的教練，此刻正心滿意足地站在罰球區旁觀賞大家的表現。

午餐結束後，雖然我很清楚廁所就在臥房對面的門後，我還是了問亞馬卡可以去哪裡解放我自己。我的問題似乎讓她很惱火，所以她只是隨便地往走廊一揮，問，「不然還能在哪裡？」

廁所裡的空間很窄，我只要張開雙臂就能同時碰到兩邊的牆。這裡不像家裡有柔軟的地毯、馬桶上也沒有毛茸茸的坐墊和蓋子。一個空空的塑膠桶放在馬桶旁邊。我尿完尿之後想沖水，但水箱是空的，就算按沖水把手也只像是在上下扯動空氣。我在狹窄的空間內站了幾分鐘，然後才離開去找伊菲歐瑪姑姑。她正在廚房用一個浸滿肥皂水的海綿刷洗煤油爐外殼。

「我會很珍惜地使用新得到的瓦斯桶，」伊菲歐瑪姑姑看見我時微笑著說。「只有烹調特殊的餐點才使用，這樣才用得久。所以現在還不會把這座煤油爐收起來。」

我沉默了一下，因為我想說的話跟瓦斯爐和煤油爐實在一點關係也沒有。我可以聽見歐比歐拉的笑聲從陽台傳來。

「姑姑，馬桶裡沒有水。」
「妳尿尿了嗎？」
「對。」
「我們的水只有早上有，o di egwu。所以我們尿尿不沖水，除非真的有『東西』要沖。又或者有時好幾天沒水，我們只會把蓋子蓋上，等所有人上過之後再用一個桶子裝水去沖。這樣省水。」伊菲歐瑪姑姑露出哀愁的微笑。
「喔，」我說。
亞馬卡在伊菲歐瑪姑姑說話時走進來。我看著她走向冰箱。「我確定你們在家一定是每小時都在沖水，畢竟要確保永遠有乾淨新鮮的水可用嘛，可是我們這裡不這麼做喔，」她說。
「亞馬卡，o gini？[78]我不喜歡那個語氣！」伊菲歐瑪姑姑說。
「抱歉，」亞馬卡咕噥。她把冷水從塑膠瓶倒進玻璃杯。
我離那面被煤油煙燻黑的牆很近，此刻好希望我能融入牆中消失。我想跟亞馬卡道歉，可是不確定要為了什麼道歉。
「明天我們會帶凱姆比利和賈賈去校園走一走，」伊菲歐瑪姑姑說，她的語氣很正常，我不禁懷疑她剛剛的高聲怒斥是我的想像。
「沒什麼好看的。他們會覺得很無聊。」
此時電話鈴響了。那鈴聲既響亮又刺耳，跟我們在家那種低低的悶響不同。伊菲歐瑪姑姑趕去她的臥房接起電話。「凱姆比利！賈賈！」過了一陣子後，她大聲叫他們過去。我知道打來的人是爸爸。我先等賈賈從陽台進來好跟他一起過去。等我們走到電話邊時，賈賈退開一步，透過手勢示意我先講。

「哈囉，爸爸。晚安，」我說，然後心想著他不知道會不會發現我吃飯前講了太短的禱詞。

「妳好嗎？」

「很好，爸爸。」

「你們不在，家裡空蕩蕩的。」

「喔。」

「有需要什麼嗎？」

「沒有，爸爸。」

「如果需要什麼，立刻打電話回來，我會派凱文送去。我每天都會打電話來。記得要讀書和禱告。」

「好的，爸爸。」

然後換媽媽接電話，她的聲音聽起來比平常壓低音量的說話方式還要更大聲，又或許只是因為電話的關係。她跟我說西西忘記我們不在家，結果竟然煮了四人份的午餐。

那天晚上賈賈和我坐下吃晚餐時，我腦中浮現爸媽孤單地坐在好大餐桌上的畫面。我們吃的是中午剩下的米飯和雞肉，但只有配水，因為下午買的飲料已經喝完了。我們家的廚房儲藏室總有一

78 伊博語，「o gini?」的意思可以翻成「這是怎樣？」

籃籃裝滿的可樂、芬達和雪碧，我一想到這件事後趕快大口把水吞下去，彷彿這樣做可以沖掉自己剛剛的心思。要是亞馬卡有讀心能力，我知道我現在的想法一定會讓她很滿意。晚餐時比較沒人在說話或大笑，因為電視開著，我的表親們拿著盤子跑去客廳吃。年紀大的兩位沒管沙發和椅子，只是直接坐在地上，蜷曲在沙發上的奇馬則是把塑膠盤小心翼翼放在大腿上。伊菲歐瑪姑姑也要賈賈和我一起去客廳，這樣我們可以更清楚地看到電視。我先等賈賈拒絕，聽他跟姑姑說我們不介意坐在餐桌上，然後點頭表示同意。

伊菲歐瑪姑姑和我們坐在一起，但還是一邊吃飯一邊瞄向電視。

「我真不懂他們為什麼讓我們的電影頻道充滿二流的墨西哥節目，明明我們有那麼多有潛力的人才，」她喃喃地說。

「媽，拜託現在別說教，」亞馬卡說。

「從墨西哥進口肥皂劇比較便宜，」歐比歐拉說。他的雙眼還黏在電視上。

伊菲歐瑪姑姑站起來。「賈賈和凱姆比利，我們通常每晚會在睡前誦唸玫瑰經。當然，等我們看完電視，或不管你們做完什麼其他事之後，你們想熬夜到多晚都可以。」

賈賈在椅子上扭動了一下，然後從口袋裡掏出行程表。「姑姑，爸爸的行程表說我們應該要在晚上讀書。我們有把我們的課本帶來。」

伊菲歐瑪姑姑先是盯著賈賈手中的那張紙，然後狂笑到整個人都站不穩。她高大的身體像是被風吹過的木麻黃一樣彎下腰來。「尤金給你們一張在這裡需要遵循的行程表？Nekwanu anya[79]，這到底是什麼意思？」伊菲歐瑪姑姑又笑了一下，然後伸手去要那張紙。等她轉向我時，我把我那張折成平整方形的行程表從裙子口袋中拿出來。

「在你們離開前，我先幫你們保管。」

「姑姑……，」賈賈正要說些什麼。

「反正只要你們不告訴尤金，欸，他怎麼會知道你們沒有遵守行程表？gbo？你們在這裡就是放假。這是我家，所以我們有自己的規則。」

我看著伊菲歐瑪姑姑把我們的行程表拿進她的房間。我的嘴巴感覺很乾。我的舌頭黏在口腔上側。

「你們在家有每天需要遵守的行程表？」亞馬卡問。她仰躺在地板上，頭枕著從其中一張椅子上拿下來的靠墊。

「對，」賈賈說。

「有意思。所以現在的有錢人沒辦法自己決定每天要做什麼，還需要靠行程表來告訴他們啊。」

「亞馬卡！」歐比歐拉大吼。

伊菲歐瑪姑姑拿著一串有著藍色珠子和金屬十字架的巨大玫瑰念珠走出來。節目最後的演職員名單開始在螢幕上跑動，歐比歐拉關上電視。歐比歐拉和亞馬卡回臥房拿他們的玫瑰念珠，賈賈和我則把玫瑰念珠從口袋裡掏出來。我們跪在藤椅旁，伊菲歐瑪姑姑開始誦唸第一端。而就在我們說

79 伊博語，「Nekwanu anya」可以翻成「瞧瞧我在看什麼」。

了最後一遍《聖母經》後，我聽見旋律悠揚的歌聲高聲揚起，於是猛地抬頭。是亞馬卡在唱歌！

「Ka m bunie afa gi enu……[80]」

伊菲歐瑪姑姑和歐比歐拉也加入她，他們的聲音融合在一起。我的雙眼對上賈賈的雙眼。他的眼中水氣蒸騰，充滿各種請求與暗示的情緒。不！我透過用力眨了一下眼睛對他說。這樣不對。你不該在玫瑰經誦唸到一半時開始唱歌。我沒有跟著他們一起唱，賈賈也沒有。亞馬卡在每一端結束後都會唱歌，伊菲歐瑪姑姑也像歌劇女伶一樣從肚腹深處擠壓出各種語句，應和著那些高昂的伊博歌曲。

誦唸完玫瑰經後，伊菲歐瑪姑姑問我們有沒有會唱的歌。

「我們在家不唱歌，」賈賈回答。

「我們在這裡會唱歌，」伊菲歐瑪姑姑說。她皺起眉頭，我不知道是不是因為有點惱怒。

伊菲歐瑪姑姑跟我們道晚安，然後走進臥房。歐比歐拉打開電視。我跟賈賈一起坐在沙發上看著電視上的影像，但分不清楚那些橄欖色皮膚的角色到底誰是誰。我感覺來拜訪伊菲歐瑪姑姑和她家人的只是我的影子，真正的我正在埃努古的房間內讀書，面對著貼在前方牆上的行程表。我很快就起身走進臥房，準備要去睡覺。雖然行程表不在身邊，但我知道爸爸在上面用鉛筆寫了幾點要睡覺。我睡著時還在想，不知道亞馬卡何時會進房間？而在看到我已經睡著時，不知道她會不會嘲弄地撇下嘴角。

我夢到亞馬卡把我壓進滿是綠棕色團塊的馬桶水裡。一開始只有我的頭先進去，然後馬桶變得很大，於是我的身體也跟著一起進去。亞馬卡在旁邊不停大喊，「沖水、沖水、沖水，」而我則努力想掙脫。我醒來時還在掙扎。已經翻身下床的亞馬卡正把披在睡衣外的罩衫綁好。

「我們要去水龍頭那裡取水，」她說。她沒有要我一起去，但我還是起身綁好罩衫，跟著她一起走出去。

賈賈和歐比歐拉已經在小小後院的水龍頭邊了。後院角落堆了許多老舊輪胎和腳踏車零件和壞掉的大箱子。歐比歐拉把各種容器放在水龍頭底下，開口都對著洶湧流出的水。賈賈表示要把第一個裝滿的容器帶回廚房，可是歐比歐拉說沒關係，然後直接拿了進去。亞馬卡把下一個容器拿進去時，賈賈把一個比較小的容器放到水龍頭底下裝滿。他昨晚睡在客廳，他告訴我，就睡在一張歐比歐拉從臥房門後拉出攤開在客廳的床墊上，身上蓋著罩衫。我讚嘆於他語氣中的驚異情緒，也讚嘆於他瞳孔的棕色變得如此柔和。我表示要負責拿下一個容器，可是亞馬卡笑著說我的骨頭那麼軟，不可能拿得動。

等全部處理完後，我們在客廳做了晨間禱告。晨間禱告是一連串的短禱詞穿插著歌曲。伊菲歐瑪姑姑為大學禱告、為講師和行政人員禱告，也為奈及利亞禱告，最後她祈禱我們可以在今日找到平靜與歡笑。在我們劃出十字時，我抬頭尋找賈賈的臉，想看他是不是也對伊菲歐瑪及她家人祈禱能夠獲得的事物感到困惑，尤其是，歡笑。

我們輪流在狹窄的浴室裡洗澡，用的是一桶桶半滿的水。洗澡水是靠著插進去的加熱旋管變溫

80 伊博語，「Ka m bunie afa gi enu……」可翻成「讓我高舉你的姓名」。

暖。那座光潔無暇的浴缸角落有個三角形的洞，水流進去時會發出像是男人的痛苦呻吟。我用自己的海綿及肥皂在身上塗滿泡沫——媽媽仔細幫我打包了所有衛浴用品——不過在我用一個淺杯子舀水，一次次緩慢沖洗自己的身體後，踏上擺在地面的舊浴巾時仍覺得自己全身滑滑的。

從浴室出來時，我看到伊菲歐瑪姑姑在餐桌旁。她正把幾匙奶粉放進一大罐冷水中。「如果我讓這些孩子自己泡奶，這些不到一週就喝完了，」她把康乃馨牌奶粉的錫罐放回她房內的保險箱。我希望亞馬卡不會問我媽媽會不會做同樣的事，如果我得告訴她我們在家想喝多少就能喝多少，而且還是喝巔峰牌奶粉泡出濃郁奶水，我一定會一直結巴。早餐是歐比歐拉衝出去從某個地方買回來的歐克帕。我從沒有一餐只吃歐克帕，只有偶爾在坐車去阿巴的途中會買這種用豇豆和棕櫚油做的蒸煮蛋糕當點心吃。我看著亞馬卡和伊菲歐瑪姑姑切開那濕潤的黃色蛋糕體，於是也跟著做。伊菲歐瑪姑姑要我們動作快一點。她想帶賈賈和我去校園逛逛，然後還得趕回來煮飯。她邀請了阿瑪迪神父來吃晚餐。

「妳確定車子裡的油夠嗎？媽？」歐比歐拉問。

「至少夠讓我們在校園裡繞一圈。真希望下週能有油來，不然等重新開學後，我就得走去上課了。」

「或者搭okada，」亞馬卡笑著說。

「照這樣的情況下去，我很快就得試試看了。」

「什麼是okada？」賈賈問。我轉過頭盯著他看，心裡很驚訝。我沒想到他會問這個問題，或者說沒想到他有可能問出任何問題。

「摩托車，」歐比歐拉說。「摩托車現在比計程車還受歡迎。」

我們走向車子時，伊菲歐瑪姑姑在花園裡停步把一些棕色葉子拔掉，一邊咕噥著說，哈馬丹風正在殺死她的植物。

亞馬卡和歐比歐拉發出一陣受不了的呻吟，「別現在弄妳的花園，媽。」

「那是木槿花，對嗎？姑姑？」賈賈盯著靠近鐵絲網柵欄邊的一株植物說。「我不知道有紫色木槿花。」

伊菲歐瑪姑姑笑了。她摸了一下那朵花，花的顏色是幾乎像藍色的深紫色。「所有人的第一反應都是這樣。我的好朋友菲利帕是植物學講師。她在這裡時進行了很多實驗。看，這是白色仙丹花，但沒辦法開得像紅色仙丹花那麼飽滿。」

賈賈走到伊菲歐瑪身邊一起看，而我們則站在一旁看著他們。

「O maka[81]，好漂亮，」賈賈說。他用一隻手指撫摸過花瓣。伊菲歐瑪姑姑的笑聲又延長了幾個音節。

「對，很漂亮。我得把我的花園圍起來，因為鄰居小孩會跑進來拔這些比較不常見的花。現在我只讓我們教堂或新教教堂的聖壇女孩進來。」

「媽，o zugo。我們走吧，」亞馬卡說。可是伊菲歐瑪姑姑又花了一點時間帶賈賈看她的花，然後我們才擠進那台休旅車。她開車出發，在轉進一條很陡的斜坡時關掉引擎讓車子往下滑，途中可

81 伊博語，「O maka」的意思是「真美」。

聽見鬆脫的螺絲喀拉喀拉響。「這樣省油，」她快速轉頭向賈賈和我說。

我們經過的房子外有著向日葵籬笆，那些手掌大的花朵像一個個巨大黃點錯落在枝葉間。籬笆中間有許多開口，所以我可以看見這些房子的後院——金屬水缸放在沒有油漆的水泥磚上，老舊輪胎鞦韆掛在芭樂樹上，衣服則晾在綁在樹與樹之間的繩子上。到了街道尾端，伊菲歐瑪姑姑發動引擎，因為已經到了水平路面。

「那是大學附設的小學，」她說。「奇馬現在就是上那間小學。以前狀況比較好，現在妳瞧瞧，窗戶上有些百葉窗板都不見了。而且那些建築都好髒。」

寬廣的校地外圍是由修剪過的木麻黃樹圍起籬笆。校地內塞滿長形建築，分布方式就像是在毫無規劃的狀況下恣意長出來的。伊菲歐瑪姑姑指向學校旁的一棟建築，那是非洲研究院，她的辦公室就在那裡，大部分時候也是在那裡教課。那棟建築很老舊，我可以從建築的顏色和窗戶看出來，上頭因為太多次的哈馬丹風吹拂而覆著一層灰，已經不可能再散發出光澤。伊菲歐瑪姑姑開過一個種有粉紅色長春花的圓環，圓環邊緣交替排列著漆成黑色和白色的磚塊。在路邊有片空地如同綠色床單延展開來，上頭錯落著一棵棵芒果樹，樹上褪色的葉子努力想在乾燥的風中保留住自己的顏色。

「我們就是在那塊空地上舉辦我們的市集，」伊菲歐瑪姑姑說。「那邊是女生宿舍。那棟是瑪莉·斯萊瑟樓。那棟是歐克帕拉樓。然後這是貝羅樓，也就是最有名的宿舍。亞馬卡發誓她進大學後就要住進這棟宿舍，然後展開她的社會運動計畫。」

亞馬卡大笑，但沒有反駁伊菲歐瑪姑姑。

「說不定妳們兩個會一起上大學，凱姆比利。」

雖然伊菲歐瑪姑姑看不見我，我還是僵硬地點點頭。我從沒想過大學的事，不管是要上哪裡還是讀什麼都沒想過。反正到時候爸爸會決定。

伊菲歐瑪姑姑一邊轉彎一邊按喇叭後跟兩個穿著紮染襯衫站在轉角的男子揮手，那兩個男人的頭都快禿了。她把引擎關掉，車子開始高速衝下街道。石梓花和苦楝樹穩穩地站在道路兩旁。苦楝葉刺鼻的澀味充滿車內，亞馬卡深呼吸，跟我們說這東西可以治療瘧疾。我們現在抵達一個住宅區，車子經過一棟棟位於寬廣住宅區內的獨立平房。住宅區內有玫瑰花叢、褪色草坪和水果樹。然後街道逐漸沒了那種鋪過瀝青的平整，路邊沒了整理別緻的花樹籬，房子也變得越來越低矮、窄小。這些房子的前門離得很近，近到你站在其中一扇門前伸長雙手就能碰到隔壁的門。這裡沒有刻意美化的花樹籬，沒有刻意美化的房屋區隔設施或隱私，只有一排排低矮的建築散落在矮小的灌木叢和腰果樹之間。這裡是基層員工宿舍區，也就是秘書和司機住的地方，伊菲歐瑪向我們解釋。亞馬卡補充，「如果他們運氣好，有分配到的話。」

一開過那些建築後，伊菲歐瑪姑姑指向右側，「這是歐丁山。從山頂上看下來的景觀美到令人屏息。站在那裡可以看見神是如何把這些山丘和村莊鋪排開來的，ezi okwu。」

當她迴轉走回來時路時，我任由心思漂蕩，想像神正用兩隻寬大的白手將恩蘇卡的山丘鋪排開來，而神指甲下緣的新月形陰影就跟班奈迪克神父的雙手一樣。我們開過工程學院周遭的結實樹木，開過女生宿舍附近長滿芒果樹的草地。在靠近伊菲歐瑪姑姑公寓的那條街時，她往公寓的反方向轉去，想讓我們看瑪格麗特．卡特賴特大道另一側的樣子。那裡是資深教授住的地方，一棟棟雙聯式平房周遭都被碎石車道緊緊環繞著。

「我聽說他們一開始建造這些房子時，有些白人教授——當時所有教授都是白人——想要煙囪和壁爐，」伊菲歐瑪姑姑說，並發出媽媽談到有些人會去看巫醫時會發出的那種狂放笑聲。她接著指向副校長的住所，又指向周遭圍繞的高牆，表示那裡本來是由照顧良好的櫻花及仙丹花組成的花樹籬，但是後來暴動學生跳過花樹籬，燒掉住宅區裡頭的一輛車。

「那場暴動是跟什麼有關？」賈賈問。

「燈光和水的問題，」歐比歐拉說，我看著他。

「這裡有一個月沒有燈光和水可以用，」伊菲歐瑪姑姑補充。「學生說他們沒辦法好好讀書，所以問可不可以重新安排考試日期，可是遭到拒絕。」

「那些牆醜死了，」亞馬卡用英文說。如果她哪一天真來我們家拜訪，不知道會怎麼看待我們家的牆。副校長家的牆沒有非常高。我可以看見那棟雙聯式平房窩在一批由黃綠色葉子組成的樹冠後方。「建牆只解決了表面上的問題，總之，」她繼續說。「如果我是副校長，學生才不會暴動。他們會有水和光線可用。」

「如果是某個阿布賈的大人物把錢偷走了，難道副校長要為了恩蘇卡吐錢出來嗎？」歐比歐拉問。我轉頭看他，我在想自己十四歲的樣子，同時想著自己現在的樣子。

「我可不介意現在來個誰為我吐錢出來，」伊菲歐瑪姑姑說，她露出那種屬於「看著自家隊伍的驕傲教練」的微笑。「我們現在要進城去看市場上有沒有任何價位合理的烏比[82]。我知道阿瑪迪神父喜歡烏比，我們家裡也有一些玉米可以用來配著吃。」

「我們的油夠嗎？媽？」歐比歐拉問。

「Amarom[83]，可以試試看。」

伊菲歐瑪姑姑讓車子沿著通往大學大門的道路滑行。賈賈在我們經過雕像時扭頭去看那隻趾高氣昂的獅子，嘴唇無聲地動著。「為了恢復人的尊嚴。」歐比歐拉也在讀那個牌匾上的字。他粗啞地笑了一下，然後問，「但人是何時失去了尊嚴？」

到了大門前時，伊菲歐瑪姑姑再次發動引擎。當車子不停抖動但沒有發動起來時，她喃喃地說，「慈愛的聖母，請別是現在啊，」然後又試了一次。車子發出哀哀的慘叫聲。有人在我們後面按喇叭，我轉頭看著那個坐在黃色寶獅504車內的女人。她下車走向我們，身上穿的褲裙在小腿周圍翻飛，像是地瓜一樣澎得圓鼓鼓的。

「我自己的車昨天在東部商店附近開不動了。」那個女人站在伊菲歐瑪姑姑那側的車窗邊，一頭燙得狂放不羈的捲髮在風中搖動。「我兒子今天早上從我丈夫的車子裡吸了一公升油出來，這樣我才能上市場。O di egwu。真希望油趕快來。」

「就等著看吧，我的姊妹。妳的家人都好嗎？」伊菲歐瑪姑姑問。

「我們很好。祝妳順利。」

「來推車吧，」歐比歐拉提議，同時已經打開車門。

82 伊博語，烏比（ube）是一種形狀像無花果的水果，有人稱為一種非洲梨。

83 伊博語，Amarom的意思是「我不知道」。

「等等。」伊菲歐瑪姑姑再次轉動鑰匙，車子抖動一下後發動了。她把車開離現場時發出一聲尖刺的聲響，就像是她怕慢下速度會讓車子有停下來的機會。

我們停在路邊的一個梨子攤販旁，那些泛出青藍色的水果被以金字塔的形狀疊在琺瑯托盤上。伊菲歐瑪姑姑從皮包裡拿出一些皺巴巴的紙鈔給亞馬卡。亞馬卡跟那個小販討價還價了一陣子，然後微笑著指向她想要的那堆水果。我真想知道那樣做是什麼感覺。

回到公寓後，我跟伊菲歐瑪姑姑還有亞馬卡一起在廚房忙。賈賈和歐比歐拉跟住在樓上公寓的其他孩子一起踢足球。伊菲歐瑪姑姑拿了我們從家裡帶來的其中一根大山藥。亞馬卡把報紙鋪在地上後在報紙上削山藥。這樣做比把山藥拿起來放在檯面上處理輕鬆多了。亞馬卡把山藥切塊放進一個塑膠碗，我表示要幫忙削皮，她於是沉默地將一把刀遞給我。

「你們會喜歡阿瑪迪神父的，」伊菲歐瑪姑姑說。「他是新來的神職人員，可是已經受到校園裡的所有人歡迎。每個人都邀他去家裡吃飯。」

「我覺得他跟我們家的感情最好，」亞馬卡說。

伊菲歐瑪姑姑笑了。「亞馬卡對他可是呵護備至。」

「妳這樣是在浪費山藥，凱姆比利，」亞馬卡暴怒。「啊！啊！妳在你們家都是這樣削山藥皮的嗎？」

我嚇得跳起來，手上的刀子都掉了。刀子落在距離我腳邊只有一英寸的地方。「抱歉，」我說，但不確定是因為刀子掉了而道歉，還是因為把太多奶白色的山藥跟著棕色的皮削掉而道歉。

伊菲歐瑪姑姑看著我們。「亞馬卡，ngwa，示範給凱姆比利看。」

亞馬卡看著她母親。她的嘴角往下垂，眉毛挑起，一臉不敢相信有人還得靠別人教才知道要怎麼削山藥皮。她拿起刀子開始削其中一塊，而且削掉的只有棕色的部分。我看著她的手做出拿捏精準的動作，那片被削下的皮不停變長。我的內心好希望自己可以開口好好道歉，也好希望自己可以把這件事做好。她削得很好，始終沒斷的皮看起來就像一條不停旋轉延長的緞帶，只是上頭沾著泥土。

「或許我該把這件事加入妳的行程表，如何削山藥，」亞馬卡咕噥著說。

「亞馬卡！」伊菲歐瑪姑姑大吼。「凱姆比利，去外面的水缸取一點水進來。」

拿起桶子的我對伊菲歐瑪姑姑心存感激，因為她給了我一個機會離開廚房，也遠離亞馬卡那張怒氣沖沖的臉。亞馬卡那個下午幾乎沒再說什麼話，直到阿瑪迪神父帶著散發出一抹泥土味的古龍水香氣來到家裡。奇馬立刻撲上去抱住他。他跟歐比歐拉握手。伊菲歐瑪姑姑快速擁抱了他一下，然後伊菲歐瑪姑姑介紹了賈賈和我。

「晚安，」我說，然後又補充叫了，「神父。」但其實把這個孩子氣的男人——穿著開領T恤以及褪色到我看不出原本是黑色還是深藍色的牛仔褲——稱為「神父」，對我來說幾乎是一種褻瀆行為。

「凱姆比利和賈賈，」他稱呼我們的方式就像見過我們。「你們來恩蘇卡還玩得愉快嗎？」

「他們討厭死了，」亞馬卡說。我立刻就希望她沒這麼說。

「恩蘇卡有自己獨特的魅力，」阿瑪迪神父微笑著說。他的聲音有一種歌手的質地，那種聲音對我耳朵造成的效果就跟媽媽用梨牌嬰兒油塗抹我的頭髮和頭皮時的感覺一樣。吃晚餐時，我沒辦法完全理解他點綴著英文的伊博句子，因為我的耳朵不停注意的是他說話的聲音質地，而不是語句的意思。他一邊咀嚼山藥和綠色蔬菜一邊點頭，每次都是把滿嘴食物吞下去後又啜飲一點水之後才開口說話。他在伊菲歐瑪姑姑家顯得很自在，甚至知道哪張椅子有突出的釘子可能把他的衣服勾出線頭。「我以為我已經把那根釘子敲進去了，」他說。他和歐比歐拉談起足球、和亞馬卡聊起政府剛逮捕的記者、和伊菲歐瑪姑姑談起一個天主教婦女組織，還和奇馬聊起附近社區中很熱門的電玩遊戲。

我的表親們就跟往常一樣多話，可是他們會等阿瑪迪神父先說了點什麼，之後才會立刻積極給予回應。我想到有時爸爸會為我們的奉獻禮買那種肥雞，那是除了聖餐酒、山藥，以及偶爾出現的山羊之外會送上聖壇的奉獻品。我們會讓那些雞在後院不停散步到週日早上。那些雞會在西西丟麵包時衝過去，現場顯得興高采烈又一團混亂。我的表親們對阿瑪迪神父丟出的話題就是這種狀態。

阿瑪迪神父會問我們問題，藉此把賈賈和我也帶進他們的對話中。我知道他的提問對象包括我們兩個人，因為他使用的是複數的「你」，unu，而不是單數的gi，但我還是保持沉默，並很感謝賈賈回答了所有問題。他問我們上什麼學校、我們喜歡什麼科目，還問我們有沒有做什麼運動。他問我們在埃努古上什麼教堂時，賈賈也跟他說了。

「聖艾格尼絲？我去那裡主持過一次彌撒，」阿瑪迪神父說。

這時我想起來了，他就是那個在講道途中就唱起歌來的年輕神父，當時爸爸還要我們為他祈禱，因為像他這種人對教會來說是個麻煩。之後幾個月還有很多其他神父來訪，但我知道他就是唱歌那位。我就是知道。而且我還記得他唱了什麼歌。

「你有去嗎？」伊菲歐瑪姑姑問。「我的兄弟尤金幾乎隻手贊助了那間教會的所有資金。很可愛的教會。」

「Chelukwa[84]。等等。尤金·阿奇克是你的兄弟？《標準報》的出版者？」

「對，尤金是我哥哥。我以為我之前提過。」伊菲歐瑪姑姑露出微笑，但臉色並沒有因此明亮起來。

「Ezi okwu？我不知道。」阿瑪迪神父搖搖頭。「我聽說他參與編輯決定的程度很深。《標準報》是如今唯一敢說出真相的報紙。」

「對，」伊菲歐瑪姑姑說。「他有一位很出色的編輯，艾德·寇克，不過我常在想，也許不用再過多久，他們就會把他永遠關起來。就算是尤金的錢也無法買通一切。」

「我在某個地方讀到，國際特赦組織要頒一個獎給妳哥哥，」阿瑪迪神父說。他帶著崇拜的態度緩慢點點頭，我感覺自己全身發熱，心裡很驕傲，而且很渴望強調我跟爸爸之間的連結。我想說些什麼，好提醒這位好看的神父，爸爸不只是伊菲歐瑪姑姑的哥哥、也不只是《標準報》的出版人，他還是我的父親。我想讓阿瑪迪神父眼中那如同雲霧般的溫暖拂過我，甚至停駐在我身上。

「頒獎？」亞馬卡眼神晶亮地問。「媽，我們應該至少每隔一陣子買一份《標準報》，這樣才能知道正在發生的事。」

84 伊博語，Chelukwa的意思是「等等」。

「又或者我們可以請人家寄免費的過來。如果我們可以把尊嚴踩在腳下的話，」歐比歐拉說。

「我甚至不知道有頒獎這件事，」伊菲歐瑪姑姑說。「反正這種事尤金也不會告訴我，igasikwa[85]。我們甚至連對話都沒辦法。畢竟我還得靠著一場前往阿歐克波的朝聖之旅，才能讓他答應送孩子來拜訪我們。」

「所以你們計畫要去阿歐克波？」阿瑪迪神父問。

「我其實沒有真的這麼計畫。但我想現在得去了。我會找出下一個合適的日期。」

「這個顯靈的事情完全是就是大家揑造出來的。上次他們不是還說我們的聖母出現在沙拉漢主教醫院嗎？然後又說她出現在特蘭斯埃庫魯？」歐比歐拉問。

「阿歐克波不一樣。那裡出現了跟露德一樣的所有聖跡，」亞馬卡說。「此外，我們的聖母也該是來非洲了。難道你們都不會好奇聖母為什麼總是出現在歐洲嗎？她可是來自中東的。」

「她現在是怎樣？政治聖母嗎？」歐比歐拉問，我再次看向他。他是我永遠不可能成為的那種大膽的十四歲男孩，而我甚至到現在也還不是這種人。

阿瑪迪神父笑了。「可是她曾出現在埃及，亞馬卡。至少是有很多人蜂擁聚集到那裡去啦，就像現在大家跑去阿歐克波一樣。O bugodi[86]，根本像是正在遷徙的蝗蟲。」

「你聽起來不太相信，神父。」亞馬卡仔細觀察著他。

「我不相信我們必須去阿歐克波或任何地方去找她。她就在這裡，她就在我們身邊。她正在帶領我們走向她的聖子。」他說這些話是如此不費吹灰之力，就彷彿他的嘴巴是一種樂器，而且只要遭到碰觸或打開就會發出聲響。

「可是我們心中的多瑪斯要怎麼辦？神父？那個我們需要眼前為憑的部分？」亞馬卡問。她臉上的表情讓我不確定她到底是不是認真的。

阿瑪迪神父沒有回應，只是做了個鬼臉。亞馬卡笑了，她牙齒中間的縫隙比伊菲歐瑪姑姑的更寬、更有稜有角，就好像有人用金屬器具把她的兩顆前齒撬開。

晚餐之後，我們都來到客廳，伊菲歐瑪姑姑要歐比歐拉把電視關掉，這樣我們才能在阿瑪迪神父還在這裡時一起禱告。奇馬已經在沙發上睡著了，歐比歐拉在誦唸玫瑰經的過程中始終靠在他身上。阿瑪迪神父帶領誦唸了第一端，最後開始唱起一首伊博語的讚美歌。在他們歌唱時，我張開眼睛盯著牆壁，牆壁上有一張奇馬受洗時的家族合照。照片旁是聖殤的粗糙複印畫，木製畫框的角落已經裂開。我緊抿雙唇，咬住下唇，這樣我的嘴巴才不會無意識地跟著一起唱。這樣我的嘴巴才不會背叛我。

我們把玫瑰念珠收起來後坐在客廳吃玉米和梨，同時看著電視上的《新聞線上》節目。我抬眼看見阿瑪迪神父正盯著我，突然就無法再把梨肉從核上舔起來。我無法移動我的舌頭、無法吞嚥。我實在太在意他的眼神了，我可以明確感覺到他在看我、在觀察我。「我今天都沒看見妳笑出聲或微笑，凱姆比利，」他終於開口說。

我低頭看著我的玉米。我想說我很抱歉我沒有微笑或笑出聲，可是就是一個字都說不出來。有

85 伊博語，igasikwa可以翻譯成「可以這麼說」。

86 伊博語，「O bugodi」或許可大致翻為「散開吧」。

那麼一陣子，我的耳朵甚至什麼都聽不見。

「她很害羞，」伊菲歐瑪姑姑說。

我喃喃地說了一個我知道毫無道理的字，然後起身走進臥房，把通往走廊的門確實關好。阿瑪迪神父如同樂器般的說話聲一直在我耳中迴盪，直到我睡著。

伊菲歐瑪姑姑的房裡總是響著笑聲，從各處傳來的笑聲總在牆壁及房間之間迴盪。所有的爭吵來得快、去得也快。晨間與夜間禱告之間穿插著召喚大家一起拍手的歌聲以及伊博語讚美歌。我們的食物中很少有肉，每個人分到的肉是兩指併攏的寬度，長度是半根手指。公寓內總是潔淨閃亮——亞馬卡用硬毛刷清潔地板，歐比歐拉負責掃地，奇馬把椅子上的墊子拍鬆。每個人輪流洗盤子。伊菲歐瑪姑姑把賈賈和我加入洗盤子的輪班表中，在我洗了上面沾滿結塊加里的午餐盤子後，亞馬卡把我放在托盤上準備擦乾的盤子拿起來，重新泡進水裡。「你們家是這樣洗盤子的嗎？」她問。「還是洗盤子沒包括在妳那高檔的行程表中？」

我站在原地盯著她看，好希望伊菲歐瑪姑姑能在這裡為我說話。亞馬卡又怒瞪了我一段時間後才走開。那天下午她在朋友來之前沒再開口說話。她的朋友來時，伊菲歐瑪姑姑正和賈賈在花園裡，男孩子們在屋前踢足球。「凱姆比利，這些是我在學校的朋友，」她的態度就像是順口一提。

兩個女孩說了哈囉，我微笑。她們的頭髮跟亞馬卡一樣短，嘴唇上塗著閃亮的唇膏，長褲非常緊。我知道如果她們穿的是更舒適的衣物，走路姿態絕不會跟現在一樣。我看著她們在鏡子裡檢視自己，不停仔細翻看一本封面上有棕皮膚、蜂蜜色髮絲女子的美國雜誌，然後聊起一位不知道自己出的考題答案是什麼的數學老師、一個夜間課堂上明明腿跟胖山藥一樣粗卻還穿迷你裙的女孩，還有一個「還行」的男孩。「還行？sha[87]，不吸引人吧，」其中一個人強調。她的一邊耳朵戴著垂墜耳環，另一邊耳朵上有閃亮的仿金耳針。「這些全是妳的真髮嗎？」另一個女生問，我沒有意識到她是在問我，直到亞馬卡開口，「凱姆比利！」

我想跟那個女生說這些全是我的真髮，沒有接髮，但就是說出不來。我知道她們還在聊頭髮，她們在說我的頭髮看起來有多長、多厚。我想跟她們說話，我想跟她們一起笑鬧到跟她們一樣跳上跳下，可是我的嘴唇就是固執地抿在一起。我不想結巴，所以我咳了幾聲，然後跑進廁所。

那天晚上我在為晚餐擺餐具時聽見亞馬卡說，「妳確定他們沒有不正常嗎？媽？凱姆比利在我朋友來時表現得像個atulu[88]。」亞馬卡沒有壓低音量，所以那些話清晰地從廚房漂出來。

「亞馬卡，妳可以有自己的看法，可是一定要以尊敬的態度對待妳的表親。明白嗎？」伊菲歐瑪姑姑用英文回答，口氣堅定。

「我只是在問一個問題。」

「所謂表現出尊敬的態度，就代表不該說妳的表親是頭羊。」

「她的行為很可笑。就連賈賈也很奇怪。他們有些地方不對勁。」

我把一片破裂後捲曲撬起的桌面板材弄平，我的手不停發抖。一隊薑黃色螞蟻在一旁列隊前進。伊菲歐瑪姑姑之前叫我別管那些螞蟻，畢竟牠們沒傷害任何人，而且反正你也無法真的除掉所有螞蟻。牠們存在的歷史就跟建築本身一樣長。

我望向客廳另一邊，想確認正在看電視的賈賈有沒有聽見亞馬卡說話。可是趴在歐比歐拉旁邊地板上的他似乎沉浸於螢幕上的畫面，那姿態就彷彿他這輩子都是這樣趴在這裡看電視。隔天早上他在伊菲歐瑪姑姑的花園裡時也是這副模樣，就好像這些事他已經做了很長一段時間，而不只是來到此地的這幾天才開始的。

伊菲歐瑪姑姑要我跟他們一起在花園工作，就是把那些變葉木上開始枯萎的葉子拔掉。

「可不是很美嗎？這些植物，」伊菲歐瑪姑姑問。「妳瞧瞧，這些葉子上有綠色、粉紅色和黃色。就像神拿著油漆刷在玩耍。」

「對，」我說。伊菲歐瑪看著我。我不禁懷疑她是不是在想，我的口氣中沒有賈賈談起花園時的那種熱情。

有些樓上公寓的孩子下來站在一旁看著我們。他們的年紀大概五歲，所有人看起來就是一堆衣服上沾滿食物、說話語速很快的朦朧身影。他們彼此說話，也跟伊菲歐瑪姑姑說話，然後其中一個人轉身問我在埃努古上什麼學校。我開始結巴，用力抓住一片剛長出來沒多久的變葉木葉片，扯下，看著那些黏答答的汁液從莖枝斷口滴下來。在那之後，伊菲歐瑪姑姑說我如果想要可以進屋去。她提起一本她剛讀完的書：就在她房間的桌上，她確定我會喜歡。所以我走進房間拿起那本書。那本書的封面是褪色的藍，書名是《艾奎亞諾的旅行，或是非洲人古斯塔夫·瓦薩的人

87 這裡的sha是混雜著當地語言的破碎英文，語氣諷刺，大致可翻為「拜託啊」、「說什麼鬼話啊」。

88 伊博語，atulu直譯是「羊」，通常是用來罵人蠢笨。

生》[89]。

我坐在陽台上，大腿上放著那本書，看著其中一個孩子在前院追著蝴蝶跑。蝴蝶忽下忽上地飛，帶有黑點的黃色翅膀緩慢拍動，就好像在調戲那個小女孩。女孩的頭髮像一捲羊毛綁在頭頂，隨著女孩奔跑的腳步不停彈跳。歐比歐拉也坐在陽台上，可是在陰影外面，他瞇起厚重鏡片後方的眼睛，好讓陽光不要直射進眼睛。他正看著那個女孩和那隻蝴蝶，同時緩慢複誦著賈賈這個名字，他先是兩個音節都用重音唸，然後只把重音放在第一個音節，接著又只放在第二個音節。「Aja 的意思是沙子或神諭，可是Jaja？賈賈到底是什麼名字？這不是伊博語，」他終於宣布他的結論。

「我的名字其實是楚庫烏卡[90]，賈賈只是一個從小被叫到現在的小名而已。」賈賈正跪在地上。他身上只穿著一條牛仔短褲，背上起伏的肌肉就像他正在除去雜草的花樹籬一樣平滑、綿長。

「他還是個寶寶的時候只會說賈—賈。所以大家都叫他賈賈，」伊菲歐瑪姑姑說。她轉向賈賈後又補充，「我跟你母親說那是個很合適的小名，因為這樣就能繼承奧波博國王賈賈[91]的名字。」

「奧波博國王賈賈？那個固執的國王？」歐比歐拉問。

「剛毅不屈，」伊菲歐瑪姑姑說。「他是個剛毅不屈的國王。」

「剛毅不屈是什麼意思？媽咪？那個國王做了什麼？」奇馬問。花園裡的他同樣正跪著在做某件事，但伊菲歐瑪姑姑時不時就會對他說，「Kwusia[92]，別那樣」或「如果你再那樣，我就去揍你。」

「他是奧波博人的國王，」伊菲歐瑪姑姑說，「英國人來時，他拒絕讓他們控制所有貿易，也沒有像其他人一樣為了一點槍枝火藥出賣他的靈魂，所以英國人把他流放到西印度群島。他再也沒有回到奧波博，」伊菲歐瑪姑姑繼續為一排香蕉顏色的小小花朵澆水，那些花朵一簇簇地聚在一起。

她手上握著一個澆水壺，傾斜著讓水從壺口流出來。她已經把我們早上裝的最大一桶水用完了。

「太令人難過了。或許他不該這麼剛毅不屈，」奇馬說。他移動到賈賈身邊蹲下，我不知道他是否真的理解「流放」和「為了一點槍枝火藥出賣他的靈魂」是什麼意思，但伊菲歐瑪姑姑講得像是認定他都能懂。

「剛毅不屈有時可以是一件好事，」伊菲歐瑪姑姑說。「剛毅不屈這件事就像大麻——只要能正確使用就不是壞東西。」

比起她所說的褻瀆內容，真正讓我抬起頭來的是那種莊重語調。她是在跟奇馬和歐比歐拉說話，但眼睛盯著賈賈。

歐比歐拉微笑著把眼鏡推高。「但奧波博國王賈賈也不是聖人。他把他的族人賣去當了奴隸，此外，英國最後還是贏了。所謂的剛毅不屈也不過如此。」

89《艾奎亞諾的旅行，或是非洲人古斯塔夫．瓦薩的人生》（*Equiano's Travels, or the Life of Gustavus Vassa the African*）又名《非洲人奧勞達．艾奎亞諾或古斯塔夫斯．瓦薩生平的有趣敘述》（*The Interesting Narrative of the Life of Olaudah Equiano, or Gustavus Vassa, the African*），此書於一七八九年在倫敦出版，作者是來自現今奈及利亞地區的西非人，其中融合了旅行、奴隸以及精神探索相關的內容。

90 楚庫烏卡（Chukwuka）是一個源自伊博語的奈及利亞名字，意思大約是「神是力量」。

91 奧波博國王賈賈（Jaja of Opobo，一八二一—一八九一）是奧波博王國的第一任國王，此王國位於奈及利亞最南端靠海的地區。

92 伊博語，Kwusia的意思是「別那樣」、「住手」。

「英國人最後贏了戰爭，但輸掉許多戰役，」賈賈說。我的眼睛瞬間跳過了書頁上的好幾行文字。賈賈是怎麼做到的？他怎麼能說得如此輕鬆？他的喉嚨裡不像我卡著那些泡泡嗎？就是那些把所有話語卡在下面、頂多只能讓人結巴說出口的那些泡泡？我抬頭觀察他，他的深色肌膚上覆滿了在陽光底下燦亮閃爍的一顆顆汗珠子。我從沒見過他的手臂用這種方式揮動，也沒見過他在伊菲歐瑪姑姑花園中出現的這種犀利、明亮的眼神。

「你的小指怎麼了？」奇馬問。賈賈也低頭看，就彷彿他也是這時候才注意到那根扭曲的手指。那根手指因為變形而像是一根乾枯的小樹枝。

「賈賈出過一場意外，」伊菲歐瑪姑姑立刻接話。「奇馬，去幫我把水裝滿。桶子快空了。你可以拿過去。」

我盯著伊菲歐瑪姑姑，但在她看向我時別開眼神。她很清楚。她很清楚賈賈的手指發生了什麼事。

他十歲時在教義問答測驗中錯了兩題，所以沒在初次聖餐禮的課程中獲得第一名。爸爸把他帶上樓，鎖門。賈賈出來時淚眼汪汪，右手扶著左手，爸爸立刻開車送他到聖艾格尼絲醫院。爸爸把賈賈像嬰兒一樣用兩隻手臂抱進車子，他一路上都在哭。之後賈賈跟我說爸爸避開了他的右手，因為那是他用來寫字的手。

「這快要開花了，」伊菲歐瑪姑姑指著仙丹花苞對賈賈說。「再過兩天就要對這個世界張開眼睛了。」

「我大概看不到，」賈賈說。「我們到時候就走了。」

伊菲歐瑪姑姑露出微笑。「大家不是總說人在開心時，時間過得特別快嗎？」

此時電話響了，伊菲歐瑪姑姑要我接電話，畢竟我靠前門最近。電話是媽媽打來的。我立刻知道有什麼不對勁，因為之前打來的總是爸爸。而且他們不會在下午時打來。

「你們的父親不在，」媽媽說。她的聲音聽起來鼻音很重，就彷彿需要擤擤鼻子。「他今早必須離家避風頭。」

「他還好嗎？」我問。

「他很好。」她暫時離開話筒，我可以聽見她在跟西西說話。然後她對我說，昨天有一些士兵找上了充當《標準報》辦公室的那些秘密小房間。沒人知道他們是怎麼發現那些辦公室的位置。那條街上的人告訴爸爸，出現的士兵多到讓他們聯想到內戰期間的前線照片。士兵們把整批當期印刷的報紙帶走、砸毀家具和印刷機、鎖上辦公室、拿走鑰匙，還把門窗用板子都封起來。艾德·寇克又再次遭到拘留。

「我擔心你們的父親，」媽媽說。我把話筒遞給賈賈。「我擔心你們的父親。」

伊菲歐瑪姑姑看起來也很擔心，因為她在講完電話後出去買了一份《衛報》，但她其實從來不買報紙。報紙太花錢了。如果她有時間的話都會直接站在書報攤旁看。士兵查封《標準報》的報導刊在報紙中間的版面上，旁邊的廣告販售著從義大利進口的鞋子。

「尤金舅舅會把這個報導放在他的頭版，」亞馬卡說。我不確定她語調中的抑揚頓挫是否代表一種自豪的情緒。

爸爸之後打來時要求先跟伊菲歐瑪姑姑說話。之後才換賈賈，然後是我。他說他沒事，而且一切都不會有事，還說他非常想我們、非常愛我們。他沒有提起《標準報》或編輯辦公室發生的事。他掛掉電話後，伊菲歐瑪姑姑說，「你們的父親希望你們在這裡多留幾天，」賈賈露出了好大的微笑，我甚至不知道他有這麼深的酒窩。

電話很早就響了，當時我們甚至還沒有人洗過晨澡。我確定這通電話跟爸爸有關，一定是他發生什麼事了。我的嘴巴變得很乾。一定是士兵去了家裡。他們一定是為了確保他不再發行任何東西而槍殺了他。我等著伊菲歐瑪姑姑叫賈賈和我過去，同時緊握拳頭希望透過意志力讓她不要喊我們過去。她講了一陣子電話，出來時看起來很低落。接下來一整天也不像平常一樣充滿歡聲笑語，甚至在奇馬想坐在她身邊時暴怒著說，「別煩我！Nekwa anya[93]，你已經不是小寶寶了。」她總是把一半的下唇咬在嘴裡，咀嚼時下巴也在顫抖。

阿瑪迪神父在晚餐時來訪。他從客廳拖了一張椅子過來坐下，並用一個亞馬卡拿給他的玻璃杯小口小口喝著水。

「我在運動場踢足球，之後帶了幾個小男孩去鎮上吃阿卡拉和炸山藥，」他在亞馬卡問他今天做了什麼時這麼說。

「你怎麼沒跟我說你今天會去踢足球，神父？」歐比歐拉問。

「抱歉，我忘記了，但下星期我會來接你跟賈賈一起去。」他聲音中的樂音因為歉意而變得低沉。我無法克制地盯著他看，因為他的聲音很吸引我，也因為我不知道神父可以踢足球。這件事感覺很不神聖、很俗常。阿瑪迪神父的眼神越過桌子與我交會，我快速別開眼神。

「說不定凱姆比利也會跟我們一起，」他說。在他的聲音及其組成的旋律中聽見我的名字讓我心頭一緊。我把嘴巴塞滿食物，就彷彿要是沒有嘴裡必須咀嚼的食物就可能說出什麼了。「我剛來這裡時，亞馬卡也會跟我們一起踢足球，但現在她都把時間花在聽非洲音樂，還有做一些不切實際的白日夢。」

我的表親都笑了，亞馬卡笑得最大聲，就連賈賈也露出微笑。不過伊菲歐瑪姑姑沒有笑。她只是把每一口食物都咀嚼很久，眼神也很悠遠。

「伊菲歐瑪，發生什麼事了嗎？」阿瑪迪神父問。

她搖搖頭，就好像突然意識到自己身邊有人。「我今天收到家裡的消息。我們的父親病了。他們說他已經連續三天早上的起床狀況都不好。我想把他帶來這裡。」

「Ezi okwu？」阿瑪迪神父的眉頭皺了起來。「對，妳該把他帶來這裡。」

「恩努克烏爺爺病了？」亞馬卡尖聲問。「媽，妳何時知道的？」

「今天早上。他的鄰居打電話來說的。真是個好女人啊，那個恩汪巴，她一路走到烏克波才找到電話。」

「妳該告訴我們才對！」亞馬卡大吼。

「O gini？現在不是跟你們說了嗎？」伊菲歐瑪也生氣起來。

「我們何時可以去阿巴？媽？」歐比歐拉問，他的態度冷靜，而就在那個片刻，就跟我來到這

93 伊博語，「Nekwa anya」大概的意思是「用眼睛好好看看」。

裡後觀察到的許多時刻一樣，他的年紀感覺比賈賈還大。

「我的油不夠我們開到九哩路。我也不知道油何時會來。我沒錢包計程車。如果搭大眾交通工具，我們要怎麼把一個生病的老人送上公車帶回來？那些公車上的人都得把臉跟其他人的發臭腋下擠在一起啊。」伊菲歐瑪姑姑搖搖頭。「我累了。我好累……」

「神職辦公室有一些為了應付緊急狀況的備用油，」阿瑪迪神父沉靜地說。「我確定可以幫妳弄到一加侖。Ekwuzina[94]，別這麼喪氣。」

伊菲歐瑪姑姑點點頭。她對阿瑪迪神父表示感謝，但臉色仍沒有明朗起來。當我們誦唸玫瑰經時，她的聲音也沒有在歌唱時高昂起來。我努力讓自己專注冥想那些令人喜悅的奧蹟，但同時也在想恩努克烏爺爺來之後要睡哪裡？這間小小的公寓內已經沒什麼選擇了——客廳已經塞滿男生，伊菲歐瑪姑姑的房間也很擠，那裡不只當作食物儲藏室、圖書館，還是她和奇馬睡覺的地方。所以一定得是另外一間臥房了，亞馬卡的臥房，也就是我睡覺的地方。真不知道我之後是否還得告解自己和異教徒睡在同一個房間的事。冥想到此，我暫時打住，轉而祈禱爸爸永遠不會發現恩努克烏爺爺來訪，更何況我還得跟他睡同一個房間。

在第五端誦讀完成，我們還沒頌唸《又聖母經》之前，伊菲歐瑪姑姑為恩努克烏爺爺祈禱。她請神將治癒之手伸向他，正如他曾治癒過使徒彼得的岳母一樣。她請求聖母為他禱告。她請求天使們看護他。

我有點驚訝，所以我的「阿門」比平常晚一點才說出口。爸爸為恩努克烏爺爺祈禱時只會請求神讓他皈依天主教，並拯救他免於地獄烈火的燃燒。

阿瑪迪神父隔天很早就來了，身上穿著剛好過膝的卡其短褲，看起來比之前更沒有神父的樣子。他沒有刮鬍子，那些鬍渣在清澈的早晨陽光中看起來像是畫在他下巴上的許多小點。他把他的車停在伊菲歐瑪姑姑的休旅車旁，取出一桶汽油跟一條切割成四分之一長的花園用水管。

「讓我來吸油，神父，」歐比歐拉說。

「小心絕對不要吞進去，」阿瑪迪神父說。歐比歐拉把水管的其中一端插進桶子，另一端用嘴巴包覆住。我看著他的臉頰像氣球一樣鼓起又消氣，然後動作迅速地把管子從口中取出後插進休旅車的油箱中。接著他開始不停吐口水、咳嗽。

「吞下去太多了嗎？」阿瑪迪神父輕拍歐比歐拉的背問他。

「沒有，」歐比歐拉在咳嗽之間的空檔說。他看起來很自豪。

「幹得很好。Imana[95]，你很清楚吸油是這個世道的必備技能，」阿瑪迪神父說。他露出有點諷刺的微笑，但那抹微笑完全破壞不了他那宛如陶土般光滑的完美面部五官。伊菲歐瑪姑姑身穿純黑色的布布長袍出現。她沒有塗上閃亮的唇膏，嘴唇也看起來很乾。她擁抱了阿瑪迪神父。「謝謝你，神父。」

「我下午可以開車載你們去阿巴，只要等我下午的工作結束。」

94 伊博語，Ekwuzina可翻譯成「別這樣說」。

95 伊博語，Imana的意思是「你知道嗎……」

「不用的，神父。謝謝你。我會跟歐比歐拉一起去。」

伊菲歐瑪姑姑載著坐在前座的歐比歐拉一起離開，阿瑪迪神父沒過多久也隨後離開。奇馬上樓去了鄰居家的公寓。亞馬卡回她的房間打開音樂，聲音大到我從陽台就能清楚聽見。我現在可以分辨出她那些具有文化意識的藝術家究竟誰是誰了。我可以分辨安耶卡的純樸音韻、費拉急促的爆發力，還有奧薩德貝足以撫慰人心的智慧。賈賈拿著伊菲歐瑪姑姑的大剪刀待在花園裡，而我拿著幾乎快看完的那本書坐在一旁看著他。他用雙手將大剪刀高舉過頭修剪枝葉。

「你覺得我們不正常嗎？」我悄聲問。

「Gini？」

「亞馬卡說我們不正常。」

賈賈看著我，然後別開眼神望向前院的那一排車庫。「不正常是什麼意思？」他問，那是一個不需要也沒有想要獲得答案的問題，然後他又繼續修剪植物。

伊菲歐瑪姑姑下午回來時，花園裡到處嗡嗡作響的蜜蜂已經快把我哄睡了。歐比歐拉扶著恩努克烏爺爺下車，走向公寓時，恩努克烏爺爺也一直靠在他身上。亞馬卡跑出屋外緊黏在恩努克烏爺爺身邊。他的眼神低垂，眼皮像是上面被壓了重物。可是他還是露出微笑，說了一些讓亞馬卡笑出來的話。

「恩努克烏爺爺，nno，」我說。

「凱姆比利，」他叫我的聲音很虛弱。

伊菲歐瑪姑姑要恩努克烏爺爺在亞馬卡的床上躺下，但他寧願躺在地上。他說床太有彈性了。

歐比歐拉和賈賈把沒有人睡的床墊套上床單，放在地上，伊菲歐瑪姑姑扶著恩努克烏爺爺蹲低身體躺上去。他的雙眼幾乎在躺下後立刻閉上，不過快要瞎掉的那隻眼睛仍微張著，就彷彿想從那片疲倦又睡不好的國度偷窺我們。他躺下來時感覺比較高，幾乎佔據了床墊從頭到腳的長度，我想起他曾提過自己年輕時只要一伸手就能從樹上拔下黑絨羅望子。我唯一見過的黑絨羅望子樹非常高大，樹枝足以拂過雙聯式平房的屋頂。不過我還是相信恩努克烏爺爺的話。我相信他只要伸出手就能從樹枝上摘下黑絨羅望子的黑色果莢。

「我晚餐要做ofe nsala，恩努克烏爺爺喜歡那道湯，」亞馬卡說。

「希望他會吃。琴耶魯說他最近這兩天就連水都喝不太下去。」伊菲歐瑪姑姑端詳著恩努克烏爺爺，彎腰輕輕彈了彈他腳底上的白繭。他腳跟上布滿的細紋就像牆上的裂縫。

「妳今天或明天會把他帶到醫療中心嗎？媽？」亞馬卡問。

「妳忘了嗎？imarozi？[96]醫生們在聖誕節前夕開始罷工了。不過我離開前有打電話給恩杜歐馬醫生，他說他今晚會過來。」

恩杜歐馬醫生也住在瑪格麗特．卡特賴特大道上，跟他們同一條街，他的房子是其中一棟有著「小心惡犬」牌子跟寬廣草坪的雙聯式平房。幾個小時後，他從一輛紅色的寶獅504車下來，亞馬卡向賈賈和我介紹他是醫療中心總監。不過自從醫生開始罷工之後，他就在鎮上經營一間小診所。那間診所小到不行，亞馬卡說。她上次得瘧疾時就是在那裡進行氯奎寧注射。那裡的護士都是

96伊博語，imarozi大致可以翻譯成「妳不是知道的嗎？」

在一個冒煙的煤油爐上面燒熱水。亞馬卡對於恩杜歐馬醫生來家裡看診很滿意，畢竟那間狹仄診所裡的煙霧就有可能害恩努克烏爺爺嗆到，她說。

恩杜歐馬醫生的臉上永遠塗抹著微笑，就連他跟患者報告壞消息時似乎都會帶著那道微笑。他擁抱了亞馬卡，然後跟賈賈和我握手。亞馬卡跟著他走進臥房看恩努克烏爺爺的狀況。

「恩努克烏爺爺變得好瘦，」賈賈說。我們並肩坐在陽台上。太陽正在落下，空氣中有輕緩的微風。附近公寓裡的許多孩子正在住宅區內踢足球。樓上的某間公寓中有個成年人大吼，「Neeanya[97]，你們這些小鬼要是在車庫牆上留下痕跡，我就去割你們的耳朵！」於是孩子們在球打中車庫牆時大笑。那些沾滿沙塵的球在車庫牆上留下一個個棕色斑點。

「你覺得爸爸會發現嗎？」我問。

「什麼？」

我把手指絞紐在一起。賈賈怎麼可能不知道我的意思？「就是恩努克烏爺爺跟我們一起在這裡。在同一間房子裡。」

「我不知道。」

賈賈的語氣讓我不禁轉頭盯著他。他的眉頭沒有糾結在一起，而我確定我的眉頭現在已糾結成一團。「你有跟伊菲歐瑪姑姑講你手指的事嗎？」我問。我不該問的。我該假裝沒這回事。可是當時那個問題就這樣從我口中湧出。向來只有在跟賈賈獨處時，卡在喉嚨中的泡泡才會允許我把話講出來。

「她問我，我就告訴她了。」他的腳正以一種活力四射的節奏輕點陽台地板。

我看著我的雙手，我的指甲短到幾乎像是隨時可能被磨傷。爸爸以前都會讓我坐在他的腿間、臉頰輕輕摩擦著我的臉頰，然後替我剪指甲，這件事一直持續到我能自己剪指甲為止——而我也總是把我的指甲剪到隨時可能被磨傷那麼短。難道賈賈忘記我們什麼都不說的嗎？他忘記有太多事我們向來不說出口的嗎？只要有人問起，他會說他的手指是因為在家發生了「一點事」。這種回答不算是說謊，但可以讓他們想像是發生了某種意外，或許跟某扇厚重的門有關。我想問賈賈為什麼告訴伊菲歐瑪姑姑，但知道沒有必要。這是一個他自己也不知道答案的問題。

「我要去擦伊菲歐瑪姑姑的車，」賈賈一邊起身一邊說。「我希望現在有自來水可以洗車。車上真的沾滿沙土。」

我看著他走向公寓。他在家沒有洗過車。他的肩膀似乎變得更厚實了，我不知道一個青少年的肩膀是否有可能在一週內變得厚實。微風中滿是沙塵和賈賈剛剪下的發黑葉片氣味，廚房裡亞馬卡煮的歐夫恩薩拉飄出讓我鼻子癢癢的香料味。此時我意識到賈賈用腳不停在輕點的節奏，其實屬於伊菲歐瑪姑姑和我的表親每晚誦唸玫瑰經時唱的一首伊博歌曲。

恩杜歐馬醫生離開時，我還在陽台上讀書。他和伊菲歐瑪姑姑走向他的車子時又說又笑，跟她說他實在好想接受她的晚餐邀約，丟下那些在診所裡的病人。「那個湯聞起來好棒，亞馬卡一定是好好洗手後大顯了身手，」他說。

伊菲歐瑪姑姑來到陽台看著他開走。

97 伊博語，「Nee anya」的意思是「注意點」、「小心看」。

「謝謝你，nna m[98]，」賈賈正在清洗她停在公寓前的車子，她對他大喊。我之前從沒聽過她喊賈賈「nna m」，那個稱謂的意思是「我的父親」——不過他有時會這樣稱呼她的兒子。

賈賈走上陽台。「沒什麼，姑姑。」站在那裡的他把肩膀挺得很高，就像某人正驕傲地穿著一件不合尺寸的衣服。「醫生怎麼說？」

「他要我們去做一些檢查。我明天會帶你們的恩努克烏爺爺去醫療中心，至少那裡的檢驗室還開著。」

伊菲歐瑪姑姑早上把恩努克烏爺爺帶到大學醫療中心，但很快就回來了，而且相當憤怒地噘著嘴巴。檢驗室的工作人員也罷工了，所以恩努克烏爺爺無法接受檢查。伊菲歐瑪盯著前方的空氣低聲說，她得想辦法找一間鎮上的檢驗室，但又說這些私人檢驗室把價格哄抬得很高，就連簡單的傷寒檢測都比治療傷寒的藥費還高。她得去找恩杜歐馬確認他是否真的要做所有的檢查。如果是在醫療中心檢查，她一考包也不用付，至少她作為大學講師還有這個福利。她留恩努克烏爺爺在家休息，然後去買恩杜歐馬醫生之前開的藥。許多擔憂的紋路深深刻在她的額頭上。

不過到了那天晚上，恩努克烏爺爺已經恢復到可以起身吃晚餐，伊菲歐瑪姑姑那張糾結的臉也才終於放鬆開來。我們吃了之前剩下的歐夫恩薩拉和加里，那些加里被歐比歐拉敲打得又黏又軟。

「晚上吃加里不對，」亞馬卡說。可是她不像平常抱怨時那樣一臉怒容，相反地，她的微笑甚至明朗到露出牙縫。她只要待在恩努克烏爺爺身邊時幾乎都會露出這種笑容。「晚上吃會讓胃堵堵的。」

恩努克烏爺爺發出嘖嘖的咂舌聲。「在我們的祖先的時代，他們晚上吃什麼？gbo？他們直接吃木薯。加里已經是給你們這些現代人吃的了，做成這樣甚至都沒有直接吃木薯的味道了。」

「反正你們得把你們的份吃完，nna anyi。」伊菲歐瑪姑姑伸出手從恩努克烏爺爺的加里上拔出一小塊，用一根手指壓洞，塞入一枚白色藥片，再揉捏成光滑的小球。她把那個小球放在恩努克烏爺爺的盤子上。另外四個藥片也比照辦理。「如果我不這麼做他就不肯吃藥，」她用英文說。「他說藥片很苦，可是你們該嘗嘗他總是在快樂咀嚼的可樂果——根本是膽汁的味道。」

我的表親都笑了。

「道德和口味一樣，都是相對的，」歐比歐拉說。

「欸？你說我什麼？gbo？」恩努克烏爺爺問。

「Nna anyi，我要看見你把那些藥吞下去，」伊菲歐瑪姑姑說。

恩努克烏爺爺乖巧拿起每顆揉捏好的加里小球，沾了一點湯後吞下去。等五顆小球都消失之後，伊菲歐瑪姑姑要他喝一些水，這樣藥片才能確實分解，然後開始幫助他的身體恢復。他大口把水喝下，放下杯子。「等你老了之後，他們都會把你當成孩子對待，」他咕噥著。

就在這時候，電視發出像是乾燥沙子被倒到紙上的刮擦聲。燈光熄滅。黑暗像毯子一樣覆蓋住整個空間。

98 伊博語，「nna m」的意思是「我的兒子」。

「嘿，」亞馬卡低聲慘叫。「NEPA[99]這個停電的時間點太糟了。我有想在電視上看的節目啊。」

歐比歐拉在黑暗中移動到立在角落的兩盞煤油燈旁，把燈點亮。我幾乎立刻就聞到了煤油煙的氣味。那個氣味讓我的眼睛泛淚，喉嚨也開始發癢。

「恩努克烏爺爺，跟我們說個民間故事吧，就像我們在阿巴時一樣，」歐比歐拉說。「反正也比電視有趣。」

「O di mma[100]。但是首先，你還沒跟我說那些人是怎麼爬進電視裡的啊。」

我的表親都笑了。那是恩努克烏爺爺常說來逗他們笑的話。我可以看出來是因為他甚至還沒說完，他們就已經開始笑了。

「跟我們說那個烏龜的殼為什麼有裂紋的故事！」奇馬突然插話進來。

「我想知道為什麼烏龜在我們的民間故事中這麼常出現，」歐比歐拉用英文說。

「跟我們說那個烏龜的殼為什麼有裂紋的故事！」奇馬又說了一次。

恩努克烏爺爺清清喉嚨。「很久以前，當動物會說話、蜥蜴也還很少的時候，在動物的土地上發生了一場大飢荒。農場乾枯，土地裂開。飢餓讓許多動物死去，剩下的動物甚至沒有力氣在葬禮上跳哀悼之舞。有一天，所有動物聚在一起開會，因為在飢餓消滅掉整座村莊前，他們想知道自己還可以做些什麼。」

「他們跌跌撞撞地走去開會。大家都骨瘦如柴、非常虛弱。就連獅子的吼聲聽起來都像老鼠的嗚咽。烏龜甚至揹不太動自己的殼。唯一看起來很好的只有狗。狗的毛皮健康閃亮，你看不見牠皮膚底下的骨頭，因為上頭還長了許多肉。動物都問狗是如何在饑荒中保持健康。『我就跟平常一樣吃大便啊，』狗回答。」

「其他動物以前都會嘲笑狗，因為大家都知道牠和牠的家人會吃大便。沒有任何其他動物能想像自己跑去吃大便。獅子開始主持會議，『既然我們沒辦法像狗一樣吃大便，就得想出餵飽自己的方法。』」

「這些動物們努力想了又想，終於兔子提議所有動物把自己的母親殺來吃掉。許多動物反對這個提議，牠們都還記得母乳的香甜滋味。可是終於牠們還是同意這是最好的替代方案，畢竟如果不做些什麼，所有動物都會死。」

「我永遠不可能吃掉媽咪，」奇馬咯咯笑著說。

「吃她或許不是個好主意。她的皮膚又粗又硬，」歐比歐拉說。

「母親們並不介意犧牲，」恩努克烏爺爺繼續說。「所以每週都有位母親被殺死，讓所有動物分食自己的肉。很快地他們又看起來很健康了。然後，就在狗的母親要被殺死的前幾天，狗跑出來為母親哀哭悼念的歌曲。原來她已因為疾病去世。其他動物都很為狗感到難過，提議要幫忙埋葬狗的母親。畢竟她是因為疾病去世，大家不能吃她。狗拒絕了所有人的幫助，表示要自己埋葬她。牠因為自己的母親沒像其他母親一樣為了整座村莊而死感到沮喪。」

「沒過幾天，烏龜正要去他乾枯的農場看有沒有任何乾巴巴的蔬菜可以採收。牠在一個灌木叢

99 NEPA是National Electric Power Authority的縮寫，意思是「國家電力局」。

100 伊博語，「O di mma」在這裡是「好」的意思。

旁停下腳步解放自己，但已經枯萎的灌木叢沒什麼遮蔽效果，所以牠可以看見灌木叢的對面，並發現狗正看著天上唱歌。烏龜心想，不知道狗是不是因為太傷心所以發瘋了。不然為什麼要對著天空唱歌？烏龜仔細聽，聽見狗正在唱：『Nne，Nne，母親、母親。』」

「Njemanze！[101]」我的表親們一起高聲喊。

「『Nne，Nne，我來了。』」

「Njemanze！」

「『Nne，Nne，把繩子放下來。我來了。』」

「Njemanze！」

「烏龜在此時走出來質問狗。狗承認母親並沒有真的死掉，她去了天上跟其他有錢的朋友住在一起。而且就是因為她每天在天空上餵食狗，狗看起來狀況才那麼好。『卑鄙！』烏龜怒吼。『還說什麼吃大便！如果讓村子裡的動物知道你幹了什麼好事，你就慘了。』」

「當然，烏龜一如往常的狡猾。他並沒有打算告訴村子裡的動物。他知道狗會提議把烏龜也帶到天上。而當狗真的這麼做時，烏龜假裝要考慮一下的樣子，可是口水已經沿著臉頰流下。狗又唱了一次剛剛的歌，一條繩子從天空垂降下來，兩隻動物於是爬了上去。」

「狗的母親看到兒子帶朋友上來很不高興，但還是接待了牠們。烏龜吃得就像隻沒有家教的野獸。他幾乎把所有福福和歐古卜湯都吃完了，還滿嘴食物地把一整角的棕櫚酒全灌進喉嚨。吃完飯後牠們沿著繩子爬下去。烏龜跟狗說他不會把這件事說出去，只要狗願意在天空下雨結束飢荒之前每天都把他帶上去就行。狗同意了——不然他還能怎麼辦？烏龜在天上吃得越多，想要的也就越多，終於有一天他決定要自己到天上，這樣他除了自己的食物還能吃掉狗的那份。他去了那個在乾枯灌木叢旁的地點開始唱歌，模仿狗的聲音。繩子開始降下。就在那時候，狗走過來看見了。憤怒不已的狗開始大聲唱歌。『Nne，Nne，母親、母親。』」

「Njemanze！」我的表親們一起高聲喊。

「『Nne，Nne，上去的不是你兒子。』」

「Njemanze！」

「『Nne，Nne，剪斷繩子。上去的不是你兒子。是狡猾的烏龜。』」

「Njemanze！」

「狗的母親立刻剪斷繩子，已經往天空爬到一半的烏龜猛然墜落，掉到一堆石頭上，龜殼裂開。所以直到今天，烏龜的龜殼都還是裂開的。」

奇馬幸災樂禍地大笑起來。「烏龜的龜殼裂掉！」

「你們不會好奇狗的母親一開始是怎麼跑到天上去的嗎？」歐比歐拉用英文問。

「還有那些有錢的天上朋友到底是誰，」亞馬卡說。

「說不定是狗的祖先，」歐比歐拉說。

我的表親跟賈賈都笑了，恩努克烏爺爺也溫和地咯咯笑，就好像他聽得懂英文一樣，然後他往

101 伊博語，「Njemanze！」是在呼喊一個人名「納伊傑曼茲！」這個人名的直譯是「那些去成為原住民國王的人」。這裡應該只是作為歌曲節奏的一環，而我們就跟凱姆比利一樣不理解其中的含意。

後靠，閉上雙眼。我看著他們，好希望我剛剛有一起用高喊「Njemanze！」回應恩努克烏爺爺。

恩努克烏爺爺比其他所有人都早起。他想坐在陽台上吃早餐、想觀賞早晨的太陽，所以伊菲歐瑪姑姑要歐比歐拉在陽台鋪開一張墊子。我們所有人都坐在那裡和恩努克烏爺爺一起吃早餐，聽他談起在村裡蒐集棕櫚酒液的男人。他們總是在一破曉就離家爬上棕櫚樹，因為太陽升起後的酒液會變酸。我可以看出他很想念他的村莊，也想念可以看見那些男人爬上去的棕櫚樹。那些男人身上都有酒椰葉纖維扣帶把他們纏在樹幹上。

雖然我們早餐吃了麵包、歐克帕和伯恩維他牌麥芽飲，伊菲歐瑪姑姑還是做了一點點福福來包住恩努克烏爺爺的藥片，她仔細確認恩努克烏爺爺有把那些包住藥的軟軟小球吞下去。她臉上的烏雲已然消散。

「他會沒事的，」她用英文說。「他很快就會開始叨念著想回村裡去。」

「他得待一陣子吧，」亞馬卡說。「說不定他該住在這裡，媽。我不認為琴耶魯有好好照顧他。」

「Igasikwa！他不可能答應住在這裡。」

「妳什麼時候要帶他去做檢查？」

「明天。恩杜歐馬醫生說我可以只做兩項檢查，不用做全部四項。城裡的私人檢驗室一次就要收全額費用，所以我得先去銀行。我不覺得今天有辦法先去銀行再帶他過去，畢竟銀行裡排了太多人。」

此時有台車開進了住宅區，亞馬卡還沒開口問，「那是阿瑪迪神父嗎？」我就已經知道是他了。我之前只看過那台小小的豐田掀背車兩次，可是不管在哪裡都能指認出來。我的雙手開始發抖。

「他之前就說會來看看妳的恩努克烏爺爺，」伊菲歐瑪姑姑說。

阿瑪迪神父穿著他那件寬鬆的長袖袍子，腰上斜斜地綁著一條繩子。即便是穿著神職人員的服裝，他那輕快、自在的步伐還是讓我忍不住死死盯著他。我轉身衝進公寓。我可以從臥室窗戶清楚看見前院，那裡有幾片百葉窗板已經不見了。我把臉貼近窗戶，而且是貼近紗窗上那個小裂縫。亞馬卡認為每天晚上有這麼多飛蛾繞著屋內燈泡飛舞都是這個小裂縫的錯。阿瑪迪神父站在窗邊，距離近到足以讓我看見他頭上的髮絲，那些髮絲捲曲的樣子就像溪流中的漣漪。

「他真的恢復很快，神父，Chukwu aluka[102]，」伊菲歐瑪姑姑說。

「我們的神是信實的，伊菲歐瑪，」他開心地說，就彷彿恩努克烏爺爺也是他的親戚。然後他跟她說他正要前往依西努拜訪朋友，那位朋友剛結束傳教工作後從巴布亞紐幾內亞回來。他轉頭對賈賈和歐比歐拉說，「我今天晚上會來接你們。我們會跟一些來自神學院的男孩一起去體育館踢球。」

「好的，神父。」賈賈的回應聲強而有力。

「凱姆比利呢？」他問。

我低頭望向自己的胸口。我的胸口正在劇烈起伏。真不知道為什麼。但我很慶幸他說了我的名字。我很慶幸他記得我的名字。

「我想她在屋內，」伊菲歐瑪姑姑說。

「賈賈，跟她說，如果她想來也可以一起。」

他那天晚上又回來時，我假裝正在小睡，等到聽見他的車子載著賈賈和歐比歐拉離開後才走到客廳。我原本就不想跟他們一起去，可是再也聽不見車子的聲音之後，我又好想追上去。

亞馬卡正跟恩努克烏爺爺待在客廳。她正緩慢地用凡士林替他頭上為數不多的頭髮上油。結束之後，她在他的臉及胸口拍上爽身粉。

「凱姆比利，」恩努克烏爺爺看見我時開口。「妳的表親很會畫畫。如果是在以前的時代，她會被選去裝飾我們的神明聖地。」他說話的聲音有點恍惚。或許是他吃的藥讓他變得昏沉。亞馬卡沒有看我，只是最後一次輕拍了一下他的頭髮——其實應該說是溫柔撫摸——然後在他前面的地板坐下。我的眼神跟隨著她那隻快速移動的手。那支筆刷在調色盤和紙張之間不停來回。她畫得好快，所以我一開始以為紙上會是一團亂，但望過去時看見一個清楚成形的人像——那是個清瘦、優雅的人像。我可以聽見牆上的時鐘滴答作響，就是那個上面有教宗倚著手杖圖畫的時鐘。那是一種細緻、幽微的沉默。伊菲歐瑪姑姑正在廚房裡用力刷一個燒焦的鍋子，金屬湯匙摩擦鍋子發出的咕嗚—咕嗚—咕嗚聲響感覺很干擾。亞馬卡和恩努克烏爺爺有時會對話，他們低低的說話聲感覺交纏在一起。他們理解彼此，對話時使用的都是最簡樸的字詞。光是看著他們，我就感覺自己正渴望擁有一種我知道永遠不能擁有的事物。我想起身離開，可是我的雙腿不屬於我，沒有根據我的意念行動。終於，我用力把自己推起身，走進廚房，無論是恩努克烏爺爺還是亞馬卡都沒注意到我離開。

102 伊博語，「Chukwu aluka」的意思是「神行了奇事」。

伊菲歐瑪姑姑坐在一張矮凳上。她正在把熱燙芋頭的棕色外皮搓掉、把黏黏圓圓的塊莖丟進木研缽中，然後把手放進冷水碗中冷卻一下。

「妳怎麼這個樣子，o gini？」她問。

「什麼樣子？姑姑。」

「眼睛裡面有淚。」

我摸了摸，發現自己的眼睛濕濕的。「一定是有什麼飛進我的眼睛裡了。」

伊菲歐瑪姑姑一臉懷疑。「幫我處理芋頭，」她最後這麼說。

我把一張矮凳拉到她旁邊，坐下。那些皮對伊菲歐瑪來說似乎很輕鬆就能弄掉，但我開始用力搓弄芋頭的某一角時，那裡的皮卻動也不痛。芋頭散發出的熱氣也讓我的掌心刺痛。

「先用冷水泡手。」她向我示範要從哪裡開始搓、怎麼搓才能輕易把皮去除。我看著她用力敲打那些芋頭，時不時還把搗杵泡進水碗裡，好確保芋頭不會黏在搗杵上。不過那些黏答答的白色團塊還是有些沾在搗杵上、沾在研缽上，也沾在伊菲歐瑪姑姑的手上。不過她很高興，因為這種狀態的芋頭可以讓苦葉湯變得很濃厚。

「有看到妳的恩努克烏爺爺恢復得多好嗎？」她問。「他坐了好久讓亞馬卡畫他。這真是一場奇蹟。聖母是信實的。」

「聖母要如何為異教徒代禱呢？姑姑。」

伊菲歐瑪姑姑把濃厚的芋泥用勺子舀進湯鍋里，過程中始終沒說話。然後她抬頭說，恩努克烏爺爺不是異教徒，他是傳統主義者，而且有時不一樣的東西也能跟我們熟悉的事物一樣美好。她還說當恩努克烏爺爺在早上進行宣稱自己純潔的伊圖—恩祖[103]儀式時，那就跟我們誦唸玫瑰經是一樣的。她還說了一些其他話，可是我沒什麼在聽，因為我聽見亞馬卡在客廳和恩努克烏爺爺一起笑得很開心，讓我忍不住想知道他們在笑什麼，也想知道他們會不會在我走進客廳時不笑了。

伊菲歐瑪姑姑把我叫醒時，房內只有一點微光。夜晚蟋蟀的尖厲叫聲正緩緩消退。有一隻公雞的叫聲從我床鋪上方的窗戶飄進來。

「Nne。」伊菲歐瑪姑姑拍拍我的肩膀。「妳的恩努克烏爺爺在陽台上。去看看他。」

雖然我必須用手指才能把雙眼撐開，卻感覺自己完全醒了過來。我想起伊菲歐瑪姑姑前一天說的話，她說恩努克烏爺爺是個傳統主義者，不是異教徒。不過我還是不確定她為什麼要我去看陽台上的他。

「Nne，記得保持安靜。去看看他就好。」伊菲歐瑪姑姑為了不吵醒亞馬卡壓低了聲音。

我把罩衫披在印有粉色和白色小花的睡衣外面，在胸口綁好，然後腳步很輕地走出房間。通往陽台的門半開著，清晨的紫色光暈滲進客廳。我不想打開燈，因為這樣恩努克烏爺爺會發現我，所以我只是站在門邊，靠著牆。

恩努克烏爺爺站在一張矮凳上，雙腿彎曲形成一個三角形。他身上罩衫原本鬆鬆打起的結有點散開，於是從他的腰際滑下後蓋住木頭矮凳。罩衫褪色的藍色邊緣摩擦著地面。一盞火被調到最小

103 伊圖—恩祖（itu-nzu）直譯是「丟出粉筆」的意思，恩祖（nzu）是粉筆。

的煤油燈在他身旁。忽明忽滅的光芒讓狹窄的陽台表面籠罩著一層黃玉般的光暈。這片光暈也籠罩在恩努克烏爺爺胸口的粗短灰毛上，籠罩在他雙腿鬆垂、陶土色的肌膚上。他彎身用手上的恩祖在地上畫了一條線。他正在說話，由於臉朝下就像是正在對那條粉筆線說話。那條線現在看起來也是黃色的。他在跟所有的神或祖先們說話。我想起伊菲歐瑪姑姑說過，神和祖先兩者其實可以彼此代換。

「奇內克[104]！我感謝祢賜予我全新的早晨！我感謝祢讓太陽升起。」他的下唇在他說話時不停顫抖。或許這就是為什麼他講伊博語時的每個字都像是彼此流淌在一起，如果寫下來似乎會變成一個很長的單字。他彎下腰又畫了一條線，動作很快，那種激烈的決絕姿態讓手臂上的肉不停晃動。那些垂下來的肉像是一個棕色皮囊。「奇內克！我沒有殺過任何人，我沒有搶奪過別人的土地，我也沒有偷情。」他彎腰畫下第三條線。矮凳發出嘰嘎聲。「奇內克！我祝福其他人過得好。就算不是很有餘裕，我還是用少少的東西去幫助一無所有的人。」

有一隻公雞正在大叫，聲音悠長而悲涼，似乎來自很近的地方。

「奇內克！保佑我。讓我找到足以填飽肚子的食物。保佑我的女兒伊菲歐瑪。請給予她足以養家的一切。」他在凳子上改變動作，可以看出他的肚臍一度凸出來，現在卻又像顆充滿皺褶的茄子低垂著。

「奇內克！保佑我的兒子，尤金。願他的繁華富貴永無日薄西山的一天。也請解除他們施予他

104 奇內克（Chineke）指的是「神」。

的詛咒。」恩努克烏爺爺彎腰又畫了一條線。我很驚訝，他竟然用為自己以及伊菲歐瑪禱告的誠摯態度為爸爸禱告。

「奇內克！保佑我孩子的孩子。願祢的眼睛照看他們，使他們遠離邪惡，走向善良。」恩努克烏爺爺一邊說一邊露出微笑。他前方剩下的幾顆牙齒在這樣的光線中顯得更黃，就像新鮮的玉米粒，牙齦上缺牙的地方染上微妙的黃褐色。「奇內克！如果是祝福他人過得好的人，請也讓他們過得好。如果是希望其他人生病的人，就讓他們生病。」恩努克烏爺爺畫下最後一條線，那條線比其他線都長，畫線的姿態也最誇張。他結束了。

恩努克烏爺爺站直身體，他的身體就像我們院子裡那棵長滿瘤的石梓樹樹皮，大量的凹壑及稜脊捕捉到了燈火造就的金色陰影。就連散佈在他雙手及雙腿上的老人斑都發出光芒。我知道看著另一個人的裸露身體是一種罪，但沒有把眼神移開。恩努克烏爺爺肚子上的皺褶似乎沒那麼多了，肚臍也突出得更為高聳，不過還是包裹在周遭的一層層皮膚裡。在他的雙腿間垂掛著一個軟趴趴的繭狀物，完全沒有皺紋，跟他滿是紗窗交錯紋路的其他部分身體相比光滑很多。他撿起罩衫在身上綁好，在腰部綁結。他的乳頭像深色葡萄乾一樣安臥在胸口稀疏的灰色毛髮間。當我安靜轉身走回臥房時，他還在微笑。我在家誦唸玫瑰經時從來不會微笑。我們沒有人會那樣做。

恩努克烏爺爺用完早餐後回到陽台，坐在凳子上，亞馬卡坐在他腳邊的一張塑膠墊上。她用浮石輕刷他的腳底、把他的腳泡進塑膠碗裝的水裡，再全部抹上凡士林，然後開始處理另外一隻腳。恩努克烏爺爺抱怨她會害他的腳變得太軟，現在就連軟軟的石頭都可以刺傷他的腳跟，畢竟他在村裡從來不穿涼鞋，只是伊菲歐瑪姑姑在這裡逼他穿而已。不過他並沒有要求亞馬卡停下來。

「我打算在陽台外面畫他，在陰影裡。我想捕捉照射在他皮膚上的陽光，」亞馬卡說，此時歐比歐拉走了過來。

身上穿著藍色罩衫搭配上衣的伊菲歐瑪姑姑走出來。她要跟歐比歐拉一起去市場。她說歐比歐拉計算要找多少錢的速度比用計算機的商販還快。「凱姆比利，我要妳幫我處理orah[105]的葉子，這樣我一回來就可以煮湯，」她說。

「orah的葉子？」我吞了口口水。

「對。妳不知道如何處理orah的葉子嗎？」

我搖搖頭。「不知道，姑姑。」

「那亞馬卡來做吧，」伊菲歐瑪姑姑說。她把罩衫在腰間解開，重新裹上身體，在側邊打了一個結。

「為什麼？」亞馬卡突然大叫出聲。「因為有錢人不用在家裡處理orah嗎？她之後難道不會跟大家一起享用orah湯嗎？」

伊菲歐瑪姑姑的眼神變得嚴厲而冷硬——她不是看著亞馬卡，而是看著我。「O ginidi[106]，凱姆比利，妳沒有嘴巴嗎？回嘴啊！」

我看著花園中一朵枯萎的非洲百合從莖枝落下。巴豆在早晨的微風中窸窣作響。「妳不用大吼，亞馬卡，」我終於開口。「我不知道如何處理orah的葉子，但妳可以示範給我看。」我不知道這些冷靜的話是從哪裡來的。我不想看著亞馬卡，不想看到她發怒的臉，不想聽她又對我說些什麼有的沒的，因為我知道我跟不上她的速度。我聽見一陣咯咯的笑聲時以為是我的想像，但我望向亞馬卡時很確定她在笑。

「所以妳的聲音可以這麼大嘛，凱姆比利，」她說。

她示範處理歐拉葉的方法給我看。那種滑溜溜淺綠葉子的葉梗有很多纖維，就算是煮過也不會變軟，所以必須很仔細地挑出來拔掉。我把托盤小心地平衡在大腿上開始工作，一一把葉梗挑出來拔掉，再把葉子放進腳邊的一個碗裡。伊菲歐瑪姑姑大概一小時後開車回來，我剛好做完。她一屁股坐在矮凳上，拿著一份報紙為自己搧風。紛紛流下的汗水把她壓在臉上的蜜粉洗出一條條痕跡，那些痕跡遍布在她臉的兩側，露出底下深色的肌膚。賈賈和歐比歐拉正把各種食物從車上拿進來，伊菲歐瑪姑姑要賈賈把大蕉放在陽台地板上。

「亞馬卡，ka？[107]猜猜多少錢？」她問。

亞馬卡眼神犀利地盯著那堆大蕉，猜了個數字。伊菲歐瑪姑姑搖搖頭，表示那些大蕉比亞馬卡猜的還要貴四十奈拉。

「嘿！就這麼點東西？」亞馬卡大吼。

「商販說因為沒有汽油，他們很難運輸這些食物，所以把運輸的費用也算上去了，o di egwu，」

105 Orah在此指的是非洲紅木（African Rosewood）的葉子。

106 伊博語，「O ginidi」的意思是「說真的是怎樣？」

107 伊博語，ka在這裡代表的是一種提問。

伊菲歐瑪姑姑說。

亞馬卡拿起大蕉用手指夾住每一根壓壓看，好像想要搞清楚為什麼這些大蕉這麼貴。她把大蕉拿進屋內時，阿瑪迪神父正好開車過來停在公寓前。他的擋風玻璃因為反射了陽光而閃閃發亮。他蹦蹦跳跳踩上通往陽台的台階，還把他的長袍像新娘拉著結婚禮服一樣拉在手上。他先跟恩努克烏爺爺問好，然後擁抱了伊菲歐瑪姑姑，還和所有男孩握手。我伸出手跟他握手。我的下唇開始顫抖。

「凱姆比利，」他說，他和我握手的時間比和那些男孩久一點。

「你要去哪裡嗎？神父？」亞馬卡來到陽台上問。「穿這件長袍一定熱死了。」

「我正要拿些東西去給我的朋友，就是那個從巴布亞紐幾內亞回來的神父。他下週就要回去了。」

「巴布亞紐幾內亞。他怎麼說那個地方的，嗯？」亞馬卡問。

「他說了一個搭獨木舟渡河的故事。當時有很多鱷魚在他們的獨木舟正下方。他說他不確定哪一件事先發生：是聽見鱷魚把東西咬斷，還是發現自己把長褲尿濕。」

「他們最好別把你送去那種地方，」伊菲歐瑪姑姑笑了一聲說，她還在用報紙給自己搧風，同時用一個玻璃杯啜飲著水。

「我甚至不想去想你會離開的事，神父，」亞馬卡說。「你還是不知道何時會去哪裡？okwia？」

「不知道。明年的某個時候吧，大概吧。」

「誰要派你離開？」恩努克烏爺爺問，由於他突然開口，我才意識到他一直都在聽其他人用伊博語說的每個字。

「阿瑪迪神父屬於一個團體，ndi[108]傳教士團，他們會去不同國家幫助大家皈依，」亞馬卡說。她在跟恩努克烏爺爺說話時幾乎不會在話語間夾雜英文字，不像我們其他人總會無意穿插一些進去。

「Ezi okwu？」恩努克烏爺爺抬頭。他用那隻白濁的眼睛盯著阿瑪迪神父。「是這樣嗎？我們自己的兒子現在要去白人的土地上當傳教士了嗎？」

「我們會去白人的土地，也會去黑人的土地，先生，」阿瑪迪神父說。「我們會去所有需要神父的地方。」

「這樣很好，我的孩子。可是你永遠不能對他們說謊。永遠不能教導他們棄他們的父親不顧。」恩努克烏爺爺別開眼神，搖搖頭。

「聽見了嗎？神父？」亞馬卡問。「不要對那些貧窮而無知的靈魂說謊。」

「很難不這麼做，但我會盡量，」阿瑪迪神父用英文說。他的眼角在微笑時擠出了一些皺紋。

「你知道嗎，神父，這就像是製作okpa，」歐比歐拉說。「你把豇豆粉和棕櫚油混合在一起，然後蒸煮好幾小時。你覺得有可能只得到豇豆粉嗎？又或者只得到棕櫚油？」

「你在說什麼？」阿瑪迪神父問。

108 伊博語，ndi可大致翻為「人民」。

「宗教和壓迫，」歐比歐拉說。

「你知道有一句俗話是這樣說的，不是只有市場上沒穿衣服的男人才是瘋子？」阿瑪迪神父問。「看來那股瘋狂又回來困擾你了，okwia？」

歐比歐拉笑了，亞馬卡也是。那是一種似乎只有阿瑪迪神父才能讓亞馬卡發出的響亮笑聲。

「這說話的方式還真是個傳教士，神父，」亞馬卡說。「只要有人質疑你，就幫他們貼上瘋子的標籤。」

「瞧瞧你們的表親可是安靜坐在一旁看著呢。」阿瑪迪神父指著我說。「她不浪費時間挑起永無止境的爭論。可是她的腦中有很多東西在轉，我看得出來。」

我盯著他。他的腋下有著大片的汗濕痕跡，導致他的白袍在那些區塊的顏色變得很深。他的眼神停留在我的臉上，我別開眼。實在太令人困擾了，只要一跟他眼神相對，我就會忘記附近有誰、我坐在哪裡，或是我的裙子的顏色。「凱姆比利，妳上次不想跟我們一起出去玩啊？」

「我……我……我睡著了。」

「嗯，妳今天得跟我一起來。只有妳，」阿瑪迪神父說。「我從鎮上回來時會來這裡接妳。我們要去體育館踢足球。妳就算不踢也可以在旁邊看。」

亞馬卡開始笑。「凱姆比利看起來快嚇死了。」她看著我，但不是用我習慣的那種神情。那種眼神讓我有罪惡感，但我不知道原因為何。那是一種不一樣的、比較柔軟的眼神。

「沒什麼好害怕的，nne。妳在體育館會玩得很開心，」伊菲歐瑪姑姑說，我轉頭同樣眼神空洞地盯著她。小粒小粒的汗珠像青春痘一樣布滿她的鼻頭。她看起來好開心、心靈好平靜，我真想知道身邊這些人是如何擁有這種感受，畢竟我體內的液態之火正熊熊燃燒，而混雜著希望的恐懼正死死抓住我的腳踝。

阿瑪迪神父離開後，伊菲歐瑪姑姑說，「去準備好，這樣他回來的時候就不用等妳。最好是穿短褲，因為就算妳不下場踢球，太陽下山之前的氣溫也會比較高，而且大部分觀眾席都沒有屋頂。」

「因為他們花了十年蓋那棟體育館。錢都跑進一堆人的口袋裡啦，」亞馬卡咕噥著。

「我沒有短褲，姑姑，」我說。

伊菲歐瑪姑姑沒問我為什麼，或許是因為她已經知道原因。她要亞馬卡借一條短褲給我。我以為亞馬卡會露出輕蔑的笑，但她只是給了我一條黃色短褲，而且一副我沒短褲也很正常的樣子。我動作緩慢地穿上短褲，可是沒有像亞馬卡一樣在鏡子前站太久，因為罪惡感會不停啃咬著我。虛榮是一種罪。賈賈和我在鏡子前的時間只足以讓我們確定扣子有扣對。

過了一陣子後，我聽見豐田車開到公寓前方的聲音，於是從五斗櫃上拿了亞馬卡的唇膏後在嘴唇上塗抹，但看起來很怪，不像亞馬卡塗的時候一樣美艷動人，甚至也沒有那種棕色光暈。我把唇膏抹掉。我的嘴唇看起來很蒼白。那是一種陰冷的棕色。我再次抹上唇膏，我的手在發抖。

「凱姆比利！阿瑪迪神父在外面按喇叭叫妳囉，」伊菲歐瑪姑姑大喊。我用手背把唇膏抹掉，離開房間。

阿瑪迪神父的車聞起來就是他的氣味，那種乾淨的氣味讓我聯想到清朗的湛藍天色。我上次看到他穿短褲時，那條短褲似乎比較長，有蓋到膝蓋下方。可是現在卻比較短，露出了遍布深色毛髮的結實大腿。我們之間的空間實在太小、太侷促。我為了告解而待在神父近旁時總是個悔過者。可是現在很難感覺自己正在悔過，畢竟阿瑪迪神父的古龍水已被我深深吸入肺臟中。我反而出現了一種罪惡感，因為我無法專注地思考我的罪，無法思考除了他靠我有多近以外的事。「我跟我爺爺睡在同一個房間裡。他是異教徒，」我脫口而出。

他轉頭看了我一眼，而在他別開眼神以前，我不確定他眼中閃現的光芒是不是一種興味盎然。

「為什麼說這件事？」

「那是一種罪。」

「為什麼是一種罪？」

我瞪著他。我覺得他好像少讀了劇本上的一句台詞。「我不知道。」

「是妳父親這樣告訴妳的。」

我別開眼神望向窗外。我不會把爸爸牽扯進來，因為阿瑪迪神父顯然不同意這個看法。

「賈賈上次跟我說了一些你們父親的事，凱姆比利。」

我咬住下唇。賈賈跟他說了什麼？賈賈到底是怎麼回事？之後直到抵達體育館之前，阿瑪迪神父都沒再說什麼。抵達之後，他快速掃視了一下在跑道上跑步的幾個人。他的男孩們都還沒到，足球場是空的。我們在階梯上坐下，那道階梯是位於兩座觀眾席中有頂棚的那一座。

「在男孩們抵達之前，我們不如來踢定點球？」他問。

「我不知道怎麼踢。」

「妳打手球嗎？」

「不打。」

「排球呢？」

我看向他，然後移開眼神。我在想亞馬卡不知道有沒有畫過他？不知道她是否曾把那黏土質地的光滑肌膚捕捉下來？還有那兩道直直的眉毛，那兩道眉毛總會在他看著我時微微挑起。「我在一年級時打過排球，」我說。「可是後來不打了，因為我……我打得不太好，所有沒人想選我。」我努力把自己的雙眼聚焦在那些荒涼、沒有上漆的觀眾席。由於荒廢太久，有些小小的綠色植物已經開始從水泥裂隙探出頭來。

「妳愛耶穌嗎？」阿瑪迪神父一邊問一邊起身。

我大吃一驚。「是的、是的，我愛耶穌。」

「那表現給我看。努力追上我，讓我看看妳對耶穌的愛。」

他話都還沒說完就已經衝出去，我看見他的背心上衣閃成一片藍光。我沒有停下來思考，就是直接站起身追上去。風吹到我的臉上、吹進我的眼睛，也吹過我的耳朵。阿瑪迪神父就像一抹藍色的風，變幻莫測。我直到他在足球門柱附近停下後才追上他。「所以妳不愛耶穌，」他逗著我說。

「你跑太快了，」我喘著氣說。

「我會讓妳休息，然後妳還有一次機會向我們的主表現妳的愛。」

我們又跑了四次。我都沒追上他。到了最後，我們兩人都癱倒在草地上，他把一個水瓶塞進我手裡。「妳的腿很能跑。妳該多練習，」他說。

我把眼神移開。我從沒聽過這種話。那種感覺太親近、太私密。他的眼神盯著我的雙腿，也盯著我的各個身體部位。

「妳不知道怎麼微笑嗎？」他問。

「什麼？」

他把雙手伸過來，輕輕扯動我的嘴唇兩側。「微笑。」

我想要微笑，但做不到。我的嘴唇和臉頰都像是結了凍。就算汗水從我的鼻子兩側傾瀉而下也無法將其解凍。我實在太在意他觀察我的眼神。

「妳手上那個紅紅的是什麼？」他問。

我低頭看著我的手，看著那個因為匆忙抹掉唇膏但仍留在汗濕手背上的唇膏印子。我沒意識到自己之前塗了多少唇膏上去。「那個……就是沾到東西，」我說，但覺得自己很蠢。

「唇膏？」

我點點頭。

「妳有塗唇膏？妳有塗過唇膏嗎？」

「沒有，」我說。然後我感覺一抹微笑爬上我的臉龐，我的嘴唇和臉頰因而伸展開來，那是一種尷尬又覺得好笑的微笑。他知道我今天第一次努力嘗試塗唇膏了呢。我微笑。我又微笑了一次。

「晚安，神父！」身邊有許多人大喊。原來已經有八個男孩走過來圍在我們身邊。他們都跟我年紀差不多，身上的短褲有些破洞，上衣已經洗到我不確定原本是什麼顏色，腿上則有著因為昆蟲叮咬而留下的小點，像是結痂。阿瑪迪神父把他的背心脫掉丟在我的大腿上，然後跑上足球場加入那些男孩。由於他裸露出上半身，我可以看見他的肩膀寬闊方正。我沒有低頭看大腿上的背心，只是用手極度緩慢地往那件背心伸過去。我的雙眼還盯著足球場上，我盯著阿瑪迪神父跑動的雙腿、盯著那顆不停飛動的白黑交錯足球，也盯著那些男孩們的腿，但每條腿看起來又像是同一條腿。我的手終於碰到大腿上的那件背心，然後動作遲疑地撫摸著，就彷彿它會呼吸，就彷彿那是阿瑪迪神父身體的一部分。之後他吹了一聲哨子，表示到了大家可以去喝水的休息時間。他從車子裡拿出一個緊緊綁成圓錐狀的塑膠袋，裡頭是剝皮橘子和水。他們全都在草地上坐下吃橘子，我看著阿瑪迪神父狂笑到頭往後仰，兩隻手肘往後撐在草地上。真不知道這些男孩對他的感受是否跟我一樣？他們的眼中是不是也只有他？

我在觀看之後的比賽時始終抓著他的背心。一陣清涼的風開始吹拂，把我身體上的汗吹涼，此時阿瑪迪神父吹了比賽結束的哨音，那三聲哨音中的最後一聲拖得很長。男孩們都聚集到他身邊，並在他禱告時低垂著頭。「再見，神父！」他走向我時，道別的聲響紛紛在他身邊響起。他的步態中有種自信，像是一隻統御了這個地區所有母雞的公雞。

他在上車後播放了一捲錄音帶。那是合唱團用伊博語唱的敬拜歌曲。我認得第一首歌：媽媽有時會在賈賈和我把成績單帶回家時唱那首歌。阿瑪迪神父跟著唱。他的歌聲比錄音帶中領唱的人還要柔和。一首歌結束後，他調低音量對我說，「妳覺得比賽好看嗎？」

「好看。」

「我在他們的臉上看見了基督。我是說在那些男孩的臉上。」

我看著他。我無法把聖艾格尼絲教堂中那個吊掛在拋光十字架上的金髮基督，去跟那些腿上有許多蚊蟲叮咬傷疤的男孩聯想在一起。

「他們住在厄格烏歐巴，其中大多數男孩都沒再去上學了，因為家裡負擔不起。埃克烏伊米——記得嗎？穿紅色衣服那個？」

我點點頭，但其實我不記得了。那些上衣在我看來都差不多，而且都沒有顏色。

「他父親是大學的司機。可是他們因為縮減開支解僱了他，埃克烏伊米因此必須從恩蘇卡高中退學。他現在是巴士車掌，他把這份工作做得很好。他們激勵了我，這些男孩啊。」阿瑪迪神父停止說話加入合唱。「I na-asi m esona ya！I na-asi m esona ya！[109]」

我跟著合唱曲的節奏點頭。但我們其實不需要音樂，因為他的話語本身就充滿旋律。我覺得自己像是回到家一樣自在，彷彿身處一直以來都該擁有的歸屬之地。阿瑪迪神父唱了一陣子，然後再次把音量壓低到像是在說悄悄話。「妳一個問題都沒問過我，」他說。

「我不知道要問什麼。」

「妳應該跟亞馬卡學習提問的藝術。比如為什麼樹的枝幹往上長，但根卻往下長？為什麼有天空？生命是什麼？就是去問為什麼？」

我笑了。那個笑聲聽起來很陌生，就好像聽見一個陌生人的笑聲被錄音後播放出來。我不確定我有聽過自己笑。

「你為什麼成為神父？」我突然脫口而出，然後好希望自己沒這麼問、好希望自己喉嚨中的那些泡泡沒讓這個問題冒出來。當然他一定是受到了感召，就是學校「可敬的姊妹」提到的那種感召。她們總要我們在禱告時仔細聆聽是否有聽見感召。有時我想像神召喚我，而祂轟隆隆的說話聲有英國口音。祂不會把我的名字唸對，就跟班奈迪克神父一樣，祂會把重音放在第二個音節而非第一個音節。

「我一開始想當醫生。然後有一次上教會聽見神父說的話，人生就永遠改變了，」阿瑪迪神父說。

「喔。」

「我開玩笑的啦，」阿瑪迪神父瞄了我一眼。他顯然對於我沒意識到那是個玩笑感到驚訝。「情況其實更複雜，凱姆比利。以前的我有很多疑問，我是說在我的成長過程中。成為神父算是最能夠解決這些疑問的方法了。」

我好想知道那些疑問是什麼，也想知道班奈迪克神父是否也有過這些疑問。然後我突然激烈地、毫無道理地憂傷起來，因為想到阿瑪迪神父光滑的肌膚不會遺傳給任何一個孩子，而他寬闊的肩膀上也沒機會坐著一個想摸到天花板電扇的小兒子。

「Ewo[110]，我的神職人員會議要遲到了，」他看著時鐘說。「我先把妳送回去，然後就要立刻離開。」

「對不起。」

「為什麼對不起？我下午跟妳處得很開心。妳一定要再跟我一起去體育館。如果有必要的話，

109 伊博語，「I na-asi m esona ya! I na-asi m esona ya!」的意思是「你是說我不該跟隨祂嗎？你是說我不該跟隨祂嗎？」

110 伊博語，Ewo是一種表達情緒的狀聲詞。

我會把妳的雙手雙腳綁起來、直接扛過去。」他笑了。

我盯著儀表板看，盯著上面藍金色的「瑪利亞會」貼紙。難道他不知道我希望他不要離開嗎？而且是永遠不要離開？難道他不知道就算沒人說服我，我也願意去體育館嗎？畢竟是跟他一起去啊。我在公寓前下車時，腦中還重播著下午的畫面。我在這個下午有微笑、奔跑，還有大笑。我的胸口充滿像是洗澡泡泡的東西。好輕巧。那種輕巧如此甜美，我幾乎可以在舌尖嘗到，就像是亮黃色過熟腰果果實的味道。

陽台上的伊菲歐瑪姑姑站在恩努克烏爺爺身後替他揉捏肩膀。我向他們問好。

「凱姆比利，nno，」恩努克烏爺爺說。他看起來很累，雙眼無神。

「玩得開心嗎？」伊菲歐瑪姑姑微笑著問。

「開心，姑姑。」

「妳父親今天下午打電話來，」她用英文說。

我盯著她，仔細檢視她嘴唇上方那顆黑色的痣，好希望靠意志力讓她大笑出聲，也好希望她一邊發出粗啞笑聲一邊跟我說她是開玩笑的。爸爸從來不會在下午打來。而且他在去工作前就打來過了，為何要再打一次？一定是出了什麼問題。

「村裡有人——我想應該是我們的親戚——跟他說我去把妳的爺爺從村裡帶過來，」伊菲歐瑪姑姑還是用英文說，這樣恩努克烏爺爺才聽不懂。「妳父親說我應該先告訴他，說他有權知道你們的爺爺現在住在恩蘇卡。他不停叨念著有個異教徒跟他的孩子待在同一間屋子裡的事。」伊菲歐瑪姑姑搖搖頭，就彷彿爸爸的感受不過是他個人的小小怪癖。但不是這樣的。爸爸會因為賈賈和我都沒在他打電話來時提起這件事而勃然大怒。我感覺腦袋裡快被血液、水或汗水裝滿，而無論那裡裝的是什麼，總之我都會在裝滿後昏倒。

「他說明天會來這裡把你們兩人帶回去，但我讓他冷靜下來了。我跟他說我後天會把你和賈賈送回去，我想他接受了。就希望我們可以找到汽油吧，」伊菲歐瑪姑姑說。

「好的，姑姑。」我轉身走進公寓，一時感覺頭暈目眩。

「喔，還有，他把他的編輯從監獄中救出來了，」伊菲歐瑪姑姑說。但我幾乎沒聽見她說話。

亞馬卡把我搖醒，不過她的動作其實早就把我吵醒。我已經慢慢接近那個將睡眠與清醒分隔開來的邊界，並在腦中想像爸爸親自來把我們抓回去的畫面。我想像著在他泛紅雙眼中的震怒情緒，還有從他口中噴發而出的伊博語。

「我們去取水吧。賈賈和歐比歐拉已經出去了，」亞馬卡伸著懶腰說。她現在每天早上都這麼說，也願意讓我把裝水的容器拿進屋內。

「Nekwa[111]，恩努克烏爺爺還在睡覺。如果藥害他睡過頭沒看見日出，他一定會不開心。」她彎腰輕輕搖晃他。

「恩努克烏爺爺、恩努克烏爺爺，kunie。」她慢慢把他翻過來，但他完全沒有被驚動。他的罩衫已經鬆開，露出裡面的白短褲以及腰間早已磨損的彈性褲帶。「媽！媽！」亞馬卡尖叫。她把一

111 伊博語，Nekwa的意思是「看啊」、「好好看」，或「注意看」。

隻手放到恩努克烏爺爺的胸口，動作急切地想找到心跳。「媽！」

伊菲歐瑪姑姑匆匆跑進房間。她沒把披在睡衣外的罩袍綁好，所以我能隱約辨識出她乳房下垂的弧度，還有在輕薄布料底下微微隆起的小腹。她跪倒在地抓住恩努克烏爺爺的身體，大力搖晃。

「Nna anyi！Nna anyi！」她絕望地大喊，就彷彿提高音量可以讓恩努克烏爺爺聽得更清楚，並讓他有辦法回應。「Nna anyi！」然後她不再說話，只是緊抓住恩努克烏爺爺的手腕，頭倚在他的胸口。唯一打破靜默的只有附近的公雞啼叫。我屏住呼吸——突然間我的呼吸聲變得好大，大到幾乎可能阻礙伊菲歐瑪姑姑聽見恩努克烏爺爺的心跳聲。

「Ewuu[112]，他已經睡去了。他睡去了，」伊菲歐瑪姑姑終於說。她把頭埋進恩努克烏爺爺的肩膀，身體不停前後晃動。

亞馬卡伸手拉她的母親。「別這樣，媽。幫他做嘴對嘴急救！別這樣！」

伊菲歐瑪姑姑繼續前後晃動，有那麼一陣子，因為恩努克烏爺爺的身體也在跟著前後搖動，我還懷疑伊菲歐瑪姑姑說恩努克烏爺爺「已經睡去」的判斷其實是搞錯了。

「Nna m o！[113]我的父親！」伊菲歐瑪姑姑的聲音是如此純粹而高亢，彷彿來自天花板。我偶爾在阿巴遇到有哀弔者拿著死去家族成員的照片經過我們家時，就是會聽見他們喊出那樣的音調、那樣刺骨的深層疼痛。

「Nna m o！」伊菲歐瑪姑姑尖叫。她死抓著恩努克烏爺爺不放。亞馬卡有氣無力地嘗試把她拉開。歐比歐拉和賈賈衝進房間。我想像我們一個世紀以前的祖宗，就是作為恩努克烏爺爺禱告對象的那些祖先，我想像他們衝向前抵禦自家村莊的畫面，也想像他們帶著插在長竿上的頭顱回來，那些頭顱隨著他們的移動懶洋洋地搖晃著。

「怎麼了?媽?」歐比歐拉問。他的長褲褲腳因為被自來水噴到所以黏在腿上。

「恩努克烏爺爺還活著,」賈賈用英文說,他的語氣很權威,彷彿這樣說能把這句話變成事實。神在說「要有光」時一定也是用這種語氣。賈賈只穿著睡衣的下半身,上頭也有噴到水。我第一次注意到他胸口有稀疏的毛髮。

「Nna m o!」伊菲歐瑪姑姑還是緊抓著恩努克烏爺爺不放。

歐比歐拉開始以一種很大聲、像是在喘氣的方式呼吸。他彎腰靠近伊菲歐瑪姑姑,抓住她,慢慢把她從恩努克烏爺爺身上拉開。「O zugo,夠了,媽。他已經跟著其他人去了。」他說話的聲音有種陌生的質地。他把伊菲歐瑪姑姑扶起來,帶她到床上坐下。她的眼神一片空白,亞馬卡站在一旁低頭盯著恩努克烏爺爺的軀殼,眼中也是一樣的空白。

「我來打電話給恩杜歐馬醫生,」歐比歐拉說。

賈賈彎腰用罩衫把恩努克烏爺爺的身體覆蓋住,雖然罩衫夠長,但他卻沒有把恩努克烏爺爺的臉蓋起來。我想走過去摸摸恩努克烏爺爺,我想摸摸那一簇簇被亞馬卡上過油的白髮、想把他胸口的皺紋撫平。可是我不會這麼做。爸爸知道了一定會大發雷霆。我閉上雙眼,這樣要是爸爸問我有沒有看見賈賈碰觸異教徒的身體時——而且碰觸的是死去的恩努克烏爺爺,感覺是更嚴重的罪——

112 伊博語,Ewuu的意思跟Ewo類似,都是表達情緒的狀聲詞,只是情緒更為濃烈。

113 伊博語,「Nna m o!」的意思是「喔!我的父親!」

我才能真心說我沒看見，畢竟我沒看見賈賈做的所有事。我的雙眼緊閉了很長一段時間，耳朵似乎也跟著關閉起來，因為雖然我可以聽見那些說話聲，卻無法辨識出其中的內容。等我終於張開眼睛時，賈賈坐在地板上，就在恩努克烏爺爺被覆蓋住的身軀旁。歐比歐拉和伊菲歐瑪姑姑一起坐在床上。她說，「把奇馬叫起來，這樣我們才能在殯儀館的人過來前告訴他。」

賈賈起身去叫醒奇馬。他一邊走一邊把從臉頰滑落的淚水抹掉。

「我會清理歐祖[114]躺的地方，」歐比歐拉說。他時不時發出哽咽的聲音。他是在喉嚨深處哭泣。我知道他之所以沒有大聲哭出來，是因為他是家裡的恩沃克[115]——他是伊菲歐瑪姑姑身邊的男人。

「不，」伊菲歐瑪姑姑說。「我來。」她起身擁抱歐比歐拉，然後他們彼此擁抱了很久。我走向廁所，歐祖這個字在我耳中迴盪。恩努克烏爺爺現在已經是歐祖了。一具屍體。

我想進廁所卻發現門推不開，於是更用力推了一下，想確定是不是真的鎖住了。有時廁所的門會因為木頭的膨脹和收縮而卡住。然後我聽見亞馬卡的啜泣聲。那聲音響亮、粗啞，就跟她的笑聲一樣。她沒有學過默默哭泣的藝術。她不需要。我想轉身離開，想讓她跟她的悼念情緒獨處。可是我的內褲已經有點濕了。我得不停交換雙腳重心才有辦法憋住尿。

「亞馬卡，拜託，我得用馬桶，」我壓低聲音說，但她沒有回應，所以我又大聲喊了一次。我不想敲門，敲門聲會過於粗暴地打斷她的淚水。終於，亞馬卡解開門鎖，打開門。我盡可能快速尿完，因為我知道她就站在門外等，想要再回到這扇上鎖的門後啜泣。

兩個男人跟著恩杜歐馬醫生來我們家。他們把恩努克烏爺爺僵硬的身體用手抬起來，其中一個人抓住他的腋下，另一個人抓住他的腳踝。他們沒辦法從醫療中心帶擔架過來，因為行政人員也在罷工。恩杜歐馬醫生對我們所有人說「Ndo」時臉上仍掛著那抹微笑。歐比歐拉說他想跟著歐祖去殯儀館，他想親眼看見他們把歐祖放進冰箱。可是伊菲歐瑪姑姑說不行，他不需要去看他們把歐祖放進冰箱。「冰箱」這個詞在我腦中不停載浮載沉。我知道他們在殯儀館放屍體的冰箱是不一樣的，但我還是想像恩努克烏爺爺被折起來放進一台家用冰箱的畫面，我指的是我們廚房裡的那種冰箱。

歐比歐拉同意不去殯儀館，可是他一直跟在那兩個男人身旁，並在他們將歐祖放上廂型救護車時仔細地在一旁看著。他往車子的後方看了一眼，確認他們有可以放歐祖上去的墊子，而不是只把歐祖放在鐵鏽斑斑的地上。

救護車開走了，恩杜歐馬醫生也開車跟著離開。我幫伊菲歐瑪姑姑把恩努克烏爺爺的床墊搬到陽台上。她拿來歐莫牌清潔劑還有亞馬卡用來清浴缸的刷子，把床墊仔細地刷了一遍。

「妳有看恩努克烏爺爺死去後的臉嗎？凱姆比利？」伊菲歐瑪姑姑問。她把乾淨的床墊靠著金屬欄杆晾乾。

我搖搖頭。我沒看他的臉。

「他在微笑，」她說。「他在微笑。」

我把臉別開，這樣伊菲歐瑪姑姑才不會看見我臉上的淚水，我也才不會看見她臉上的淚水。公

114 伊博語，歐祖（ozu）的意思是「屍體」。

115 恩沃克（Nwoke），伊博語，意思是男人。

寓內沒什麼人說話，沉重的靜默不停孳生。就連奇馬也幾乎一整個早上都蜷曲在角落安靜畫畫。伊菲歐瑪姑姑水煮了一些山藥切片，我們沾著裡頭漂浮著紅色辣椒切片的棕櫚油吃。亞馬卡在我們吃完後的好幾小時才從廁所裡走出來，她的雙眼紅腫，聲音都啞了。

「去吃東西，亞馬卡。我煮了山藥，」伊菲歐瑪姑姑說。

「我還沒把他畫完。他說我們今天可以完成。」

「去吃東西，inugo[116]，」伊菲歐瑪姑姑又說了一次。

「如果醫療中心沒有罷工的話，他現在還會活著，」亞馬卡說。

「他的時候到了，」伊菲歐瑪姑姑說。「聽到了嗎？他只是時候到了。」

亞馬卡盯著伊菲歐瑪姑姑看，然後把頭轉開。我想擁抱她，我想說「ebezi na[117]」，也想擦掉她的眼淚。我想大聲哭泣，就在她面前。我想跟她一起哭。可是我知道這樣可能會激怒她。她已經夠憤怒了。而且我沒有權利跟她一起哀悼恩努克烏爺爺的過世，畢竟比起我來說，他更是屬於她的恩努克烏爺爺。當我總是因為擔心爸爸知道後會怎麼說而避開他時，是她幫他的頭髮上油。賈賈抱住她，把她帶進廚房。她甩開他，就好像想證明她不需要任何人的支持，可是卻還是走在他身旁。我盯著他們的背影，好希望這麼做的人是我而不是賈賈。

「有人把車停在我們的公寓前，」歐比歐拉說。他原本因為哭泣而把眼鏡拿掉，不過現在已經戴了回去。他在起身往外看時推了推鼻樑上的眼鏡。

「是誰？」伊菲歐瑪姑姑疲倦地問。此刻的她一點也不在乎來的是誰。

「尤金舅舅。」

我整個人在椅子上僵住，感覺手臂上的皮膚和藤椅扶手合為一體。恩努克烏爺爺的死讓一切事物蒙上一層陰影，導致爸爸的臉被推進一個曖昧模糊的角落。但現在那張臉又活生生跳到我眼前，而且就在門口低頭望著歐比歐拉。那兩條濃密的眉毛看起來好陌生，棕皮膚的顏色也是。如果歐比歐拉沒有說「尤金舅舅」的話，我可能不會知道那個人是爸爸。我不會知道那個身高很高而且穿著剪裁精緻白長衣的陌生人是爸爸。

「午安，爸爸，」我機械化地說。

「凱姆比利，妳好嗎？賈賈在哪裡？」

賈賈從廚房走出來後停住腳步盯著爸爸。「午安，爸爸，」他終於開口。

「尤金，我叫你不要來了，」伊菲歐瑪姑姑說，她的語氣疲倦，那是一種什麼都不太在乎的人說話的樣子。「我跟你說我明天會把他們送回去，[118]」

「我不能讓他們再多待一天，」爸爸一邊說一邊環視客廳，然後望向廚房和走廊，就好像等著恩努克烏爺爺會在一陣異教徒的煙霧中現身。

歐比歐拉牽著奇馬走到陽台上。

「尤金，我們的父親已經睡去了，」伊菲歐瑪姑姑說。

116 inugo在此是「好嗎？」的意思。
117 伊博語，「ebezi na」的意思是「別哭了」。
118 原文這邊就是逗號結尾。再麻煩確認。

爸爸盯著她看了一陣子。他那對很常泛出紅點的細細雙眼因為驚訝而張大。「什麼時候？」

「今天早上。在睡夢中。他們幾小時前才把他帶到殯儀館。」

爸爸坐下把頭緩緩埋入自己的雙手中，我不知道他是不是在哭，也想知道我到底可不可以哭。不過他抬起頭時，我沒有在他的眼裡看到任何淚水的蹤跡。「妳有叫神父來進行傅油聖事嗎？」他問。

伊菲歐瑪姑姑無視他，只是繼續盯著自己交疊在大腿上的雙手。

「伊菲歐瑪，妳有叫神父來嗎？」爸爸問。

「你能說的只有這個嗎？嗯？尤金？沒其他話好說了嗎？gbo？我們的父親死了！你的頭是已經上下顛倒了嗎？你不打算幫我下葬我們的父親？」

「我沒辦法參加異教徒的葬禮，但可以和教區神父討論，安排一場天主教的葬禮。」

伊菲歐瑪姑姑起身開始大吼。她的聲音很失控。「我寧願把我死去丈夫的墓地拿去賣，尤金，也不會給我們的父親辦一場天主教葬禮。聽見了嗎？我說我寧願把伊菲迪歐拉的墓地賣掉！我們的父親是天主教徒嗎？我問你，尤金，他是天主教徒嗎？Uchu gba gi！[119]」伊菲歐瑪姑姑對爸爸彈手指，她正在對他下詛咒。淚珠沿著她的臉頰滾下。她轉身走進臥房時不停發出哽咽的抽泣聲。

「凱姆比利和賈賈，過來，」爸爸站起身。他同時緊緊地抱住我們，親吻我們的頭頂，然後說，「去打包你們的行李。」

走到臥房時，我的大部分衣服都已經裝在袋子裡了。我站在那裡盯著那扇有些百葉窗板消失的窗戶，以及有裂口的紗窗，心裡想著如果把那個小洞扯開後跳出去不知道會怎樣。

「Nne。」伊菲歐瑪姑姑安靜地走進來，用一隻手撫過我的玉米壟髮辮。她把我的行程表遞給我。那張行程表還是折成平整的方形。

「跟阿瑪迪神父說我走了。我們都走了。幫我們說再見，」我轉身說。她把臉上的淚水抹掉，然後看起來又跟之前一樣：無所畏懼。

「我會的，」她說。

她在我們走向前門時握著我的手。屋外的哈馬丹風正在前院肆虐，把圓圈花圃中的植物吹得東倒西歪，這陣風彎折著樹木的意志及枝幹，並在停放的車子上覆滿更多塵土。歐比歐拉把我們的袋子拿到梅賽迪斯車的旁邊，凱文在打開的後車廂旁等著。奇馬開始哭，我知道他不想要賈賈離開。

「奇馬，o zugo。你很快就會再看到賈賈了。他們會再來的，」伊菲歐瑪姑姑把他抱在身邊說。爸爸沒有出聲同意伊菲歐瑪姑姑的說法。相反地，為了讓奇馬感覺好受一點，他說，「O zugo，夠了，」他擁抱了奇馬，塞了一小捲奈拉紙鈔到伊菲歐瑪手裡，要她買禮物給奇馬，奇馬因此露出笑容。亞馬卡在道別時不停眨眼睛，我不確定是因為風裡的砂石還是她想阻止自己流淚。砂土把她的睫毛弄得很時髦，像是抹上一層可可亞色的睫毛膏。她把一個用黑色玻璃紙包住的東西塞進我手裡，然後轉身快速走回公寓。我可以透過包裝看見裡面：那是她還沒完成的恩努克烏爺爺畫像。我把畫像藏進袋子，動作很快，然後爬上車。

119 伊博語，「Uchu gba gi!」是一句詛咒，可翻為「願你遭天譴！」

我們的車開進住宅大門時，媽媽就站在門口。她的臉很腫，右眼周遭有一圈過熟酪梨的黑紫色。她在微笑。「Umu m，歡迎。歡迎。」她同時把我們擁入懷時先把頭埋入賈賈的脖子，然後是我的脖子。「感覺好久了。你們好像去了不只十天。」

「伊菲歐瑪在忙著伺候一個異教徒，」爸爸用西西放在桌上的一個瓶子倒了一杯水。「她甚至沒帶他們去阿歐克波朝聖。」

「恩努克烏爺爺死了，」賈賈說。

媽媽用手飛速扶住心口。「Chi m！[120]什麼時候？」

「今天早上，」賈賈說。「睡夢中過世。」

媽媽用雙臂環抱住自己。「Ewuu，所以他已經安息了，ewuu。」

「他去接受審判了，」爸爸把那杯水放下。「伊菲歐瑪連在他死去前叫神父來的常識都沒有。」

「說不定他不想皈依，」賈賈說。

「希望他安息，」媽媽很快接著說。

爸爸看著賈賈。「你說什麼？這就是你跟異教徒住在同一棟房子裡學到的事？」

「不是，」賈賈說。

爸爸瞪著賈賈，然後瞪著我。他緩慢搖頭的樣子就彷彿我們已經變色了。「去洗澡，然後下來吃晚餐，」他說。

我們上樓時，賈賈走在我的前面，我嘗試把腳踩在他剛剛踩過的每一個位置上。爸爸的晚餐前禱告比平常還長：他要求神淨化他的孩子，並移除任何導致他們明明跟異教徒同住卻向他說謊的惡靈。「這是疏忽的罪，主，」他就好像怕神不知道一樣地強調。我大聲說了「阿門」。晚餐是豆子和大塊的雞肉。我一邊吃一邊想，這樣的一塊雞肉在伊菲歐瑪姑姑的家裡會被分成三份。

「爸爸，可以把我房間的鑰匙給我嗎？拜託。」賈賈把叉子放下。我們的晚餐正吃到一半。我深呼吸後屏住呼吸。爸爸總是保管著我們房間的鑰匙。

「什麼？」爸爸問。

「我房間的鑰匙。我想拿回來。Makana[121]，因為我想有一點隱私。」

爸爸的瞳孔彷彿在眼白中來回衝刺。「什麼？你要隱私做什麼？為了對你自己的身體犯罪嗎？你想做那件事嗎？自慰？」

「不是，」賈賈說。他的手一動就不小心水杯打翻了。

「瞧瞧我的孩子都怎麼了？」爸爸對著天花板問。「瞧瞧跟異教徒同住是如何改變了他們？怎麼都變邪惡了？」

我們在沉默中吃完晚餐。吃完飯後，賈賈跟著爸爸上樓，我和媽媽一起坐在客廳。我不知賈賈為何會想要鑰匙。爸爸是絕對不會給他的，他很清楚，他知道爸爸永遠不會讓我們鎖上自己的房門。有那麼一刻，我在想或許爸爸是對的，會不會真的是因為跟恩努克烏爺爺相處讓賈賈變得邪惡了？我們或許都因此變得邪惡了。

120 伊博語，「Chi m!」的意思是「我的天哪！」

121 伊博語，Makana的意思是「因為」。

「回來的感覺很不一樣？okwia？」媽媽問。她正為了挑選新窗簾的顏色翻看一批布料樣本。我們每年大約都會在哈馬丹風的季節快結束時換新窗簾。凱文會帶樣本來給媽媽看，然後媽媽會先挑一些給爸爸看，好讓他做出最後決定。爸爸通常會挑她最愛的顏色。去年是深米色。前年是沙米色。

我想跟媽媽說回來的感覺確實不一樣。我想說我們的客廳實在有太多空蕩蕩的空間了，那些因為西西的擦洗而發亮但毫無必要的大理石地板上什麼都沒有放。我們的天花板太高了。我們的家具毫無生氣。那些玻璃餐桌沒有因為哈馬丹風而脫皮，皮沙發迎接我們的只是黏答答的冰涼觸感，波斯地毯也豪奢得毫無感情。但我只是說，「妳把陳列架都擦亮了。」

「對。」

「什麼時候？」

「昨天。」

我盯著她的那隻眼睛。此刻那隻眼睛似乎有張開。但昨天一定腫到只能完全閉著吧。

「凱姆比利！」爸爸的聲音從樓上清晰傳來。我屏住呼吸，坐著不動。「凱姆比利！」

「Nne，去吧，」媽媽說。

我緩緩爬上樓。爸爸正在浴室，浴室的門微開。我敲敲那扇打開的門，站在門邊，不知道他為什麼要在浴室裡叫我。「進來，」他說。他站在浴缸邊。「爬進浴缸。」

我盯著爸爸。為什麼他要我爬進浴缸？我往四周的浴室地面看了看，到處都沒有棍子。說不定他是要叫我待在浴室，然後下樓穿過廚房從後院的其中一棵樹上折下樹枝當棍子。當賈賈和我年紀比較小時，大概就是從小學二年級到五年級的期間，他要我們自己去拔樹枝當棍子。我們總是選木麻黃的樹枝，因為木麻黃的樹枝比較軟，打起來不像較硬的石梓或酪梨樹枝那麼痛。賈賈還會把樹枝泡在冰水裡，他說這樣打到身體比較不痛。隨著我們的年紀越來越大，帶回來的樹枝也越小，最後爸爸開始自己去屋外拔樹枝。

「爬進浴缸，」爸爸又說了一次。

我踏進浴缸，站在裡面看著他。他看起來沒有要去拔樹枝。我感覺尖銳而赤裸的恐懼充滿我的膀胱和耳朵。我不知道他打算對我做什麼。如果有看到棍子還比較簡單，因為我可以搓揉掌心、收緊骨盆周遭的肌肉來做好準備。但他從來沒要我進去浴缸過。然後我注意到地上有一個水壺，就在爸爸腳邊，那是西西平常泡茶和做加里時用來煮熱水的綠色水壺，水滾時會發出哨音。爸爸拿起水壺。「妳知道妳的爺爺要去恩蘇卡，對吧？」他用伊博語問。

「是的，爸爸。」

「妳有拿起電話通知我這件事嗎？gbo？」

「沒有。」

「妳知道妳會跟一個異教徒睡在同一間屋子裡？」

「是的，爸爸。」

「所以妳很清楚看見了罪，但還是任由自己走過去？」

我點點頭。「是的，爸爸。」

「凱姆比利，妳是無價之寶。」他的聲音開始顫抖，就像在葬禮上致詞的人努力在壓抑情緒。

「妳應該要力求完美。妳不該在看見罪之後還讓自己陷進去。」他把水壺放低到浴缸裡，朝我的雙腳傾斜。他把熱水倒在我的雙腳上，動作緩慢，就好像是進行一個實驗，看看之後會發生什麼事。他在哭，淚水從他的臉頰流下。我先是看見潮濕的蒸汽，然後才看見水。我看見離開水壺的水幾乎是以慢動作沿弧線流向我的雙腳。水接觸到我腳時的疼痛是如此純粹、如此滾燙，我有一秒鐘什麼都感覺不到。然後我開始尖叫。

「這就是妳讓自己走入罪惡的結果。妳會燙傷妳的腳，」他說。

我想說「是的，爸爸，」因為他說的沒錯，可是腳上的灼熱感正在激增，極度難熬的疼痛快速蔓延上來，然後抵達我的頭我的嘴唇和我的眼睛。爸爸用一隻寬大的手抓住我，仔細地用另一隻手倒水。我不知道那個啜泣的說話聲——我很抱歉！我很抱歉！——是我發出來的，直到水流終於停止，我才意識到我的嘴巴在動，而且許多話語仍在從我口中流瀉而出。爸爸把水壺放下，抹了抹他的雙眼。我站在灼燙的浴缸中，害怕得完全動不了——我雙腳的肌膚正在脫落。我努力想踏出浴缸。

爸爸把雙手放在我的腋下想把我帶出來，可是我聽見媽媽說，「讓我來，拜託。」我沒有意識到媽媽已經進來浴室了。她的臉上流著眼淚，鼻水也在流淌。我忍不住想她會不會在鼻水流到嘴巴導致被迫嚐到鼻水味道之前擦掉。她在冷水裡混入鹽，輕輕把感覺有很多小碎粒的混和物敷在我的腳上。她把我扶出浴缸，本來打算把我揹回我的房間，但我搖搖頭。她太嬌小了，我們可能會一起跌倒。直到我們兩人都進到我的房間後，媽媽才開口。「妳應該吃普拿疼，」她說。

我點點頭，她把藥片遞給我，不過我很清楚吃這個對我的腳不會有什麼幫助。我的腳正隨著一種穩定、熱辣的節奏一陣陣抽痛著。「妳有去賈賈的房間嗎？」我問，媽媽點點頭。她沒跟我說他的情況，我也沒問。

「腳上的皮膚明天會浮腫起來，」我說。

「妳的腳會在開學前康復的，」媽媽說。

媽媽離開後，我盯著關上那扇門的平滑表面，想著恩蘇卡那裡的門跟門上剝落的藍色油漆。我想著阿瑪迪神父如同音樂般的說話嗓音，想著亞馬卡大笑時露出的寬大牙縫，想著伊菲歐瑪姑姑在她的煤油爐上攪拌燉菜的樣子。我想到歐比歐拉會把眼鏡在鼻樑上推高，還有奇馬蜷曲在沙發上的樣子，他總是睡得多熟啊。我站起身，一瘸一瘸地走過去把恩努克烏爺爺的畫像從袋子裡拿出來。那幅畫還包在黑色的包裝紙裡。雖然是收在袋子的隱蔽側袋中，但我實在太害怕了，所以不敢把包裝打開。爸爸總會知道的。他會聞到這幅畫在他屋子裡發出的氣味。我用手指撫過畫的塑膠包裝，感覺畫面上一道道的微微突起，那些突起逐漸匯聚成恩努克烏爺爺的清瘦身形、放鬆交抱在胸前的手臂，還有直直伸展在前方的雙腿。

我才剛一瘸一瘸走回我的床邊，爸爸就開門走了進來。他知道了。我想要改變動作、重新調整自己在床上的樣子，彷彿這樣做可以掩飾自己剛剛幹的好事。我想從他的眼神中確認他知道多少，也想知道他是怎麼發現那幅畫的，可是沒找到任何資訊，就是沒辦法。恐懼。我對恐懼很熟悉了，但每次感受到的恐懼還是跟其他次不一樣。每次的恐懼都有著不同的風味和顏色。

「我為妳做的一切都是為妳好，」爸爸說。「妳知道吧？」

「是的，爸爸。」我還是不確定他知不知道那幅畫的事。

他坐在我的床上握住我的手。「我曾對我的身體犯過一次罪，」他說。「而有個很好的神父，他是我去上聖格雷戈里學校時一起住的神父，他走進來看見我在做的事，於是要求我燒水準備泡茶。然後他把水倒進一個碗裡，把我的手泡進去。」爸爸直直望著我的雙眼。我不知道他犯過任何罪，也不知道他竟然有辦法犯罪。「我再也沒有對我的身體犯罪了。那位好神父那樣做是為了我好。」他說。

爸爸離開後，我沒有想到他泡在泡茶熱水裡的那雙手、沒有想他曾經剝落的皮膚，也沒想到他因為痛苦而在臉上緊皺出的紋路。我想到的是我袋子裡那幅恩努克烏爺爺的畫。

我一直到隔天才有機會告訴賈賈那幅畫的事。那天是個星期六，他在讀書時間來到我的房間。他的腳上穿著厚襪子，一次一步小心翼翼地前進，就跟我一樣。可是我們沒有談起我們包裹得很厚的腳。他用手指撫摸那幅畫，然後說他也有東西要給我看。我們下樓走到廚房。那些同樣包在黑色玻璃紙裡的東西被他塞在冰箱裡，就在很多芬達汽水瓶下面。他看見我困惑的表情，於是說那些東西不是樹枝，而是紫色木槿花的莖。他會把那些莖拿給園丁去種。現在還是哈馬丹風的季節，土地還極度乾渴，可是伊菲歐瑪姑姑說只要有固定澆水，這些莖枝就有可能生根茁壯。她還說紫色木槿花不喜歡太多水，但也不能太乾。

賈賈的眼睛在談到木槿花時放出光芒，他把那些莖枝往我這邊遞過來，好讓我觸碰那些冷冰冰的潮濕枝條。他已經跟爸爸說過這件事了，可是當我們聽見爸爸走過來時，他還是快速把東西放回冰箱。

午餐是山藥粥。我們都還沒走到餐桌邊就已經聞到食物的氣味飄散在整棟屋子裡。那味道聞起來好香——黃色醬汁中漂浮著一片片魚乾，另外還有蔬菜和切丁山藥。禱告結束後，媽媽把食物一盤盤分給大家，此時爸爸說，「這些異教徒的葬禮有夠貴。先是有個拜物教團體跑來要一頭乳牛，然後是巫醫為了某個石頭神要一頭山羊，然後為了那座小村莊又得要一頭乳牛，為了umuada[122]還要一頭乳牛。從來沒有人問為什麼這些所謂的神不吃這些動物，而是這些貪婪的傢伙自己把肉分食掉。這些異教徒只不過是把人的死亡當成可以大吃大喝的藉口罷了。」

我很好奇爸爸為什麼要說這些。真不知道是什麼讓他說出這些話。我們其他人在媽媽把一盤盤食物分好前都沒說話。

「我把辦葬禮需要的錢都送去給伊菲歐瑪了。她需要什麼我都給了，」爸爸說。然後他沉默了一下，才又說，「為了nna anyi的葬禮。」

「感謝神，」媽媽說，賈賈和我也跟著複誦。

西西在我們吃完午餐前進來，表示艾德．寇克帶著另一個男人在大門外。阿達穆叫他們在大門口等，他只要有人在週間午餐時間來訪都會這麼做。我本來以為爸爸會叫他們在院子的平台上等我們吃完晚餐，可是他請西西叫阿達穆讓他們進來，並打開前門。我們還在吃盤子上的食物時，他就已經說完餐後禱告，然後叫我們繼續吃，他等一下就回來。

122 伊博語，umuada的意思是「社區所有女兒的聚會」。

兩位客人走進來，在客廳坐下。我從餐桌那邊看不見他們，可是還是一邊吃飯一邊努力想聽他們在說什麼。我知道賈賈也在聽。我看見他的頭微微歪著，雙眼盯著前方的虛空。他們正壓低音量說話，可是我們可以輕易聽出恩旺奇提．歐傑奇這個名字，尤其是在艾德．寇克說話的時候，因為他沒像爸爸還有另一個男人一樣把音量壓得那麼低。

他正在說「大歐賈」[123]的助理——艾德．寇克就連在社論裡也把國家元首稱為「大歐賈」——打電話來表示大歐賈願意讓他進行專訪。「可是他們要我撤下有關恩旺奇提．歐傑奇的報導。想像一下吧，那個愚蠢的男人說，他知道有些沒用的傢伙跟我說了一些事，而我打算用在報導裡，但他說那些都是謊言……」

我聽見爸爸低聲打斷他。另一個男人又說了一些話，大意是說阿布賈的大人物不想要這種報導在大英國協的國家開會時出現。

「你知道這代表什麼意思嗎？代表我的資訊來源正確。他們真的已經幹掉恩旺奇提．歐傑奇了，」艾德．寇克說。「不然為什麼我上次報導他的時候，他們不在乎，現在卻又在乎了？」

我知道艾德在說的是什麼事，那篇報導大概是六週前出現在《標準報》上，也就是恩旺奇提．歐傑奇一開始消失無蹤的時候。我記得在圖說「恩旺奇提在哪？」上方有個巨型黑色問號，也記得那篇文章充滿引用自他家人及同事的憂心發言。那跟我第一次讀到《標準報》為他做的專題完全不同，之前那篇的標題是〈我們之中的聖人〉，其中聚焦在他所進行的運動，以及他的支持民主集會讓蘇魯里的體育館擠滿了人。

「我跟艾德說我們該等等，先生，」另一位客人說。「先採訪大歐賈。我們可以晚一點再發出恩旺奇提・歐傑奇的報導。」

「不可能！」艾德立刻反擊，如果不是因為我很熟悉他那稍微有點尖細的嗓音，很難想像那個總是在笑的圓嘟嘟艾德可以這樣說話。他聽起來好生氣。「他們不想讓恩旺奇提・歐傑奇的事現在變成一個問題。就這麼簡單！而你知道這代表什麼意思。他們已經幹掉他了！大歐賈試圖用採訪來賄賂我的原因是什麼？嗯？是什麼？」

爸爸打斷他，但我聽不太到他說的話，因為他是用低沉、安撫的語調說話，像是在要艾德冷靜下來。接著我聽見他說，「來，去我的書房。我的孩子在吃飯。」

他們上樓前先經過了我們身邊。艾德在跟我們打招呼時露出微笑，但那是個很節制的微笑。「可以過去幫妳把食物吃完嗎？」他逗著我說，還假裝要撲過來搶走我的食物。

午餐後，我坐在我的房間內讀書，同時努力想聽見爸爸和艾德・寇克在書房裡說的話，但聽不見。賈賈經過書房好幾次，可是當我望向他時，他也只是搖搖頭——他也無法透過關上的房門聽見他們說的話。

就在那天晚上，晚餐之前，政府探員來到我們家。那些身穿黑衣的男人離開時用力扯了木槿花。賈賈說之前就是那些人帶著一卡車的美金來賄賂爸爸。當時爸爸叫他們滾出去。

等我們拿到下一份《標準報》時，我早就知道封面故事會是恩旺奇提・歐傑奇。那份報導非常

123 大歐賈（Big Oga）是一種混雜著當地語言的破碎英文，可翻為「大頭目」、「大老闆」。

詳細、憤怒，充滿來自一位「線人」的引言。線人表示許多士兵在米納的叢林裡射殺了恩旺奇提．歐傑奇，然後把酸液倒在他身上，讓他的肉從骨頭上化掉。他們在他已經死掉後繼續殺害他。

家族時間時，爸爸和我一起下棋，爸爸節節獲勝。我們在收音機上聽見奈及利亞已經因為那場謀殺案而被暫時撤銷大英國協的資格，加拿大和荷蘭也為了表示抗議召回他們的大使。主播讀出加拿大政府聲明稿中的一小部分，其中提到恩旺奇提．歐傑奇是一個「值得敬重的人」。

爸爸的眼神從棋盤上抬起來，「結果變成這樣了。我就知道會這樣。」

吃完晚餐後，幾個男人來到我們家，我聽見西西告訴爸爸他們來自民主聯盟。他們在院子的平台上跟爸爸待了一陣子，我很努力想聽但聽不見他們在說什麼。隔天有更多客人在晚餐時來到我們家。再隔天又更多人。他們都叫爸爸要小心。別再搭你的公司車去工作。別再去任何公共場所。他們提醒他有位民權律師在要出國時在機場遭遇了炸彈攻擊。之前還有一個人在支持民主的體育館集會中出事。一定要鎖好家門。之前還有個人在自家臥房被戴著黑色面罩的男人射殺。

媽媽把這些事告訴我和賈賈。她說話時看起來很害怕。我想拍拍她的肩膀，跟她說爸爸會沒事的。我知道他和艾德．寇克的工作就是揭發真相，我知道他會沒事的。

「你覺得不信神的人有理性可言嗎？」爸爸每天晚上都會在晚餐時這麼問，而且通常是在一陣漫長的沉默之後。他似乎會在晚餐時喝很多水。我仔細觀察他，但不確定他的雙手是真的在顫抖，還是純粹是我的想像。

賈賈和我沒有聊起那些來我們家的人。我其實想聊，可是當我透過眼神提起時，賈賈卻把眼神別開，而要是我開口談起，他也會轉換話題。唯一一次我聽見他稍微談起這件事，是在伊菲歐瑪姑姑聽說了《標準報》的報導所引起的騷動，打電話來問爸爸情況如何的時候。那時爸爸不在家，所以她跟媽媽講了電話。媽媽講完後把話筒遞給賈賈。

「姑姑，他們不會動爸爸，」我聽見賈賈說。「他們知道他有很多外國人脈。」

我聽著賈賈告訴伊菲歐瑪姑姑，那些木槿花的莖枝已經被園丁種下去了，可是目前還無法確定能不能存活。我真不知道他為何從來沒跟我講過爸爸的事。

換我講電話時，伊菲歐瑪姑姑感覺距離我好近、說話好大聲。我們先是彼此問候，然後我深吸一口氣說，「也向阿瑪迪神父問好。」

「他總是問起妳和賈賈，」伊菲歐瑪姑姑說。「等等，nne，亞馬卡在旁邊。」

「凱姆比利，ke kwanu？」亞馬卡在電話裡聽起來很不一樣。電話裡的她感覺很好相處、不太可能跟人起爭端，也不太可能露出輕蔑的笑——又或者只是因為我看不見那抹蔑笑。

「我很好，」我說。「謝謝妳。謝謝妳送我畫。」

「我想妳可能會想留著那幅畫。」亞馬卡談起恩努克烏爺爺的聲音還是有點啞。

「謝謝妳，」我悄聲說。我不知道亞馬卡竟然有想到我，還知道我想要的是什麼。她甚至知道我想要的是什麼啊。

「妳知道恩努克烏爺爺的akwam ozu[124]會舉辦在下週嗎？」

「知道。」

124 伊博語，「akwam ozu」是送走死者的儀式，可直接翻為「葬禮」。

「我們會穿上白衣。黑色實在太令人沮喪了，特別是人們悼念親人時穿的那種黑，就像燒焦的木頭。我會負責帶領所有孫輩跳舞。」她聽起來很驕傲。

「他一定能好好安息，」我說。我不知道她是不是也能聽出我其實很想跟他們一起穿上白衣，而且也很想跟所有孫輩一起跳舞。

「沒錯，一定。」接著是一陣短短的沉默。「感謝尤金舅舅。」

我不知道該說什麼。我感覺自己像是個孩子不小心把爽身粉灑得滿地都是，所以必須小心翼翼行走才不會滑倒。

「恩努克烏爺爺真的很擔心沒辦法擁有一個體面的葬禮，」亞馬卡說。「現在我知道他可以好好安息了。尤金舅舅給了媽媽好多錢。她為葬禮買了七頭乳牛！」

「那太好了。」我喃喃地說。

「我希望妳和賈賈可以在復活節來找我們。那些聖母的顯現還在發生，所以或許我們這次真的可以去阿歐克波朝聖。如果這樣能讓尤金舅舅答應讓你們來的話。而且我會在復活節的週日進行堅信禮，我想要妳和賈賈在場。」

「我也想去，」我剛剛說了好多話，於是微笑起來。我跟亞馬卡的整段對話都像夢一般美好。

我回想起自己去年舉辦在聖艾格尼絲教堂的堅信禮。爸爸為我買了白色蕾絲連身裙，還有一頂柔軟的多層面紗，彌撒結束後，跟媽媽同一個禱告小組的婦女都擠在我身邊想要摸摸看。主教要在我的額頭畫十字架時，差點沒辦法把我的面紗掀起來，然後他在掀起來後說，「露絲，被聖靈的恩賜印證。」露絲。這是爸爸為我取的堅信名。

「妳選好堅信名了嗎？」我問。

「還沒，」亞馬卡說。「Ngwanu，媽想要向碧翠絲舅媽提醒一些事。」

「替我向奇馬和歐比歐拉問好，」我說，然後把電話遞給媽媽。

回到房間後，我盯著課本，心裡想著阿瑪迪神父不知道有沒有真的問起我們，還是伊菲歐瑪姑姑只是基於禮貌這麼說，畢竟這樣說才代表不只我們把他放在心上，他也有把我們放在心上。可是伊菲歐瑪姑姑不是那種人，如果他沒問起，她就不會那樣說。我又忍不住想，他問起我們時究竟是同時問起賈賈和我，就像我們是兩個一組的東西，像是玉米配烏比、米飯配燉菜，或是山藥配油，又或者他是分開問的，比如先問起我，然後再問起賈賈。我聽見爸爸結束工作回家的聲音，於是坐直身體盯著課本看。我剛剛在一張紙上塗抹了一些火柴人，還一次又一次寫上「阿瑪迪神父」的名字。我把那張紙撕掉。

我在接下來幾週又撕掉了更多紙。那些紙上面都寫滿了一次又一次的「阿瑪迪神父」。我嘗試在一些紙上用音符捕捉他說話的音韻，又在其他紙上用羅馬數字拼出他名字的英文字母。不過我不需要把他的名字寫下來就能看見他。我能在園丁身上認出屬於他的步態，雖然只是一閃而逝，但就是那種輕快、自信的踱步。等到開學後，我也在凱文身上看見他精瘦、長滿肌肉的身形，甚至在露西修女臉上一閃而逝地看見了他的微笑。我在開學第二天跟一群在排球場上的女孩一起玩。我沒聽見任何人偷偷說「自以為高等的土豪」或發出任何揶揄的笑聲，也沒注意到她們是不是有一臉意外深長地偷捏彼此。我就是站在那裡，雙手交握，等著自己被選上。我的眼裡只看見阿瑪迪神父陶土色的臉，耳裡只聽見他說的，「妳的腿很能跑。」

艾德．寇克死掉那天，雨下得很大，在把一切吹得乾枯的哈馬丹風季節中可說是一場過於怪異、劇烈的雨。當時艾德．寇克正在和家人一起吃早餐，一名信差送了個包裹給他。她穿著小學制服的女兒就坐在他對面。他們家的小嬰兒坐在旁邊的一張高腳椅上。他的妻子正在把瑟瑞雷克牌米糊一匙匙餵進嬰兒的嘴裡。艾德．寇克一打開包裹——就算艾德．寇克的妻子伊宛德沒說艾德．寇克看著信封說，「上面有元首府的封印章」，所有人都知道那是來自元首府的包裹——就被炸爛了。

賈賈和我放學回家時，光是從下車走進前門那段路就已經全身淋濕。雨甚至大到在木槿花叢旁邊形成一個小水窪。我的腳在溼答答的皮涼鞋內感覺好癢。爸爸整個人癱坐在客廳的沙發上啜泣。他整個人看起來好小。爸爸其實很高，有時還得低頭才能穿過一些入口，他的裁縫也總是需要使用比平常人更多的布料來縫製他的長褲。但他現在看起來好小，整個人就像一捲皺巴巴的布料。

爸爸說，「我應該叫艾德先別發出那篇報導」、「我應該要保護他。我應該要他叫停那篇報導。」

媽媽把他抱住，把他的臉埋進她的胸口。「不，」她說。「O zugo。別這樣。」

賈賈和我站在一旁看。我想到艾德．寇克的眼鏡。我想像他那幅厚重、泛著藍光的鏡片碎裂開來，白色鏡框融化成一團黏答答的漿糊。之後媽媽告訴我們發生的事情及經過，賈賈說，「這是神的意志，爸爸，」爸爸對賈賈露出微笑，輕輕拍了他的背。

爸爸主辦了艾德．寇克的葬禮。他為伊宛德．寇克以及他們的孩子設立了信託基金，還為他們買了一棟新房子。他給《標準報》的員工一大筆獎金，然後叫他們去放一場長假。在這幾週時間中，他的眼睛下方出現凹陷，就彷彿有人將他那個部位的嫩肉抽走，任由他的眼窩凹陷。

我就是那時候開始做噩夢，在那些噩夢中，我看見艾德．寇克焦黑的遺骸噴濺在餐桌上、也噴濺在他女兒的學校制服上、他寶寶的麥片碗裡，還有他眼前的那盤雞蛋上。在其中幾次噩夢中，我是夢中的女兒，而夢中那具焦黑的遺骸屬於爸爸。

艾德．寇克死去幾週後，爸爸的雙眼下方仍刻著深深的凹痕，動作也有一種遲緩的感覺，就彷彿他的腿沉重到抬不起來，手也無法正常揮動。無論是有人跟他說話時、他在咀嚼食物時，或是在《聖經》中找到正確段落讀出來時，他都必須花比較長的時間才能反應過來。可是他禱告的時間變得很多，有些晚上我起床尿尿，會聽見他從在俯瞰前院的陽台上大吼大叫。雖然我坐在馬桶上聽，卻始終聽不懂他在說什麼。我跟賈賈說這件事時，他聳聳肩說爸爸一定是在說舌音，不過我們都知道爸爸並不認可人們說舌音，因為那是如同蘑菇不停冒出來的五旬節教會中的假牧師才會幹的事。

媽媽要賈賈和我記得常去抱爸爸，而且要抱得比之前更緊，好讓他知道我們在他身旁，畢竟他現在壓力很大。有士兵帶著一箱死老鼠去了爸爸的其中一間工廠，然後聲稱這些老鼠是在工廠中發現的，並有可能透過威化餅和小餅乾散播疾病，於是將工廠勒令關閉。所以爸爸不再像以前一樣常去其他工廠了。有時班奈迪克神父會在賈賈和我去上學前來到家裡，而等我們回家時他都還待在爸爸的書房裡。媽媽說他們正在進行特別的九日敬禮。在這樣的日子裡，爸爸不會像平常一樣出來確認我們有沒有遵照行程表做事，所以賈賈會跑到我的房間聊天，或是在我讀書時坐在我的床上，等我讀完才回到他自己的房間。

就是在那種日子的其中一天，賈賈來到我的房間，關上門，問，「我可以看那幅恩努克烏爺爺的畫像嗎？」

我的眼神不停在門上遊蕩。我從來沒有在爸爸在家時把畫拿出來看。

「他正跟班奈迪克神父待在一起，」賈賈說。「他不會進來。」

我把畫從袋子裡拿出來，拆開包裝。賈賈盯著那幅畫，然後用他那根變形的手指撫摸著顏料。那根手指幾乎沒有什麼知覺。

「我的手臂跟恩努克烏爺爺一樣，」賈賈說。「妳能看出來嗎？我的手臂跟他一樣。」他聽起來像是出神了，就像是已然忘記自己身處何處、也忘了自己是誰。他好像忘記自己的那根手指沒辦法有知覺。

我沒有叫賈賈停下來，也沒有指出他正在撫摸畫像的是那根變形手指。我沒有立刻把畫收回去，反而靠到賈賈身邊和他一起盯著那幅畫，沉默著，就這樣看了好長一段時間，長到班奈迪克神父很可能已經離開。我知道爸爸會進來跟我說晚安、親吻我的額頭。我知道他會穿著他那件讓他眼中映照出一抹紅光的酒紅色睡衣。我也知道賈賈不會有足夠時間把畫收回袋子，而爸爸只要看一眼就會瞇起眼睛，臉頰會像尚未成熟的烏達拉[125]果實一樣突起，口中不停噴射出伊博語。

而情況正是如此。或許我們就是希望這件事發生，我是說賈賈和我，只是我們沒有意識到而已。或許我們在去過恩蘇卡之後都變了——就連爸爸也是——因此一切注定無法再跟以前一樣。原本的秩序不可能再恢復。

「那是什麼？你們都變成異教徒了是嗎？拿著那幅畫在做什麼？那幅畫哪來的？」爸爸問。

「O nkem[126]。是我的，」賈賈說。他用兩隻手臂把畫抱在胸前。

「是我的，」我說。

爸爸稍微搖晃了一下，左右搖晃，像是接受過按手禮之後差點癱倒在一名極具感召力的牧師腳邊。爸爸不常這樣搖晃。他的搖晃就像有人在搖晃一瓶可樂，而等你打開瓶子後，就會有噴流從中爆湧而出。

「誰把那幅畫帶進這個家裡的？」

「是我，」我說。

「是我，」賈賈說。

真希望賈賈能看看我。只要他看我，我就會要求他別把錯攬到自己身上。爸爸把那幅畫從賈賈手中搶走。他的動作很快，雙手合作，那幅畫就此消失。其實那幅畫象徵的本來就是某種失落的事物，是我未曾擁有也不可能再擁有的事物，但現在就連提醒我這件事的畫也沒有了。一張張沾染著土地色調的碎紙散落在爸爸腳邊。那些極小的碎片被精準地撕得很小。我突然發狂般地想像恩努克烏爺爺的身體被切成碎片後儲藏在冰箱內的樣子。

「不！」我尖聲大叫，然後像是要拯救那些碎片般地衝向地板上那些碎片，就好像拯救這些碎片就能夠拯救恩努克烏爺爺。我跌坐在地板上，躺在那些紙片上。

125 烏達拉（udala）一種甜中偶爾帶酸的水果，有時被稱為「叢林芒果」。

126 伊博語，「O nkem」的意思是「是我的」。

「妳發什麼神經？」爸爸問。「這是怎麼回事？」

我躺在地上，像我那本《中學綜合科學》裡提到的子宮內胎兒圖片一樣蜷曲著。

「起來！離開那幅畫！」

我躺在那裡，什麼都不做。

「起來！」爸爸又說了一次。我還是沒有動。他開始踢我。他拖鞋上的金屬扣環像巨大的蚊子般不停叮咬我。他不停說話，完全失控，其中混雜著伊博語和英文，像是柔軟的肉搭配著帶刺的骨頭。褻瀆神。異教崇拜。地獄之火。他踢我的節奏變得越來越緊湊，我想到亞馬卡的音樂，她那些具有文化意識的音樂有時會以平靜的薩克斯風開場，然後不停堆疊成強而有力的歌聲。我把自己蜷縮得更緊，把碎片都圈在中間。那些碎片感覺好軟，像羽毛。上頭還有著亞馬卡調色盤上的金屬氣味。那種叮咬感覺更劇烈了，甚至像啃咬，因為金屬扣環落在我側邊、背部，還有腿上裸露的肌膚處。踢著。踢著，踢著。現在大概換成一條皮帶了，因為金屬扣環的感覺更為沉重。因為我可以聽見空氣中的颼颼聲響。有一個低低的聲音在說，「拜託，biko，拜託。」更多叮咬的感覺。更多鞭打。一種鹹濕的感覺溫暖了我的口腔。我閉上雙眼，滑入靜默。

張開眼睛時，我立刻知道不是躺在自己的床上。這裡的床墊比我的床墊還要扎實。我想要起身，可是疼痛像一簇簇精細的針刺著我，衝擊我的全身。我倒回床上。

「Nne，凱姆比利。感謝神！」媽媽起身把手按在我的額頭上，也把臉貼在我的臉上。「感謝神。感謝神讓妳醒來了。」

她的臉因為淚水而黏黏的。她觸碰我的手勁很輕巧，可是仍讓那種針刺般的疼痛從頭部傳遍我的全身。那種感覺就像爸爸把燙水倒在我的腳上，只是現在我的全身都在灼燒。所有動作都痛到我連想都不敢想。

「我的身體像是著火，」我說。

「噓，」她說。「休息就是了。感謝神讓妳醒來。」

我不想醒來。我不想感覺身側那種隨著呼吸傳來的疼痛。我不想有那種如同沉重槌子敲打頭部的感受。現在的我就連呼吸都是折磨。有個身穿白袍的醫生正站在我的床腳邊。我認得那個聲音，他是教會的下級教士。他正緩慢而咬字精準地在說話，就像在進行讀經一和讀經二的樣子，不過我無法聽清楚他說的全部內容。肋骨斷裂。恢復良好。內出血。他靠過來，緩緩掀起我的袖子。打針總是讓我害怕——每次只要患上瘧疾，我都祈求自己這次可以不用注射氯奎寧，只需要吃諾安命藥片就好。不過現在打針帶來的疼痛根本不算什麼。我寧願每天打針也不要忍受這種疼痛。爸爸的臉靠我的臉好近，近到他的鼻子幾乎要摩擦過我的鼻子，但我可以看出他的眼神非常溫和。他一邊哭一邊在說話。「我的寶貝女兒。妳不會有事的。我的寶貝女兒。」我不確定那是不是一場夢。我閉上眼睛。

再次張開眼睛時，班奈迪克神父站在我床邊，並且正在我的腳上用油畫十字。那種油聞起來是洋蔥的氣味，但即便他只是輕輕碰觸，我都覺得痛。爸爸也在旁邊。他也正喃喃誦唸著禱詞，並把雙手輕輕地放在我的身側。我閉上眼睛。

「沒有什麼意思的。他們會對所有生重病的人進行傅油聖事，」媽媽在爸爸和班奈迪克神父離開時悄聲說。

我盯著她正在動的嘴唇。我沒有生重病。她很清楚。她為什麼要說我生重病？為什麼我現在在聖艾格尼絲醫院？

「媽媽，打電話給伊菲歐瑪姑姑，」我說。

媽媽別開眼神。「Nne，妳得休息。」

「打電話給伊菲歐瑪姑姑，拜託。」

媽媽伸手握住我的手。她的臉因為哭泣而浮腫，嘴唇裂開，許多褪色的皮剝落下來。我真希望可以起身擁抱她，但又好想把她推開。我想用力把她從椅子上推到地上。

張開眼睛時，阿瑪迪神父的臉正從上方望著我。這是我的夢。這是我的想像。我好希望微笑時感覺可以不要那麼痛。這樣我就能微笑了。

「一開始他們找不到任何靜脈，我好害怕。」這是媽媽的聲音。這個真實的聲音就在我身邊。我不是在做夢。

「凱姆比利。凱姆比利。妳醒著嗎？」阿瑪迪神父的聲音變得比較深沉，不像我夢中那種充滿樂音的旋律。

「Nne，凱姆比利，nne。」那是伊菲歐瑪姑姑的聲音，她的臉出現在阿瑪迪神父的臉旁邊。她把頭髮都編織成辮子，再收攏成高高的一大球，看起來就像頭上頂著一個酒椰葉纖維編織的籃子。

我努力想露出微笑，但感覺頭昏腦脹，彷彿有什麼正在從我的體內流出去、流出去，並把我的力量及神智一起帶走，而我無力阻止。

「藥物讓她昏沉，」媽媽說。

「Nne，妳的表親向妳問候。他們本來也想來，但還得上學。阿瑪迪神父跟我一起在這裡。Nne……」伊菲歐瑪姑姑緊抓住我的手，我縮了一下，把手抽開，但就連抽手的動作也好痛。我不想閉上眼睛，我想看著阿瑪迪神父。我想聞他的古龍水味、想聽他說話的聲音，可是眼皮還是慢慢闔上。

「不能再這樣下去了，nwunye m，」伊菲歐瑪姑姑說。「房子失火時，妳得在屋頂塌在妳頭上之前逃出來。」

「從沒搞成這樣過。他以前沒有這樣懲罰她，」媽媽說。

「凱姆比利出院後要來恩蘇卡。」

「尤金不會同意的。」

「我來跟他說。我們的父親已經死了，所以我的房子不會有任何帶來威脅的異教徒。我要凱姆比利和賈賈跟我們住在一起，至少住到復活節。把妳的行李也收拾一下，一起來恩蘇卡。他們不在時，妳離開也會比較輕鬆。」

「從沒搞成這樣過。」

「妳沒聽見我說的話嗎？gbo？」伊菲歐瑪姑姑大聲說。

「我有聽見。」

她們說話的聲音變得很遠，就彷彿媽媽和伊菲歐瑪姑姑正坐在一艘快速行駛向大海的船上，而海浪吞噬了她們的聲音。在完全聽不見她們的聲音之前，我忍不住想知道阿瑪迪神父去哪了。我在好幾個小時後張開雙眼，周遭一片黑暗，所有燈泡都被關掉了。從緊閉門板底下流洩進來的走廊微光中，我可以看見牆上的十字架和媽媽坐在我床腳椅子上的身影。

「Kedu？我今天晚上都會待在這裡。睡吧。好好休息，」媽媽說。她起身坐在我的床上，輕撫我的枕頭。我知道她怕碰到我會害我痛。「最近這三天，妳的父親每晚都坐在妳的床邊，而且一夜都沒闔眼。」

對我來說要轉頭很困難，但我還是轉頭望向別處。

接下來那週，我的私人家教來到醫院。媽媽和爸爸在面試了十人後挑選了她。她是「可敬的姊妹團」中的一位年輕修女，目前還沒有宣發終身誓願。她天藍色長袍的腰際纏繞著玫瑰念珠，珠子隨著她的移動發出窸窣聲響，頭巾底下探出一綹綹金髮。她握住我的手說「Kee ka ime？[127]」，我震驚不已。我從沒聽過白人說伊博語，而且還說得那麼好。她會在我們上課時輕柔說英文，在沒上課時說伊博語，不過後者的機會不多。在我專心進行閱讀理解的段落時，她會創造出屬於自己的靜默空間，安於其中，同時用手指撥弄玫瑰念珠。不過她知道的很多，我可以從她的綠褐色眼珠中看出來。舉例來說，她知道我身體可以動的部位比我告訴醫生的還多，但沒說什麼。現在就連我身體側邊的熱辣疼痛也只剩下溫溫的痛，頭感受到的一陣陣刺痛也已緩解。可是我跟醫生說一切的狀態就跟之前一樣糟，他嘗試觸碰我的身體側邊時，我還放聲尖叫。我不想離開醫院。我不想回家。

我在我的醫院床上考試。露西修女長親自把考卷帶來，然後就坐在媽媽旁邊的椅子上等。她每場考試都有給我額外的時間，可是我早在時間到之前就完成。幾天後，她把我的成績單帶來。我拿了第一名，但媽媽沒有唱她以前會唱的伊博語讚美歌，只是說，「感謝歸於神。」

我班上的女孩在那天下午前來探病。她們的眼神因為敬佩而張得好大，因為聽說我是經歷了一場意外後存活下來。她們希望我可以帶著石膏回學校，這樣大家都能在上面簽名畫畫。琴威・吉德茲帶了一張大卡片來，上面寫著「早日康復！祝福一個特別的人！」。她坐在我的床邊跟我說話，而且是推心置腹地悄聲說話，就好像我們一直都是好友一樣。她甚至給我看她的成績單——她拿了第二名。在她們離開前，艾辛恩問，「妳不會再一放學就跑掉了吧？是吧？」

媽媽那天晚上跟我說，我再過兩天會出院，但不會回家，而是去恩蘇卡待一週。賈賈也會跟我一起去。她不知道伊菲歐瑪姑姑是怎麼說服爸爸的，可是他同意恩蘇卡的空氣很好，可以協助我康復。

127 伊博語，「Kee ka ime?」的意思是「你好嗎？」

雨噴灑在陽台地板上，不過屋外的陽光炙烈，我得瞇起眼睛才能望向伊菲歐瑪姑姑的客廳門外。媽媽以前會跟賈賈和我說，這代表對於到底要送雨還是太陽過來，神還顯得三心二意。所以我們總會坐在屋內看著屋外反射著陽光的雨滴，等待神做出最後的決定。

「凱姆比利，要吃芒果嗎？」歐比歐拉在我身後問。

今天下午抵達這裡時，他表示想扶我走進公寓，奇馬也堅持要幫我拿袋子，彷彿害怕我的疾病還潛伏在體內某處，只等我認真使力那就會再次跳出來進行攻擊。伊菲歐瑪姑姑跟他們說我得了重病，差點死掉。

「我等等吃，」我轉身說。

歐比歐拉正用一顆黃色芒果敲打客廳牆壁。他一直敲到芒果裡面的果肉變軟，然後在果實的一頭咬開一個小洞，不停吸吮，直到皮裡面只剩種子在晃動，就像一個人穿著過大的衣服。亞馬卡和伊菲歐瑪姑姑也在吃芒果，不過是用刀把扎實的果肉從籽上削下來。

我走到屋外陽台，站在溼答答的金屬欄杆邊，看著大雨逐漸減弱成毛毛雨，然後終於停止。神最後決定要陽光。空氣中有種新鮮的氣味，那是雨季剛開始時乾焦土壤散發出的可食氣味。我想像自己走進花園，看見賈賈跪在那裡用手指把一塊塊泥巴挖起來吃。

「Aku na-efe！Aku[128]在飛！」樓上公寓有個孩子大吼。

空氣中滿是正在拍打的水色翅膀。拿著對折報紙和伯恩維他牌麥芽飲空罐的孩子們從公寓裡跑出來。他們先用報紙把阿庫打下來，再彎腰撿進罐子。有些孩子只是到處跑來跑去用手揮著阿庫玩。其他人蹲在一旁看那些失去翅膀的阿庫在地上爬。他們追蹤著阿庫的蹤跡，看著牠們頭尾相連，像條黑繩一樣共同前進，彷彿一條移動的項鍊。

「人們吃會飛的阿庫真是有趣。但要他們吃沒了翅膀的白蟻，他們又覺得那是另一回事。不過沒了翅膀的白蟻跟會飛的阿庫其實差距也只有一、兩個階段而已，」歐比歐拉說。

伊菲歐瑪姑姑笑了。「瞧瞧你，歐比歐拉。才在幾年前，你還是那個會第一個衝出去追蟲的人呢。」

「對啊，你可不該用這種輕蔑態度說那些孩子，」亞馬卡逗著他說。「畢竟他們是你的同類。」

「我根本沒當過孩子，」歐比歐拉說，然後往門口走。

「你要去哪裡？」亞馬卡問。「去追阿庫？」

「我才不會去追那些到處飛的白蟻。我只是要去看看，」歐比歐拉說。「去觀察大家。」

亞馬卡笑了，伊菲歐瑪姑姑也跟著笑。

「我可以去嗎？媽？」奇馬問。他已經在往門口走了。

「可以。但你知道的，我們不會炸牠們來吃喔。」

「我會把抓到的送給烏戈楚庫。他們會在他們家炸阿庫，」奇馬說。

「小心別讓牠們飛進你的耳朵，inugo？飛進去會害你聽不見！」伊菲歐瑪姑姑在奇馬衝出去時

128 伊博語，「Aku na-efe!」的意思是「白蟻在飛！」而阿庫（Aku）就是白蟻。

大喊。

伊菲歐瑪姑姑穿上涼鞋上樓跟鄰居說話。現在只剩我和亞馬卡肩並肩站在欄杆邊。她往前靠向欄杆，肩膀掃過我的肩膀。之前那種不自在的感覺已經不見了。

「妳現在是阿瑪迪神父的小甜心了，」她說。她的語調就跟之前和歐比歐拉說話時一樣輕快。她不可能知道我的心是多麼痛苦地抽痛著。「妳生病時，他真的很擔心，一直談起妳。而且，amam[129]，不只是出於神父的關心。」

「他說了什麼？」

亞馬卡轉頭仔細端詳我著急的表情。「妳迷戀他，對吧？」

「迷戀」聽起來不算什麼，跟我實際的感受差得太遠了。但我說「對」。

「就跟大學裡的其他女生一樣。」

我把欄杆握得更緊。我知道如果我不開口問，亞馬卡不會再跟我說更多。畢竟她希望我多開口。「這是什麼意思？」我問。

「喔，教會裡的所有女孩都迷戀他，就算有些已經結婚了也一樣。大家常會迷戀神父，妳知道的。把神當作情敵的感覺很刺激。」亞馬卡用手撫摸欄杆，把上頭的水滴抹開。「但妳不一樣。我從沒聽過他像這樣談論一個人。他說妳從來不笑、說妳真的很害羞，但他知道妳腦子裡想很多事。他堅持要開車載媽去埃努古看妳。我跟他說他說話的語氣像是妻子生病了。」

「我很高興他來醫院，」我說。我很輕易就說出了這句話，只是任由這些字詞沿著我的舌頭滾出來。亞馬卡的眼神仍像是可以穿透我一般。

「是尤金叔叔把妳變成這樣的，okwia？」她問。

我放開欄杆，突然感覺好需要釋放我自己。從來沒人問我這件事，就連醫院的醫生或班奈迪克神父也沒有問。我不知道爸爸跟他們說了什麼。又或者他到底有沒有跟他們說什麼。「伊菲歐瑪姑姑跟妳說的嗎？」我問。

「沒有，但我猜是這樣。」

「對，是他，」我說，然後走向廁所。我沒轉頭去看亞馬卡的反應。

就在太陽快下山時，家裡突然停電了。冰箱搖晃又抖動了一下後安靜下來。在冰箱停止運作前，我一直沒有意識到它是如此吵鬧地嗡嗡作響。歐比歐拉把好幾盞煤油燈拿到陽台上，我們就圍著煤油燈坐下。不停把盲目追隨黃光後撞上玻璃燈泡的小蟲子拍掉。過了一陣子後，阿瑪迪神父來了，他還帶了包在舊報紙裡的烤玉米和烏布。

「神父，你最棒了！這正是我想吃的，玉米和烏布，」亞馬卡說。

「既然我帶了這個來，妳今天就別跟我爭論，」阿瑪迪神父說。「我只是來看看凱姆比利的狀況如何。」

亞馬卡笑了，她把包裹拿進屋內，準備找個盤子出來。

「很高興看到妳的狀態恢復了，」阿瑪迪神父說，同時把我打量了一遍，彷彿要確認我是不是

129 伊博語，amam的意思是「我知道」。

整個人都在場。我微笑。他做出手勢要我起身跟他擁抱。他碰觸到我的那具身體是如此緊緻而誘人。我後退。我好希望奇馬和賈賈和歐比歐拉和伊菲歐瑪姑姑還有亞馬卡都能消失一下子。我好希望可以跟他獨處。我好希望可以跟他說他來這裡讓我感到多溫暖，以及我現在最喜歡的顏色就是他肌膚的陶土色。

有個鄰居敲門，然後拿著一個裝滿阿庫、阿那拉葉子還有紅辣椒的塑膠盆子進來。伊菲歐瑪姑姑說她不認為我該吃任何東西，因為可能害我的腸胃不舒服。我看著歐比歐拉把一片阿那拉葉在掌心攤平，把炸酥的阿庫撒上去，再把辣椒放上去後捲起來。他把捲好的葉子塞進嘴裡時，有些阿庫從中滑落。

「我們這邊的人說，不管阿庫怎麼飛，最後都還是會落到蟾蜍嘴裡，」阿瑪迪神父說。他把手伸進盆子，撿了幾隻阿庫丟到嘴裡。「我小時候很愛追著阿庫跑。不過只是為了好玩。因為如果真想抓到牠們得等到傍晚，牠們會在那時候失去所有翅膀、掉到地上。」他的語調散發出一種懷舊氣息。

我閉上雙眼，任由他說話的聲音輕撫著我，並想像他還是孩子的模樣。我想像著當時肩膀還沒如此寬闊的他在屋外追逐阿庫，就在被新雨打軟的泥土上。

伊菲歐瑪姑姑說，在她確定我夠強壯之前，我還不用去幫忙取水。所以我比每個人都晚起床，起床時陽光早已穩穩地流入房間，鏡子也因此閃閃發光。我走出房間時，亞馬卡正站在客廳的窗戶旁。我走過去站在她旁邊。她正看著陽台，伊菲歐瑪姑姑坐在陽台的一張凳子上說話。坐在伊菲歐瑪姑姑身旁的女人有一雙學術人的犀利眼睛，她的嘴唇看起來毫無幽默感，臉上沒有化妝。

「我們不能什麼都不做。我們不能任由這種事發生，mba。妳還能找到哪間大學只有單一決策者？」伊菲歐瑪姑姑說。她抿嘴時，銅色唇膏上出現許多細小裂縫。「我們是透過管理委員會選出副校長。打從創校以來就是如此，我們的制度就該如此運作才對，oburia？[130]」

另外那個女人望向遠方、不停點頭，那是人們在腦中挑選適當用字來回應的樣子。等她終於開口時，她說得很慢，語氣像在應付一個固執的孩子。「他們說現在有份名單在到處流傳，伊菲歐瑪，上頭列的是對大學不忠心的講師。他們說這些人有可能被解聘，而妳的名字就在上面。」

「我拿薪水不是為了對誰表示忠心。我只不過說出真相，結果就變成不忠心了。」

「伊菲歐瑪，妳認為妳是唯一知道真相的人嗎？妳認為我們都不知道真相是什麼嗎？嗯？可是啊，gwakenem[131]，真相可以餵飽妳的孩子嗎？真相可以付他們的學費、買他們的衣服嗎？」

「那我們什麼時候可以發聲？嗯？當士兵被指派成講師，學生都被槍指著頭上課的時候嗎？我們什麼時候可以發聲？」伊菲歐瑪姑姑大聲起來。可是她眼中的火光不是聚焦在那個女人臉上。她是在對一個比眼前女人更龐大的某個事物感到憤怒。

那個女人站起來，把身上印有黃色和藍色的阿巴達裙撫平，因為她站起來，那條裙子的長度幾乎已完全遮住她的棕色涼鞋。「我們該走了？妳的課是幾點？」

130 伊博語，「oburia?」的意思是「不是這樣嗎？」
131 伊博語，gwakenem的意思是「告訴我啊」。

「兩點。」

「妳有油嗎？」

「Ebekwanu？[132]沒有。」

「我順路載妳去吧。我還有一點。」

我看著伊菲歐瑪姑姑和那個女人慢慢走向門口，她們的步態沉重，像是背負著剛剛所有說出口及沒說出口的一切。亞馬卡等伊菲歐瑪姑姑離家把門關上，才從床邊走到一張椅子邊坐上。

「媽說妳該記得吃止痛藥，凱姆比利，」她說。

「伊菲歐瑪姑姑在跟她朋友說的是什麼事？」我問。我知道我以前根本不會問這種問題。我會在心裡疑惑，但絕不會問出口。

「單一決策者，」亞馬卡簡短地說，好像只要這樣說我就能明白她們剛剛在討論什麼。她用手沿著藤椅來回摸動，一次又一次。

「大學就像元首府，」歐比歐拉說。「大學就是這個國家的縮影。」我沒有意識到他也在場。他正在客廳的地板上讀一本書。我從沒聽過有人用過「縮影」這個詞。

「他們要媽閉嘴，」亞馬卡說。「如果不想丟掉工作就閉嘴，因為你可能會被fiam[133]開除，就這麼簡單。」亞馬卡彈了一下手指，示範伊菲歐瑪姑姑可以多快遭到開除。

「他們應該開除她，嗯，這樣我們就能去美國了，」歐比歐拉說。

「Mechie onu[134]，」亞馬卡說。閉嘴。

「美國？」我的眼神從亞馬卡移到歐比歐拉臉上。

「菲利帕阿姨一直要媽去美國。至少人們在那裡能夠正常拿到薪水，」亞馬卡語氣酸苦地說，就像是正在指控某人做了壞事。

「而且媽媽的工作能在美國獲得認可，不會受到任何莫名其妙的政治因素影響，」歐比歐拉一邊說一邊點頭同意自己，像是怕沒有人同意他。

「媽有跟你說她要去哪裡嗎？gbo？」亞馬卡現在已經是在用手砍椅子了，而且砍的速度很快。

「妳知道他們把她的檔案壓多久了嗎？」歐比歐拉問。「她好幾年前就該是資深講師了。」

「伊菲歐瑪姑姑告訴你的？」我蠢笨地問。我甚至不知道這樣問是什麼意思。但我想不出什麼話可說，也因為我再也無法想像沒有伊菲歐瑪姑姑一家人的人生。我無法想像無法來到恩蘇卡找他們的人生。

歐比歐拉和亞馬卡都沒回答。他們沉默地瞪著彼此。我感覺他們其實並沒有真的在跟我對話。我走出去站在陽台的欄杆邊。昨夜的雨下了一整晚。賈賈正跪在花園裡除草。他不用再澆水，因為天空已經澆過了。在剛剛被雨打軟的院子紅土中隆起一座座蟻丘，就像迷你城堡。我深呼吸，屏住呼吸，我想享受綠葉被刷洗乾淨的氣味。我想像抽菸的人在享受最後一根菸時也是這種感覺。種在花園外圍的黃蟬花樹叢開滿黃色的錐形花朵。奇馬正在把花扯下來，把手指插進花裡面，就這樣一

132 伊博語，「Ebekwanu?」可翻為「在哪裡？」

133 伊博語，fiam的意思是「像閃電一樣般迅速」。

134 伊博語，「Mechie onu」的意思是「閉上嘴巴」。

朵一朵試著。我看著他一朵一朵檢查，尋找剛好可以套上他小指的小花。

那天傍晚，阿瑪迪神父在去體育館的路上來到我們家。他想要我們全部跟他一起去。他正在為當地政府辦的跳高冠軍賽訓練一些來自厄格烏阿吉迪的男孩。歐比歐拉從樓上公寓借了一組電玩遊戲下來，所以男孩子們都擠在客廳的電視機前。他們不想去體育館，因為那組電玩很快就得還回去。

亞馬卡在阿瑪迪神父要求她去時笑了。「別硬要當好人了啦，神父，你很清楚你只想跟你的小甜心獨處，」她說。阿瑪迪神父微笑，什麼都沒說。

結果我獨自跟他一起去。在他開車去體育館的路上，我的嘴巴因為尷尬而緊閉著。我很慶幸他沒有因為亞馬卡的話說些什麼。他只是談起雨散發出的甜香，而且跟著錄音機有力傳出的伊博語合唱曲一起唱。我們抵達體育館時，來自厄格烏阿吉迪的男孩已經在那裡了。他們跟我上次看到的男孩差不多，只是身高比較高，年紀也比較大，他們身上充滿破洞的短褲就跟那些褪色上衣一樣破爛。為了鼓勵他們並指出他們的弱點，阿瑪迪神父開始大聲說話——他每次這樣做就會失去語調中的樂音。他會趁他們沒注意到的時候偷偷把橫桿往上調一格，然後大吼，「再一次：準備，跳！」然後他們會跳過去，一個接著一個。他把橫桿又往上挪動了幾次，那些男孩發現之後喊，「啊！啊！神父啊！」他笑著說，他相信他們可以跳得比他們自己認定的還高，而他們也證明他是對的。

伊菲歐瑪姑姑就是這樣對待我的表親的，我在這個時候意識到，她在跟他們說話時逐漸讓他們越跳越高。那就是她對他們的期待。她總是相信他們有辦法越過那道橫桿，而他們也做到了。賈賈和我不同。我們不是因為相信自己可以而越過橫桿。我們越過橫桿是因為深怕自己做不到。

「妳的表情為何如此陰沉？」阿瑪迪神父在我身邊坐下。他的肩膀碰觸到我的肩膀。剛流出的汗味跟原本就有的古龍水一起充滿我的鼻腔。

「沒什麼。」

「那跟我說說這個沒什麼吧。」

「你對那些男孩有信心，」我脫口而出。

「對，」他觀察著我。「相對於我需要對自己有信心，他們倒不那麼需要我對他們有信心。」

「為什麼？」

「因為我需要相信一個我永遠不會質疑的事物。」他拿起水瓶，從裡頭喝了一大口。我看著他的喉頭在水流過時不停起伏。真希望我就是那些水，這樣就能進入他的體內、跟他待在一起、與他合而為一。我從沒有如此忌妒過水。他的眼神跟我對上，我望向別處，不知道他有沒有看見我眼中的渴望。

「妳的頭髮應該要編辮子，」他說。

「我的頭髮？」

「對。我會把妳帶去市場，找那個幫妳姑姑編頭髮的女人。」

然後他伸手摸了我的頭髮。媽媽之前在醫院有幫我編髮，可是因為我的頭不停劇痛，她沒把辮子綁得很緊。許多髮絲開始從編結中散落下來。阿瑪迪神父撫摸過那些散開的辮子，動作輕柔、滑順。他直直望入我的雙眼。他靠得太近了。他的撫觸是如此輕巧，讓我好想把頭靠過去感受他按壓的力道。我好想癱倒在他的身上。我想要他用手按在我的頭上、我的肚子上，這樣他就能感受到那股流過我身體的暖意。

他放開我的頭髮，我看著他起身跑回場上那些男孩身邊。

隔天早上亞馬卡吵醒我時，時間還非常早，房內還沒出現清晨的薰衣草色微光。屋外警衛夜燈照進來的黯淡光線中，我看見她嘗試將罩衫在胸口綁緊。有什麼事不太對勁。她從來不會只為了去廁所而綁罩衫。

「亞馬卡，o gini？」

「妳聽，」她說。

我可以聽出伊菲歐瑪姑姑的聲音從陽台傳來，真不知道她為什麼這麼早起床。然後我聽見有人在唱歌。那是很大一群人帶有某種韻律的歌唱聲。歌聲透過窗戶傳了進來。

「學生在暴動，」亞馬卡說。

我起身跟著她走進客廳。那是什麼意思？學生在暴動？我們有危險嗎？賈賈和歐比歐拉跟伊菲歐瑪姑姑一起在陽台上。冷涼的空氣沉重地壓在我光裸的手臂上，就像是乘載著不願落下的雨滴。

「把警衛夜燈關掉，」伊菲歐瑪姑姑說。「如果他們經過時看見燈光，有可能會丟石頭上來。」

亞馬卡把燈關掉。歌聲變得比較清楚了，此刻在空氣中響亮地迴盪著。至少總共有五百個人。

「單一決策者必須滾。他沒穿褲喔！總統必須滾。他沒穿褲喔！自來水在哪？電在哪？汽油在哪？」

「歌聲大到我以為他們就在我們屋外，」伊菲歐瑪姑姑說。

「他們會過來這裡嗎？」我問。

伊菲歐瑪姑姑用一隻手臂把我攬過去。她身上有爽身粉的味道。「不會，nne，我們沒事。可能要擔心的是那些住在副校長家附近的人。上次學生燒掉一台資深教授的車。」

歌聲變得更響亮了，但沒有變近。學生們感覺更為活力充沛。有煙正在升起，那幾乎要讓人看不清四周的濃煙逐漸融入星空。玻璃被打破的碎裂聲響時不時出現在歌聲中。

「我們要說的是，單一決策者必須滾！我們要說的是，他必須滾！不就這樣嗎？就這樣啦！[135]」

許多人隨著歌聲大吼、喊叫。有個人的聲音揚起，群眾開始歡呼。清涼的夜風中充滿東西燃燒的氣味。一條街外有人用混和著當地語言及口音的英文說話，而風將響亮的人聲片段清晰帶過來。

「偉大的雄獅及母獅們！我們要的是穿乾淨內褲的人，不就這樣嗎？啊就連普通內褲都沒穿，還談什麼乾淨內褲？不行！[136]」

「看，」歐比歐拉壓低聲音說，就好像怕一群慢跑經過的大約四十個學生有可能聽見他說話。他們看起來像快速流動的溪水，手上拿的火炬或正在燃燒的樹枝將這條溪水照亮。

135 最後兩句是是混雜著當地語言的破碎英文，原文是「No be so? Na so!」

136 這句也是混雜著當地語言的破碎英文，原文是「Great Lions and Lionesses! We wan people who dey wear clean underwear, no be so? Abi the Head of State dey wear common underwear, sef, talkless of clean one? No!」

「說不定他們是要趕過去加入在校園裡的人，」亞馬卡在學生經過後這麼說。

我們又待在陽台上聽了一陣子，然後伊菲歐瑪姑姑說我們必須回去睡覺了。

伊菲歐瑪姑姑那天下午回家時帶來了暴動的消息。自從幾年前暴動成為這裡的家常便飯後，這次是最糟的一次。學生放火點燃了單一決策者的家，就連屋子後方的客房也燒毀了。另外還有六台大學車輛遭到縱火。「他們說單一決策者和他的妻子被人塞進一台寶獅４０４車的後車廂中偷渡出去，o di egwu，」伊菲歐瑪姑姑一邊揮著通知單一邊說。我讀著那張通知單，感覺胸口一陣收緊，就像出現吃完油膩的阿卡拉後會有的燒心感。那份通知單是由教務長所簽署：考量財物損壞以及此刻的動盪氣氛，大學會在發出進一步通知之前暫時關閉。我不知道這是什麼意思。難道伊菲歐瑪姑姑很快就要離開了嗎？難道我們再也沒辦法來恩蘇卡了嗎？

在斷斷續續的午睡中，我夢到單一決策者正在我們位於埃努古的家中往伊菲歐瑪姑姑浴缸裡的腳倒熱水。然後伊菲歐瑪姑姑跳出浴缸，並以夢境裡會出現的那種轉場一跳就跳到美國。我叫她別走，她沒有回頭。

那天晚上我們都坐在客廳看電視，但我還在想那個夢。我聽見有台車開進來停在公寓前方，於是雙手緊緊交握，內心確信來的是阿瑪迪神父。可是那個用力的敲門聲聽起來不像他。那個敲門聲聽起來過度響亮、魯莽，而且充滿侵略性。

伊菲歐瑪姑姑迅速從椅子上跳下來。「Onyezi？[137]哪個傢伙打算敲壞我的門啊？嗯？」

137 伊博語，「Onyezi?」可翻為「會是誰呢？」

她打開一條門縫，但兩隻寬大的手伸進來硬把門拉開。四個男人的頭摩擦著門框從公寓門口探入。突然之間，在他們的藍色制服及成套棒球帽、隨之飄入的濕臭香菸味及汗味，以及袖子底下的鼓脹肌肉映襯下，整間公寓顯得好擠。

「這是怎樣？你們是誰？」伊菲歐瑪姑姑問。

「我們是來搜查妳的房子。我們在尋找那些預謀破壞大學和平的檔案文件。我們收到線報指出，妳跟極端學生團體合作策畫了那些暴動……」這個說話的聲音非常機械化，像是正在讀出書面文字。負責開口的男人臉頰上布滿部落符紋，這張臉上似乎沒有任何肌膚看不見深嵌在其中的紋路。另外三個男人在他說話時腳步輕快地走進公寓。其中一人打開餐具櫃所有抽屜，而且都沒關上。另外兩個男人走進臥房。

「誰派你們來的？」伊菲歐瑪姑姑問。

「我們是來自哈科特港的特勤單位。」

「你們可以出示任何文件嗎？不然你們不能這樣走進我家。」

「瞧瞧這個yeye[138]女人啊！我都說我們是來自特勤單位了！」那些部落符紋在那個男人皺眉把伊菲歐瑪姑姑推開時凹陷得更深了。

「你怎能醬進來？這啥鬼？[139]」歐比歐拉站起來，他那混雜著當地語言及口音的英文中散發出赤裸裸的陽剛氣勢，但仍掩飾不太了他眼中的恐懼。

「歐比歐拉，nodu ani[140]，」伊菲歐瑪姑姑說，歐比歐拉迅速坐下。他似乎因為被要求坐下而鬆一口氣。伊菲歐瑪姑姑咕噥著要大家坐在原地，什麼話都別說，然後跟著那些男人走進房間。他們沒有翻看被他們拉開的抽屜，只是把衣服以及所有其他抽屜裡的東西丟出來。他們把伊菲歐瑪姑姑房間裡的箱子和手提箱全倒空，但沒有在其中認真翻找。他們只是把東西弄得滿地都是，但沒有進行搜索。等他們要離開時，那個臉上有著許多部落符紋的男人用一隻指甲捲曲的短胖手指對著伊菲歐瑪姑姑的臉揮舞，他說，「小心啊，妳可要非常小心。」

直到他們車子開走的聲音消失後，我們才打破沉默。

「我們得去警局，」歐比歐拉說。

伊菲歐瑪微笑，但她嘴唇的動作並沒有讓整張臉明亮起來。「他們就是警局派來的。他們是一夥的。」

「他們為什麼指控妳煽動暴動，姑姑，」賈賈問。

「全是胡說八道。他們想嚇唬我。學生哪裡需要有人告訴他們何時要暴動啊？」

「真不敢相信，他們強行進入我們的房子，但只是為了把東西翻得一團亂，」亞馬卡說。「真不敢相信。」

「感謝神，奇馬睡著了，」伊菲歐瑪姑姑說。

「我們該離開，」歐比歐拉說。「媽，我們該離開。妳還有再跟菲利帕阿姨談過嗎？」

138 「yeye」是混雜著當地語言的破碎英文，意思可以是「瘋狂」、「沒用」等負面意思。

139 這裡的原文「How you go just come enter like dis? Wetin be dis?」是混雜著當地語言的破碎英文。

140 伊博語，「nodu ani」在此可翻為「坐下」、「坐著別動」。

伊菲歐瑪姑姑搖搖頭。她正在把書和餐墊收回餐具櫃。賈賈過去幫忙。

「什麼意思？離開？我們為什麼得逃離自己的國家？為什麼不能想辦法把國家變好？」亞馬卡問。

「把國家的什麼變好？」歐比歐拉的臉上有一種刻意擺出的輕蔑。

「所以就得逃跑嗎？那就是你的解決方法？逃跑？」亞馬卡問，她的聲音變得很尖銳。

「不是逃跑，只是務實。等到我們進大學時，所有受夠這些鬧劇的好教授一定都出國了。」

「閉嘴，你們兩個，現在來幫忙清理！」伊菲歐瑪姑姑突然暴怒。這是她第一次沒有驕傲地欣賞我的表親吵架。

有隻蚯蚓在浴缸裡滑行，就在靠近排水口的地方，當時是早上，我正打算要洗澡。那條紫棕色的蚯蚓身體跟浴缸的白色形成強烈對比。水管管線很老舊了，亞馬卡說，這些蚯蚓每到雨季就會爬進浴缸。伊菲歐瑪姑姑已經寫信向跟工程部門提過水管的問題，可是，當然啦，要有人採取行動很可能得等到天荒地老。歐比歐拉說他喜歡研究這種蟲。他發現這種蟲只有在被撒鹽時才會死掉。如果把牠們切成兩半，兩半都會各自長成一條完整的蟲。

爬進浴缸前，我用從掃把折下來的枝條夾起那條像繩子一樣的身體，丟進馬桶。但我無法沖水，畢竟馬桶裡沒有真正需要沖掉的排泄物，這樣沖水只是浪費水。所以等等其他男生得盯著那條在馬桶裡漂浮的蚯蚓尿尿。

洗完澡後，伊菲歐瑪姑姑為我倒了一杯奶水。她把我的歐克帕切成一片片，其中許多紅椒從黃色切片中探出頭來。「一切都好嗎？nne？」她問。

「我很好，姑姑。」我甚至不記得自己曾希望能夠再也不用開口。也不記得曾有股熱燙的火焰常駐在體內。我拿起玻璃杯，盯著那杯帶有粗糙顆粒的可疑米白色奶水。

「自製豆奶，」伊菲歐瑪姑姑說。「非常營養。我們有個進行農業研究的講師在賣。」

「喝起來像粉筆水，」亞馬卡說。

「妳怎麼知道？妳喝過粉筆水嗎？」伊菲歐瑪姑姑問。她笑了，可是我看見那些像蜘蛛網一樣的細紋出現在她的嘴巴周圍，她的眼神也變得悠遠。「真的買不起動物奶了，」她疲倦地說。「妳該看看奶粉價格是如何每天在飆漲，就好像有人在後面追趕一樣。」

門鈴響了。我現在只要一聽到門鈴聲就會感覺腸胃翻騰，但其實我很清楚，阿瑪迪神父來的時候只會輕輕敲門。

來的人是伊菲歐瑪姑姑的一個學生。這個學生穿著一條很緊的藍色牛仔褲。她臉上的肌膚顏色很淺，但是美白霜的成效——她的雙手顏色仍像是沒加奶水的伯恩維他牌麥芽飲。她手上拿著一隻灰色的大雞，說她是藉此正式向伊菲歐瑪姑姑宣告她的婚訊。她的未婚夫在得知又有一所大學關閉時表示無法再等到她畢業了，畢竟沒有人知道大學何時會重啟。婚禮會辦在下個月。她沒有稱呼她未婚夫的名字，只是用一種彷彿中大獎的驕傲語氣稱他為「那位大人」、「我的丈夫」，同時撥弄著她那頭染金後編成辮子的泛紅髮絲。

「我不確定重新開學後還會回學校上課。我想先生孩子。我不想要那位大人覺得跟我結婚卻只獲得一個空蕩蕩的家，」她說話時伴隨著如同小女孩一般的高亢笑聲，並在離開前抄下了伊菲歐瑪姑姑家的地址，因為之後還要寄婚禮邀請函來。

等她離開後，伊菲歐瑪姑姑站在原地盯著門口。「她向來也不是特別聰明，所以我不該難過對吧，」她若有所思地說。亞馬卡聽了笑著說，「媽！」

那隻雞咯咯大叫。牠因為雙腿被綁在一起側躺在地上。

「歐比歐拉，麻煩立刻殺掉這隻雞放進冷凍庫，免得牠變瘦，畢竟我們沒有食物能餵牠，」伊菲歐瑪姑姑說。

「最近這一週太常停電了。我說我們今天就把整隻雞吃掉吧，」歐比歐拉說。

「不如我們先吃一半，把另一半放進冷凍庫，然後祈禱NEPA讓我們重新有電，好讓剩下的雞不至於浪費掉，」亞馬卡說。

「好，」伊菲歐瑪姑姑說。

「我來殺雞，」賈賈說，我們全轉頭盯著他。

「nna m，你沒殺過雞，對吧？」伊菲歐瑪姑姑問。

「沒有。但我可以。」

「好，」伊菲歐瑪姑姑說。我轉頭死盯著她，對於她如此輕易答應感到震驚。她是因為想到她學生的事才如此漫不經心嗎？她真的相信賈賈可以殺雞？

我跟著賈賈走到後院，看著他把雞的兩邊翅膀踩在腳底下。他把雞頭往後彎。刀刃閃閃發光，反射陽光的部分像是噴出火花。那隻雞不再咯咯大叫，或許是已經決定接受無從避免的命運。賈賈把那根長滿羽毛的雞脖子割開時，我沒有看，但仍有看著那隻雞隨著狂亂的死亡之歌舞動。牠在紅色泥土地上用力拍動灰色的翅膀，不停扭動、翻騰，終於一動也不動地躺在一堆早已髒汙的羽毛中。賈賈把雞撿起來，丟進一盆亞馬卡拿過來的滾水中。賈賈的動作無比精準，那種一心一意的姿態非常冷酷，像在進行外科手術。他開始快速把羽毛拔掉，沒有說話，直到整隻雞變成一個覆蓋著白黃色雞皮的纖瘦肉體。我是直到雞毛都拔掉後才意識到雞脖子原來有那麼長。

「如果伊菲歐瑪姑姑要離開，我要跟他們一起離開，」他說。

我沒有說話。我想說的太多，但又有好多話不想說。兩隻禿鷹在我們頭頂上盤旋，落在一旁的地上，距離近到如果我跳過去的速度夠快可以一把抓起來。牠們光禿禿的脖子在清晨陽光中顯得濕漉漉的。

「瞧瞧現在禿鷹都靠得多近？」歐比歐拉說。他和亞馬卡已經走過來站在後門邊。「牠們越來越餓了。現在沒什麼人在殺雞，所以牠們也沒什麼內臟可吃。」他撿起一顆石頭朝禿鷹丟過去。所以牠們飛起來，棲息在距離不遠的芒果樹樹枝上。

「恩努克烏爺爺以前會說，現在的禿鷹都沒了威望，」亞馬卡說。「以前人們很喜歡禿鷹，因為人們獻祭動物時，牠們下來吃內臟代表神明很開心。」

「現在牠們該有點常識，至少等我們殺完雞再下來，」歐比歐拉說。

賈賈把雞切塊，亞馬卡把雞肉放進塑膠袋，收進冷凍庫。此時阿瑪迪神父來了。伊菲歐瑪姑姑在阿瑪迪神父表示要帶我去編髮時露出微笑。「你在替我做我該做的工作，神父，謝謝你，」她說。「幫我跟喬媽媽打招呼。跟她說我會在復活節時去找她編髮。」

喬媽媽在歐吉杰市集[141]的小棚子很小，幾乎只能塞進那張她坐的高腳凳，以及她前方那張更小的凳子。我坐在那張比較小的凳子上。不過阿瑪迪神父的肩膀太寬，無法塞進小棚子。所以他站在外面，同時不停有往來的手推車、豬、人和雞經過他身旁。喬媽媽身上的汗已經在上衣的袖子下方留下黃漬，但她還是戴著一頂羊毛帽。許多女人和孩童都在鄰近的棚子中忙著把別人的髮絲絞扭、交織，並將繩子編進去。一塊塊有著歪斜印刷圖樣的木板斜靠在棚子前的破爛椅子邊。最靠近他們的兩塊板子上寫著「琴內杜媽媽特別髮型風格」和「龐博伊媽媽國際髮型」。那些女人和小孩會對每個經過的女性大喊。「讓我們編妳的頭髮吧！」「讓我們把妳變美！」「我會幫妳編得很棒！」不過大多時候那些女性都會把這些拉住她們的手甩開，繼續走。

喬媽媽歡迎我們的樣子就好像我這輩子都是找她編髮一樣。但顯然如果我是伊菲歐瑪姑姑的姪女，那我就是特別的。她想知道伊菲歐瑪姑姑最近好不好。「我已經快一個月沒見到那個好女人了。要不是妳姑姑把她的舊衣服給我，我只能裸體過日子啦。我知道她自己也不是多富有，而且也在努力想把那些孩子好好養大。Kpau！[142]多麼堅強的女人，」喬媽媽說。她的伊博方言聽起來很怪，其中常會漏掉一些字詞，很難聽懂。她跟阿瑪迪神父說她會在一小時內編好。於是他買了瓶可樂放在我的凳腳旁，離開了。

「他是妳的哥哥嗎？」喬媽媽看著他的背影問。

「不是。他是一名神父。」我還想說他就是那個靠著聲音掌控我夢境的人。

「妳說他是個神父啊[143]？」

「對。」

「一個真正的天主教神父啊？」

「對。」我心裡懷疑著，難道還有「不是真的」天主教神父嗎？

「那他的男人味可都浪費了，」她輕柔梳理著我厚重的頭髮，然後把梳子放下，用手指把糾結的髮尾解開。那種感覺好怪，畢竟之前都是媽媽幫我編頭髮。「妳有看見他看妳的眼神嗎？不單純啊，我告訴妳。」

「喔，」我只有這麼說，因為我不知道喬媽媽希望聽到什麼答案。不過她也已經開始朝走道對面的龐博伊媽媽大吼起來。她把我的頭髮編成很緊的玉米壟髮型，同時和龐博伊媽媽還有卡羅媽媽嘰嘰喳喳聊個不停。我可以聽見卡羅媽媽的聲音但看不見她，因為她的棚子和這間棚子之間還有好幾座棚子。喬媽媽的棚子入口放著一個蓋起來的籃子，那個籃子動了動，一個棕色螺紋殼從籃子裡爬出來。我嚇得差點跳起來——我不知道籃子裡裝滿喬媽媽正在賣的活蝸牛。她站起身，把那隻蝸牛抓起來放回去。「請神奪走魔鬼的力量，」她咕噥著。她在幫我編最後的玉米壟辮時，有個女人走過來表示想看看那些蝸牛。喬媽媽把籃蓋掀開。

「這些蝸牛很大，」她說。「我姊姊的孩子今天清晨在阿達達湖附近抓的。」

那個女人拿起籃子搖了搖，想看看有沒有一些小蝸牛藏在大蝸牛當中。最後她表示這些蝸牛也

141 歐吉杰市集（Ogige market）在這裡指的是露天市集。

142 這裡應該是奈及利亞會用的一個感嘆狀聲詞。

143 這裡的「神父啊」是混雜著當地語言的破碎英文，原文是「fada」。

沒那麼大就離開了。喬媽媽對著那個女人的背影大吼，「腸胃不好的傢伙不該出來亂發脾氣啊！妳在這個市集裡不可能找到更大的蝸牛了！」

她把一隻從敞開籃子中爬出來的勤奮蝸牛撿起來，丟回去，然後喃喃地說，「請神奪走魔鬼的力量。」我很好奇一直爬出來、被丟回去，然後又爬出來是不是同一隻小蝸牛。真堅決啊。我好想把整籃蝸牛買下來，放那隻蝸牛自由。

喬媽媽在阿瑪迪神父回來前完成了編髮。她給了我正中央有一條裂縫的紅色鏡子，我只能透過破碎的影像拼出我的新髮型。

「謝謝妳。很好看，」我說。

她伸手把我頭上其實不需要理直的玉米壟髮辮理直。「男人帶一個年輕女性來打理她的頭髮時，唯一的理由就是他愛她，我告訴妳。沒有別的可能，」她說。我點點頭，因為我還是不知道該怎麼回答。

「沒有別的可能，」喬媽媽又說了一次，就好像我剛剛有反駁她一樣。有一隻蟑螂從她的凳子後方跑出來，她用光腳踩上去。「請神奪走魔鬼的力量。」

她往掌心吐了口口水，兩隻手心彼此搓揉，把籃子拉近身邊，開始重新擺放那些蝸牛。真不知道她在幫我編髮前有沒有往掌心吐口水。在阿瑪迪神父來接我之前，有個身穿藍色罩衫並在腋下夾著包包的女人買下了整籃蝸牛。喬媽媽叫她「nwanyi oma[144]」，不過她其實一點也不漂亮，我想像著那些蝸牛被炸成一堆酥脆、扭曲的屍體後浮在那個女人的湯鍋中。

「謝謝你，」我在走向車子時對阿瑪迪神父說。他付給喬媽媽的錢多到她都抗議了，但抗議力道微弱。她說她幫伊菲歐瑪姑姑的姪女編髮實在不該收這麼多錢。

阿瑪迪神父擺出那種只是盡自己義務的好人模樣。他沒有正面回應我的感謝。「O maka，這個髮型更能襯托出妳的臉，」他看著我說。「妳知道，我們還沒有人在戲裡扮演聖母瑪利亞。妳該來試鏡。我在修習神職課程時，總是我們修道院中最漂亮的女生負責扮聖母瑪利亞。」

我深呼吸，暗自祈禱自己不要結巴。「我不能演戲。我沒演過戲。」

「可以試試看啊，」他說。他轉動車鑰匙，車子在伴隨尖銳嘰嘎聲的一陣抖動後發動了。就在把車子緩慢開出擁擠的市集前，他看著我說，「妳想做什麼都能做到，凱姆比利。」

他一邊開車一邊隨著伊博合唱曲唱著歌。我等到那個歌聲變得跟他的說話聲一樣溫和又充滿動人旋律後，才終於放聲加入。

144 伊博語，「nwanyi oma」在這裡的意思是「漂亮女人」。

教堂外的綠色招牌被白光打亮。亞馬卡和我走進充滿焚香氣味的教堂時，招牌上寫的「奈及利亞大學聖彼得天主教牧靈中心」似乎正在閃爍。我和她一起坐在最前排，兩人的大腿靠在一起。我們是自己來的。伊菲歐瑪姑姑和其他人已經來參加過晨禱。

聖彼得教堂裡沒有聖艾格尼絲教堂的那種巨大蠟燭或大理石聖壇。這裡的女性沒有為了盡可能把髮絲蓋住而把頭巾好好綁在頭上。我看著她們一一進行奉獻禮。其中一些女性只是在頭髮上蓋著黑紗，另外還有些人穿著長褲或甚至是牛仔褲。爸爸知道了一定會很憤慨。他一定會說：女人的頭髮在神的殿堂中一定要包住，而且絕不能穿男人的衣物，特別是在神的殿堂中。

阿瑪迪神父在祝聖時舉起聖體時，我想像那個樸素的十字架在聖壇上方來回搖擺。他的雙眼閉著，可是我知道他已經不再披著白棉長袍站在聖壇後方了，而是在一個只有他和神知道的所在。他把聖餐遞給我時，手指掃過我的舌頭，我好想倒在他的腳邊。可是來自合唱團震耳欲聾的歌唱聲支撐住我的身體，給我走回座位的力量。

在我們誦唸過《主禱文》之後，阿瑪迪神父沒有說，「彼此祝願平安。」而是突然開始唱起伊博歌曲。

「Ekene nke udo—ezigbo nwanne m nye m aka gi[145]。」「祝願平安——我親愛的姊妹、親愛的弟兄，將你們的手給我。」

人們握緊雙手、彼此擁抱。亞馬卡抱了我，然後轉身和坐在後方的家庭短暫擁抱了一下。阿瑪迪神父從聖壇上對我露出微笑，他的嘴唇在動，我不確定他說了什麼，可是我知道我會在腦中反覆又反覆地猜想。即便是彌撒結束後的現在，他正開車把亞馬卡和我載回家的路上，我都還在想。我好想知道他說了什麼。

他跟亞馬卡說他還沒收到她的堅信名。他必須在把所有名字蒐集好後的隔天週六拿給司鐸看。亞馬卡說她對於選一個英文名字沒有興趣，阿瑪迪神父笑著表示如果她有需要他可以幫她選。我望向窗外。現在沒有電，整片校園看起來像是被一條巨大的藍黑色毯子覆蓋住。我們開車經過的街道也像是被兩邊樹籬遮住的隧道。金黃色的煤油燈光在屋子的窗戶後方及陽台上搖曳，像無數野貓的眼睛。

伊菲歐瑪姑姑坐在陽台上的凳子上，對面是她的一個朋友。歐比歐拉坐在兩盞煤油燈中間的一張墊子上。由於那兩盞燈的燈芯調得很低，陽台上布滿陰影。亞馬卡和我對著伊菲歐瑪姑姑的朋友問好。她身穿亮色的扎染布布長袍，留著一頭沒有刻意設計的自然短髮。她微笑著說，「Kedu？」

「阿瑪迪神父說要向妳問好，媽。他沒辦法待在我們家，有人要去牧靈所看他，」亞馬卡一邊說一邊準備要拿起一盞煤油燈。

「把燈留在那裡。賈賈和奇馬已經點亮屋裡的蠟燭。把門關上免得蟲子跟著妳進屋去，」伊菲歐瑪姑姑說。

145 伊博語，「Ekene nke udo—ezigbo nwanne m nye m aka gi」的翻譯是「祝願平安——我親愛的姊妹、親愛的弟兄，將你們的手給我。」

我把頭巾扯掉，在伊菲歐瑪姑姑旁邊坐下。我看著許多小蟲子聚集在煤油燈周圍，其中有許多極小的甲蟲。牠們的背上的一些突起讓牠們像是忘記把翅膀收好一樣。這些蟲不像那些有時會飛離油燈周圍逼近我眼睛的小黃蒼蠅那麼活躍。伊菲歐瑪姑姑正在重述那些特勤探員如何進入我們公寓的經過。黯淡的光線讓她的五官顯得朦朧。她常常沉默下來，然後為她的故事添加一些戲劇化的細節，即便她的朋友一直說「Gini mezia？」——接下來怎麼了？——伊菲歐瑪姑姑卻只是說「Chelu nu」——等一下——然後繼續慢條斯理地說。

伊菲歐瑪姑姑把故事講完後，她朋友沉默了好久。蟋蟀彷彿在此時接手了對話，牠們響亮尖銳的叫聲感覺好近，但其實很可能是在距離好幾英里遠的地方。

「妳有聽說歐卡佛教授兒子的事嗎？」伊菲歐瑪姑姑的朋友終於開口問。她說的伊博語比英文多，可是所有英文都帶有一種英國口音，跟爸爸不一樣。爸爸只有跟白人講話才有這種口音，而且有時會跳過幾個字，結果就是會有半個句子聽起來像奈及利亞文，另外半句像英國人在講話。

「哪個歐卡佛？」伊菲歐瑪姑姑問。

「住在富爾通大道的歐卡佛。他的兒子啊，奇帝福。」

「歐比歐拉的朋友？」

「對，就是他。他偷了他父親的考卷，賣給他父親的學生。」

「Ekwuzina！那個小男生？」

「對。但大學關閉了，所以那些學生跑去他家騷擾他，要他還錢，但當然他已經花光了。歐卡佛昨天把他兒子的門牙揍掉了。不過這位歐卡佛啊，他絕不會說大學有任何不對勁的地方，還願意為了討好阿布賈那邊的大人物做出任何事。當初就是他列出那張對大學不忠心的講師名單。我聽說他把我的名字和妳的名字都列進去了。」

「我也聽說了。Mana[146]，這跟奇帝福有什麼關係？」

「看你是要治療癌症帶來的潰瘍問題還是癌症本身啊？我們沒辦法給我們的孩子零用錢。我們沒錢吃肉。我們沒錢買麵包。所以我們的孩子跑去偷東西，然後你還一臉驚訝地看著他？你一定得想辦法治好癌症本身，不然潰瘍只會一直發生。」

「Mba，奇亞庫。妳不能把偷竊合理化。」

「我沒有把偷竊合理化。我只是說歐卡佛不該這麼驚訝，也不用浪費精力把他可憐的兒子打到棍子都斷了。面對暴政時袖手旁觀就會發生這種事。你的孩子會變成你不認得的樣子。」

伊菲歐瑪姑姑沉重地嘆了一口氣。她望向歐比歐拉，或許是在懷疑他會不會也變成她不認得的樣子。「我前幾天跟菲利帕聊過了，」她說。

「喔？她還好嗎？那片oyibo[147]土地上的人對她還好嗎？」

「她很好。」

「在美國過著二等公民的生活？」

「奇亞庫，這種諷刺不太恰當。」

146 伊博語，「Mana」的意思是「然而」、「但是」。
147 約魯巴語，指稱白人，是早期用語，如果是伊博語應該是oyibo。

「但就是事實啊。在劍橋的那些年，我只被當成發展出理性思考能力的猴子。」

「現在沒那麼糟了。」

「他們只是這樣跟妳說而已。每天都有我們這邊的醫生跑去那裡，最後卻只是在幫oyinbo洗盤子，因為oyinbo不認為我們有正確研習醫學。我們的律師去那裡開計程車，因為oyinbo對我們為律師進行的訓練沒信心。」

伊菲歐瑪姑姑隨即開口打斷她的朋友。「我把我的履歷寄給菲利帕了。」

她的朋友把布布長袍的下襬攏起來，塞進兩條伸長的雙腿之間。她瞇起雙眼，望向遠方的黑夜，模樣像是在沉思，又或許是努力想搞清楚那些蟋蟀到底距離有多遠。「所以妳也要走了，伊菲歐瑪，」她終於開口。

「這不是為了我自己，奇亞庫。」伊菲歐瑪沉默了一下。「以後在大學裡為亞馬卡還有歐比歐拉上課的人都會是誰呢？」

「受過教育的人都離開了。這些都是有能力撥亂反正的人。他們把弱者拋棄在身後。於是暴君繼續掌權，因為弱者無法抵抗。妳看不出這是惡性循環嗎？誰要來打破這個循環？」

「那種說法只是為群眾打氣的廢話而已，奇亞庫阿姨，」歐比歐拉說。

我看見緊繃的氣氛從天而降，覆蓋住我們所有人。直到樓上有個孩子的哭聲打破這片沉默。

「去我的房間等我，歐比歐拉，」伊菲歐瑪姑姑說。

歐比歐拉起身離開。他的表情凝重，彷彿剛剛才意識到自己幹了什麼好事。伊菲歐瑪姑姑向她的朋友道歉。可是此後一切都不同了。一個孩子——十四歲的孩子——做出的攻擊瀰漫在兩人之間，她們的舌頭因此變得沉重，說話也變成了一件苦差事。她朋友沒多久後就走了，伊菲歐瑪姑姑氣沖沖地衝進屋內，還差點踢翻油燈。我聽見重重的巴掌聲和她拉高的說話聲。「我不反對你不同意我朋友的意見。我反對的是你表示不同意的方式。我沒有在這個家裡養出不尊重人的孩子，聽見了嗎？你不是唯一在學校翹過課的學生。我不會容忍你的這種垃圾行為！I na-anu？[148]」然後她壓低音量。我聽見她的房門喀噠一聲關上。

「我永遠都是被打掌心，」亞馬卡走到陽台上跟我待在一起。「歐比歐拉是被打屁股。我想媽是覺得，打我屁股可能會帶來一些壞影響，說不定會害我長不出胸部之類的。不過比起被她打巴掌，我寧可被棍子打，她的手根本是金屬做的，ezi okwum[149]。」亞馬卡笑了。「被打之後，我們還得進行好幾小時的討論。我真討厭這樣。直接打我幾下讓我離開就行了吧。但不行，她要解釋你被打的原因，還有她期待你怎麼做，以免你下次再被打。她現在就是在跟歐比歐拉解釋。」

我把眼神別開。亞馬卡把我的手握進她手中。她的手很溫暖，就像一個剛從瘧疾中康復的人。她沒有說話，但我覺得她可能也在想同一件事——賈賈和我的處境跟他們如此不同。

我清了清喉嚨。「歐比歐拉一定很想離開奈及利亞。」

「他很蠢，」亞馬卡說。她用力捏了一下我的手，然後放開。

148 伊博語，「I na-anu?」的意思是「聽見了嗎？」「明白了嗎？」
149 伊博語，「ezi okwum」的意思應該是「我說真的」。

伊菲歐瑪姑姑正把冷凍庫清空，裡頭因為沒完沒了的停電開始發臭。她抹掉漏到地板上的一攤紅酒色汙跡，拿出好幾袋肉放進一個大碗裡。那些小小的牛肉碎片已變成斑駁的棕色。賈賈之前殺好的雞肉變成了深黃色。

「這麼多肉都浪費了，」我說。

伊菲歐瑪姑姑笑了。「浪費？我會用香料好好煮過，把那些爛掉的部分都煮掉。」

「媽，聽她講話的方式，就像個大人物的女兒呢，」亞馬卡說，我很感激她沒有對我冷笑，只是跟著她媽媽一起大笑。

我們正在陽台上把米粒中的碎石挑出來。我們把椅墊放在地上，但沒坐在陰影中，為的是能感受雨後出現的微弱陽光。我們把骯髒和乾淨的米粒在前方的琺瑯盤上分成兩堆，挑出來的石頭則放在墊子上。之後亞馬卡會為了把穀殼吹掉把米分成更多小堆。

「這種廉價米的問題是，就算你水加的再少，最後還是會變成一坨布丁。你不禁懷疑自己吃的到底是加里還是米，」亞馬卡在伊菲歐瑪姑姑離開後咕噥著說。我微笑。我之前從未像這樣聽著她用那台必須裝電池的小小錄音機播放著費拉和安耶卡的音樂，並坐在她身旁感受著我們的彼此陪伴。我也從未像這樣因為每一顆米粒都發育不良又看起來像透明石子，而必須和她一起小心翼翼地挑揀米粒，並同時感受我們共享的那份自在沉默。就連空氣似乎都靜止不動，但仍隨著雨停之後慢慢復甦。正在散開的雲層就像是不肯放開彼此的一團團棉花球。

有台車開向公寓，發出的聲響驚擾了我們的平靜。我知道阿瑪迪神父那天早上在牧靈所有例常的辦公時間，但我仍希望是他。我想像他沿著陽台走來，為了跑上短短的階梯用手拎著他的長袍，臉上帶著微笑。

亞馬卡轉頭去看。「碧翠絲舅媽！」

我猛力轉頭。媽媽正從一台看起來破爛不堪的黃色計程車下來。她在這裡做什麼？發生了什麼事？為什麼她從埃努古穿著橡膠拖鞋跑來這裡？她走得很慢，雙手緊抓罩衫。那件罩衫鬆得像是隨時會從她的腰際滑下來。她的上衣看起來沒燙過。

「媽媽，o gini？發生了什麼事？」我問。我動作迅速地抱了她一下，這樣才能趕快退開仔細檢查她的臉。她的手很冷。

亞馬卡擁抱她，然後接下她的提包。「碧翠絲舅媽，nno。」

伊菲歐瑪姑姑匆忙趕到屋外的陽台，她用短褲的前側抹乾自己的雙手。她擁抱媽媽，把她帶進客廳，像是扶著一個跛腳的人一樣扶著她。

「賈賈呢？」媽媽問。

「他和歐比歐拉出門了，」伊菲歐瑪姑姑說。「坐下，nwunye m。亞馬卡，去我的錢包拿錢，然後出門幫妳的舅媽買點喝的回來。」

「別費心，我喝水就好，」媽媽說。

「我們沒有電，水會很冰。」

「沒關係。我喝。」

媽媽小心翼翼地坐在藤椅邊緣。她四處張望的雙眼像是蒙上一層霧。我知道她其實看不見那幅畫框有裂痕的畫，也看不見東方風情花瓶裡的新鮮百子蓮。

「我不知道我的腦子是不是出了問題，」她用手背緊貼住自己的額頭，就是那種確認有沒有發燒的手勢。「我今天從醫院回來。醫生叫我休息，可是我拿了尤金的錢，要凱文把我帶去公園，然後叫了一台計程車把我送到這裡。」

「妳去了醫院？怎麼了？」伊菲歐瑪姑姑語氣沉靜地問。

媽媽四下張望。她花了好長一段時間盯著牆上的鐘，就是秒針斷掉的那個鐘，然後她轉向我。「妳知道我們用來收家族《聖經》的那張小桌子吧？nne。妳爸爸把那張桌子砸在我的肚子上。」她聽起來像是在講別人的事，而且語氣彷彿那張桌子不是用堅實的木頭製作的。「他都還沒把我帶去聖艾格尼絲醫院，我的血就已經流光在地板上了。我的醫生說他也救不了。」媽媽緩緩地搖搖頭。一條細細的淚痕爬過她的臉頰。那些淚水像是努力掙扎才有辦法滾出她的雙眼。

「救不了什麼？」伊菲歐瑪悄聲說。「什麼意思？」

「我本來已經懷孕六週了。」

「Ekwuzina！不可能！」伊菲歐瑪姑姑張大雙眼。

「是真的。尤金不知道，我還沒告訴他，但確實是真的。」媽媽的身體滑到地面，雙腳伸直在正前方。這樣坐實在很不得體，可是我也離開椅子坐在她身旁。我們的肩膀靠在一起。

她哭了很長一段時間。哭到我被她緊握住的那隻手感覺很僵。她一直哭到伊菲歐瑪姑姑把腐壞的肉都煮成香料燉肉，最後哭到睡著，頭枕在椅面上。賈賈把她平放在客廳地板的床墊上。

爸爸那天晚上打電話來時，我們正圍坐在陽台的煤油燈旁。伊菲歐瑪姑姑接了電話，然後走出來告訴媽媽是誰打來。「我把電話掛了。我跟他說我不會讓妳去接電話。」

媽媽立刻從凳子上飛也似地跳起來。「為什麼？為什麼？」

「Nwunye m，立刻坐下！」伊菲歐瑪姑姑突然大怒。

可是媽媽沒有坐下。她走進伊菲歐瑪姑姑的房間打電話給爸爸。沒過多久，電話響了，我知道是他回電。大概十五分鐘後，她從房間走出來。

「我們明天離開。孩子們和我一起，」她直直盯著前方，但視線停在我們所有人的雙眼上方。

「去哪裡？」伊菲歐瑪姑姑問。

「埃努古。我們要回家。」

「妳腦子裡是有螺絲掉了嗎？gbo？妳哪裡都別想去。」

「尤金要來接我們。」

「聽我說。」伊菲歐瑪姑姑放軟語氣。她一定是知道她的堅定語氣無法刺穿媽媽臉上那抹動也不動的微笑。媽媽的雙眼仍像覆上一層薄霧，可是她跟早上下計程車的那個女人已經完全不同，像被一個不同的惡魔附身。「至少多待幾天吧，nwunye m，別那麼快回去。」

媽媽搖搖頭。除了動作僵硬地張開嘴唇之外，她毫無表情。「尤金這陣子過得很不好。他一直有偏頭痛跟發燒的問題，」她說。「他身上的擔子比任何人都重。妳知道艾德的死對他造成什麼影響嗎？這對任何人來說都太難了。」

「Ginidi，妳在說什麼啊？」伊菲歐瑪姑姑不耐煩地把一隻飛近她耳邊的小蟲揮開。「伊菲迪歐拉還活著的時候，nwunye m，有時大學好幾個月都沒付我們薪水。伊菲迪歐拉和我一無所有，唉，但他也沒對我動手啊。」

「妳知道尤金在我們老家幫忙高達一百位學生付學費嗎？妳知道有多少人是因為妳哥才有辦法活著嗎？」

「這不是重點，妳很清楚。」

「如果離開尤金家，我要去哪裡？告訴我，我要去哪裡？」她沒等伊菲歐瑪姑姑回答。「妳知道有多少母親想把女兒送進他懷裡嗎？妳知道有多少女人求他讓她們懷孕嗎？甚至都還不用他付新娘禮金。」

「所以呢？我問妳——所以呢？」伊菲歐瑪姑姑已經在大吼了。

媽媽癱坐在地板上。歐比歐拉剛剛才鋪開一張墊子，墊子上還有空間，可是她卻坐在沒鋪墊子的水泥地上，頭靠著欄杆。「妳又開始講那些大學裡的高談闊論了，伊菲歐瑪，」她口氣微弱，然後別開眼神。這個動作代表對話結束。

我沒看過媽媽這個樣子。我沒在她眼中見過那種眼神，也沒聽過她在這麼短的時間內說這麼多話。

在伊菲歐瑪姑姑已經上床睡覺很久之後，我和亞馬卡還有歐比歐拉一起坐在陽台上玩沃特卡牌——歐比歐拉教我玩了所有卡牌遊戲。

「最後一張牌！」亞馬卡宣布，她得意洋洋地放下一張牌。

「我希望碧翠絲舅媽能睡好，」歐比歐拉一邊說一邊拿起一張牌。「她應該睡床墊才對。那張薄墊很硬。」

「她沒事的，」亞馬卡說。她看著我又說了一次，「她沒事的。」

歐比歐拉伸出手拍拍我的肩膀。我不知道該怎麼回應，所以明知故問，「輪到我了嗎？」

「尤金舅舅不是個壞人，真的，」亞馬卡說。「誰沒有問題嘛。大家都會犯錯。」

「Mh[150]，」歐比歐拉一邊說一邊把眼鏡往上推。

「我是說，有些人就是不知道怎麼應付壓力，」亞馬卡說話時看著歐比歐拉，好像期待他能說些什麼，但他保持沉默，只是仔細檢視自己眼前的牌面。

亞馬卡又多拿了一張牌。「再怎麼說，他有為恩努克烏爺爺的葬禮出錢。」她還看著歐比歐拉。可是他沒對她做出任何回應，只是把手上的牌亮出、放下，「亮牌！」他又贏了。

我躺在床上時沒有想到要回埃努古的事；我想的是我輸了多少次牌局。

爸爸開著梅賽迪斯車抵達時，媽媽把我們的行李親自收好、放到車上。爸爸把媽媽擁入懷裡、抱得很緊，她則把頭靠在他的胸口。爸爸瘦了。通常媽媽的兩隻小手只能在爸爸背後勉強碰到彼此，可是這次卻能輕鬆放在他下背。我直到靠近擁抱他時才注意到他臉上有疹子。那些疹子看起來像細小的青春痘，每顆的頂端都有白白的膿，而且遍布整張臉，就連眼皮上也有。他的臉看起來很腫、很油，皮膚顏色都變了。我本來打算擁抱他，並讓他親吻我的額頭，但卻只是站在那裡盯著他的臉。

「只是有點過敏，」他說。「不是嚴重的問題。」

150 Mh在此應該就是「嗯」的意思。

他把我抱入懷中，我在他親吻我的額頭時閉上眼睛。

「我們很快就能再見面了，」亞馬卡抱住我們道別時悄聲說。她稱呼我為「nwanne m nwanyi」——我的姊妹。她站在公寓外面不停揮手，直到我再也無法透過後側擋風玻璃看見她。

爸爸在我們把車子開出住宅區時開始誦唸玫瑰經。他的聲音聽起來不太一樣，感覺很疲累。我盯著他的後頸，那裡也長滿青春痘，而且看起來也變得不太一樣——好像就連後頸這裡也縮水了，而且皮膚也變薄。

我轉頭去看賈賈。我想和他四目相交，這樣就能告訴他我本來有多想待在恩蘇卡過復活節、多想去參加亞馬卡的堅信禮以及阿瑪迪神父的復活節彌撒，而且本來還計畫要在場大聲歌唱。可是賈賈的眼神死死黏在窗戶上，除了喃喃誦唸禱詞之外，他到埃努古的一路上都保持沉默。

阿達穆打開我們的住宅區大門時，果實的氣味充滿我的鼻腔。就好像這些高牆把正在轉熟的腰果及芒果及酪梨的氣味都鎖在裡面一樣。

「看，紫色木槿花快要開了，」賈賈在我們下車時這麼說。他伸手去指，但其實不用他指我也能看見。我能看見前院那些昏昏欲睡的卵形花苞在晚風中搖曳。

隔天就是棕櫚主日，也就是賈賈沒去參加聖餐禮那天。爸爸就是在那天把厚重的彌撒書丟到房間另一頭，打破了那些陶瓷小人偶。

神的碎片

棕櫚主日之後

一切都在棕櫚主日後分崩離析。狂風夾雜著怒雨而來，將前院的緬梔花樹連根拔起。這些樹躺在地上，粉白色花朵摩擦著草葉，樹根在空中揮動著一坨坨土塊。車庫屋頂上的衛星盤砸在地上，像是來訪的外星船一樣落在車道上。我的衣櫃門整片掉下來。西西打破了媽媽的一組瓷器。

就連屋內的沉默也是陡然降臨，就彷彿過往的沉默已被打破成許多尖銳碎片。而當媽媽要求西西把客廳地板擦乾淨，確保沒有任何地方留下陶瓷小人偶的危險碎片時，她卻沒有用悄悄話的音量說。她沒有掩飾那抹小小微笑在她嘴角拉出的細紋。她不是偷偷摸摸送食物去賈賈的房間，也沒有把食物包在布裡好讓自己看起來只是把洗好的衣服拿進去。她是直接用白色托盤送進去，而且還使用了搭配托盤的成套盤子。

彷彿有些什麼籠罩住了我們所有人。有時我好希望這一切只是一場夢——包括那本朝陳列架飛過去的彌撒書、被打碎的陶瓷小人偶，還有這種冷淡的氣氛。這一切對我來說都太新、太陌生，我不知道自己可以站在什麼立場或如何自處。我走去浴室、廚房和餐廳時總是躡手躡腳。晚餐時，我把視線鎖定在祖父的照片上，就是那張他因為穿著聖穆隆巴騎士團的披風及斗篷而像個矮胖超級英雄的照片，直到飯後禱告時才閉上雙眼。就算爸爸要求賈賈離開房間，他也不願意。爸爸第一次要求他時是在棕櫚主日的隔天。他把書桌推到門後，所以爸爸打不開他的房門。

「賈賈、賈賈，」爸爸一邊推門一邊說。「你今晚一定要跟我們一起吃飯，聽見了嗎？」

可是賈賈沒從房裡出來，爸爸在吃飯時也什麼都沒說。他沒吃很多食物，但喝了很多水，然後要求媽媽請「那個女孩」拿更多水來。他臉上的疹子看起來越來越大、越來越胖，疹子的邊界也開始變得不明顯，導致整張臉顯得更腫。

伊宛德．寇克在我們吃晚餐時帶著小女兒來訪。我在跟她問好握手時仔細觀察她的臉、她的身體，想知道除了她的衣著——黑色罩衫、黑色上衣，還有遮蓋住頭髮及大半額頭的黑色頭巾——之外，是否還能找到任何跡象證明她的生活在艾德．寇克死後變得有多麼不同。她的女兒姿態僵硬地坐在沙發上，不停扯弄綁在自己高馬尾上的紅色緞帶。當媽媽問她要不要喝芬達汽水時，她搖搖頭，同時還在扯那條緞帶。

「她終於開口了，先生，」伊宛德說。她的雙眼看著她的女兒。「她今天早上說了『媽咪』。我來讓你知道她終於開口了。」

「讚美神！」爸爸說。他的聲音好大，我嚇得跳起來。

「感謝歸於神，」媽媽說。

伊宛德起身到爸爸前面跪下。「謝謝你，先生，」她說。「謝謝你做的一切。如果沒去國外的醫院，我的女兒不知道要怎麼辦？」

「起來，伊宛德，」爸爸說。「是神的功勞。一切都來自神。」

那天晚上，爸爸在書房裡禱告——我可以聽見他正在大聲頌讀詩篇——我去了賈賈的房門口用力推，一邊推一邊聽見抵在門後的書桌發出刮擦聲。我跟賈賈說了伊宛德來訪的事，他點點頭表示媽媽跟他說了。艾德．寇克的女兒自從她父親死後一個字也不說。爸爸付錢讓她去看了奈及利亞和海外最好的醫生和治療師。

「我不知道她自從他死後就不說話，」我說。「都快四個月了。感謝歸於神。」賈賈安靜地看著我一陣子。他的表情讓我想起以前亞馬卡看我的樣子，並讓我對我不太確定的一些事感到抱歉。

「她永遠不會康復的，」賈賈說。「她可能開始說話了，但永遠不會康復。」

離開賈賈的房間時，我把書桌稍微往旁邊推了一點，心裡疑惑著爸爸之前為何會推不開。那張書桌沒那麼重。

我好怕復活節週日的到來。我怕賈賈再次拒絕參加聖餐禮之後的發展。我很清楚他不會去，我看得出來，無論是他漫長的沉默、他的嘴唇，還是如同長時間聚焦在某些隱形物件上的眼神。

聖週五那天，伊菲歐瑪姑姑打電話來。如果我們依照爸爸的計畫去參加晨禱就不會接到她的電話。可是在吃早餐時，爸爸的雙手不停顫抖，甚至把茶都灑了出來。我看著那些液體在玻璃桌上蔓延。吃完早餐後，他說他得休息一下，等晚上再跟我們一起去參加基督受難紀念儀式。班奈迪克神父通常會在親吻十字架之前進行那項儀式。我們去年的聖週五就因為爸爸早上忙著處理《標準報》的事所以參加了晚間紀念儀式。當時賈賈和我是肩並肩走向聖壇親吻十字架，賈賈先把他的嘴唇貼在木製十字架上，之後彌撒侍者把十字架擦過再遞給我。我的嘴唇貼上去，感覺很冰涼，一股震顫穿越我的全身，我感覺手臂上起了雞皮疙瘩。之後我們回到座位上時，我哭了，我安靜地哭。淚水沿著我的臉頰流下。我身邊的很多人也哭了，而且就像他們在經歷苦路十四站一樣呻吟著說，

「喔，主為我做的太多」或「祂為了平凡的我而死！」我的淚水讓爸爸很滿意。我到現在都還記得他是如何靠過來輕撫我的臉頰。儘管我不確定自己為什麼哭，又或者我跟那些在長椅前方跪下的人是否擁有一樣的哭泣理由，爸爸的反應還是讓我很自豪。

伊菲歐瑪姑姑打電話來時，我想的正是這件事。電話響了好久，我以為媽媽會去接，畢竟爸爸在睡覺，但她沒有，所以我走去書房把電話接起來。

伊菲歐瑪姑姑的聲音比平常低沉許多。「我收到解聘通知了，」她說，但我都還來不及回應，她就又說，「妳好嗎？」「原因就是他們所謂的非法行動。我有一個月的時間。我已經向美國大使館申請簽證。阿瑪迪神父也已經接到通知。他這個月底就要去德國進行傳教工作。」

真是雙重打擊。我腳步踉蹌了一下。就彷彿有好幾袋乾燥豆子綁在我的骨盆邊。伊菲歐瑪姑姑表示要跟賈賈說話，我走去他的房間叫他時差點絆倒，整個人幾乎跌在地上。賈賈跟伊菲歐瑪姑姑說完話後，放下電話說，「我們今天要去恩蘇卡。我們要在恩蘇卡過復活節。」

我沒問他這是什麼意思，又或者他要怎麼說服爸爸讓我們去。我只是看著他去敲爸爸的房門，走進去。

「我們要去恩蘇卡。凱姆比利和我一起，」我聽見他說。

我沒聽見爸爸說什麼，然後我聽見賈賈說，「我們今天要去恩蘇卡，不是明天。如果凱文不能帶我們去，我們還是會去。如果有必要的話，我們會走過去。」

我動也不動地站在樓梯前，雙手劇烈顫抖，可是沒想到要閉上眼睛，也沒想到要數到二十。相反地，我走進我的房間，在窗邊坐下，往外望向腰果樹。賈賈進來說爸爸同意讓凱文送我們去。他手上拿著一個非常匆忙打包好的袋子，上面的拉鍊甚至都沒拉好。他看著我把一些東西丟進袋子裡，什麼話都沒說，只是不耐煩地反覆把重心從一隻腳換到另一隻腳。

「爸爸還躺在床上嗎？」我問，可是賈賈沒回答，只是轉身下樓。

我敲了爸爸的門，把門打開。他正坐在床上，身上的紅色絲綢睡衣看起來亂糟糟的。媽媽正在幫他倒水。

「再見，爸爸，」我說。

他起身擁抱我。他的臉看起來比早上明亮很多，疹子似乎也在消退。

「我們很快就會再見面，」他親吻我的額頭說。

我抱了媽媽一下，然後離開房間。樓梯突然之間感覺好脆弱，好像會隨時坍塌出現一個大洞阻止我離開。我走得很慢，最後終於到了樓下。賈賈正在樓梯最下方等我，他伸手來接我的袋子。

我們走出去時，凱文站在車子旁。「這下誰要送你們父親去教堂？」他一臉懷疑地看著我們問。

「你們的父親身體還沒好到可以自己開車。」

賈賈一直都沒說話，我意識到他沒打算回答凱文，於是我說，「他說你應該送我們去恩蘇卡。」

凱文聳聳肩，喃喃地說，「這是什麼行程啊。就不能明天去嗎？」然後他發動引擎，整趟車程中都沒說話。我看見他的眼神不停透過後照鏡掃向我們，尤其是望向賈賈。

一層薄薄的汗包裹我的全身，像是我的第二層透明肌膚，導致我的脖子、額頭和乳房下方濕漉漉的一直滴水。雖然不停有蒼蠅飛進來，還在一鍋放很久的湯上面旋繞，但我們還是把伊菲歐瑪姑姑廚房的後門敞開著。畢竟現在只能在蒼蠅及更難忍受的熱氣之間二選一，亞馬卡說，同時不停把蒼蠅揮開。

歐比歐拉除了一條卡其短褲之外什麼都沒穿。他正在煤油爐旁彎著腰，嘗試讓整條爐芯點起火焰。他的雙眼因為煙霧而出現許多紅點。

「這根爐芯已經很細，快沒辦法點火了，」他在終於把火點起來後說。「我們什麼都該用瓦斯爐煮才對。現在省瓦斯也沒意義，反正需要用這些瓦斯的時間也不太多了。」他抬高兩隻手臂伸展了一下身體，一顆顆汗珠巴在他浮出肋骨形狀的皮膚邊緣。他拿起一份舊報紙，為自己搧了一陣子風，順便拍走一些蒼蠅。

「Nekwa！別把那些蒼蠅弄進我的鍋子裡，」亞馬卡說。她正在把亮紅橙色的棕櫚油倒入鍋中。

「我們不該再漂白棕櫚油了。我們應該在這最後幾週花大錢買植物油，」歐比歐拉一邊說一邊還在拍打蒼蠅。

「你講得好像媽已經拿到簽證一樣，」亞馬卡突然生起氣來。她把鍋子放在煤油爐上。竄到爐側的火舌目前仍是狂野的橘色，同時不停吐出煙霧。爐火還沒成為穩定的青藍色。

「她會拿到簽證的。我們該樂觀一點。」

「你沒聽說美國大使館是如何對待奈及利亞人嗎？他們會羞辱你，還會說你是騙子，最重要的是，嗯，他們會拒絕給你簽證，」亞馬卡說。

「媽會拿到簽證的。已經有一所大學在贊助她的學術研究，」歐比歐拉說。

「所以呢？很多大學都會贊助還沒拿到簽證的人。」

我開始咳嗽。漂白棕櫚油散發出的濃重的白煙充滿廚房，而在這個滿滿混和了煙霧、熱氣和蒼蠅的擁擠空間內，我覺得快要昏倒了。

「凱姆比利，」亞馬卡說。「在煙散出去之前先去陽台。」

「不用，沒事，」我說。

「快去，biko。」

我去了陽台，但還在咳嗽。顯然我不習慣漂白棕櫚油的味道，我習慣的是不需要漂白的植物油。可是亞馬卡眼中沒有任何怨恨、輕蔑，她的嘴角也沒有下垂。我很感激她之後把我找回去，要求我為了湯幫忙切烏古[1]。我不只幫忙切了烏古還做了加里。因為沒有她的眼神直直盯在我身上，我沒有倒入太多熱水，最後做出來的加里扎實又光滑。我把我做的加里舀進一個平盤，推到一邊，然後把我做好的湯一匙匙盛進加里旁邊。我看著湯水擴散，慢慢滲入加里底下。我之前從沒做過這種事，在家的時候，賈賈和我總是用分開的盤子吃加里和湯。

我們在陽台上吃飯，不過那裡幾乎和廚房一樣熱。陽台的欄杆燙得像水煮沸後的水壺把手。「恩努克烏爺爺以前會說，一旦雨季中出現這樣的狂怒的太陽，代表很快會有暴雨來襲。這種太陽是在警告我們會有暴雨，」我們拿著食物在墊子上坐下時，亞馬卡這麼說。

因為天氣太熱，我們吃得很快，即便是湯嘗起來都像汗水。吃完之後，我們一行人跑去找住在

1 烏古（ugu）是一種藤蔓的葉子，這種藤蔓會結出類似南瓜的瓜果。烏古葉在奈及利亞是最常用來烹調的一種蔬菜。

頂樓的鄰居，站在他們家的陽台，想看看能不能捕捉到一抹微風。亞馬卡和我站在欄杆旁往下看。歐比歐拉和奇馬蹲著看那些在地上玩的小孩，他們正擠在一張塑膠製的飛行棋盤四周擲骰子。有人在陽台地上潑了一桶水，男孩們躺下把背放在濕濕的地板上。

我望向底下的瑪格麗特・卡特賴特大道，有台紅色的福斯汽車開過。那台車駛過減速墩時的高速運轉聲很大，即便是從陽台往下看，都還能看見車子的某些地方已褪成一種鐵鏽橘。我看著那台福斯汽車消失在街尾，內心浮現一種鄉愁，但不太確定為什麼。或許是因為那台車發出的高速運轉聲就跟伊菲歐瑪姑姑的車子有時發出的聲音很像，而且再次讓我意識到，我很快就無法再看見她或她的車子了。她已經去警察局拿到一份證明，之後就會帶著這份確認自己從未遭到定罪的證明去美國大使館進行簽證面試。她去警察局時賈賈也有跟著去。

「我猜我們在美國不需要用任何金屬裝備保護門，」亞馬卡說話的樣子就好像知道我在想什麼。她正用一份折起來的報紙動作俐落地為自己搧風。

「什麼？」

「媽的學生有一次闖進她的辦公室偷走考卷。她跟工務部門表示想在辦公室的門窗上裝設金屬桿，但他們說沒錢。妳知道她做了什麼嗎？」

亞馬卡轉頭看向我。她的嘴角拉開一抹小小的微笑。我搖搖頭。

「她跑去一個工地免費要了一些金屬桿子，然後要歐比歐拉和我幫她把那些桿子裝好。我們在水泥上鑽洞，把桿子插進去，就裝在她的門窗外。」

「喔，」我說。我好想伸出手摸摸亞馬卡。

「然後她在門口放了一個牌子，上面寫『考卷鎖在銀行。』」亞馬卡微笑，然後開始把手上的報紙摺了又摺。「我在美國不會開心。一切都不會跟這裡一樣。」

「妳可以喝裝在瓶子裡的新鮮牛奶，而不是那些裝在矮胖罐子裡的煉乳，也不用再喝什麼自製豆奶，」我說。

亞馬卡笑了。那是她露出牙縫的真心大笑。「妳真搞笑。」

我從沒聽過她這樣說。我要把這個回憶存下來，這樣之後就能反覆咀嚼這個我曾把她逗笑的片刻，並因此記得我有逗笑她的能力。

此時雨落下來，像一整片床單般傾瀉而下，我們甚至無法看見庭院對面的那排車庫。天空和雨水及地面融成一片看似永無止境的銀色薄膜。我們衝回公寓，把水桶放在陽台上接雨水，然後看著水桶被迅速裝滿。所有孩子穿著短褲跑到庭院旋轉、跳舞，因為這是乾淨的雨，不是那種夾帶沙塵的雨，所以不會在衣服上留下棕色痕跡。這場雨停的就像開始下時一樣迅速，然後太陽再次探出頭來，光線柔和，就像是小睡一場後打個呵欠。水桶都滿了，我們撈出浮在裡面的葉子和小枝條，把水桶搬進屋內。

我們再次回到外面陽台時，我看見阿瑪迪神父的車轉進住宅區。歐比歐拉也看見了，他笑著問，「是只有我這樣想，還是只要凱姆比利在這裡，神父就比較常來啊？」

阿瑪迪神父走上那道短短的階梯時，他和亞馬卡都還在笑。「我知道亞馬卡剛剛一定說了我的什麼，」他一邊把奇馬掃進懷中一邊說。他背對落日站著。紅色的太陽像是泛起害羞的紅暈，這樣的顏色讓他的皮膚更為燦亮動人。

我看著奇馬死死黏在他身邊，亞馬卡和歐比歐拉的眼神也在抬頭望向他時明亮起來。亞馬卡正在問他有關德國的傳教工作，可是我沒怎麼聽到她說的話。我根本沒在聽。我覺得體內有好多事物在攪動，各種情緒讓我的腸胃不停吼叫、翻騰。

「你們有看見凱姆比利這樣煩我嗎？」阿瑪迪神父問亞馬卡。他正看著我，我知道他這麼說是為了讓我參與大家的互動，也是為了博得我的注意力。

「白人傳教士把他們的神帶來我們這裡，」亞馬卡正在說。「神的膚色跟他們一樣，而我們要用他們的語言敬拜神，而且他們將神送給我們的一切包裝都是由他們打造。現在我們要把他們的神送回去，難道不該至少重新包裝一下嗎？」

阿瑪迪神父得意地笑了一下說，「我們主要是去歐洲和美國，就是那些神父越來越少的地方。所以很不幸的，那裡沒什麼需要招撫的當地文化。」

「神父！認真一點！」亞馬卡在笑。

「除非妳努力向凱姆比利看齊，別再那樣煩我。」

電話鈴聲響起，亞馬卡對他做了個鬼臉後走進公寓。

阿瑪迪神父在我身邊坐下。「妳看起來很擔心，」他說。我還沒想出可以說什麼，他就已經伸出手拍了一下我的小腿。他攤開手掌給我看被打扁的蚊子，蚊子周遭血跡斑斑。他拍的時候有把手掌凹成淺淺的杯狀，這樣才有辦法在殺死蚊子的同時不讓人太痛。「那隻蚊子吸妳的血時好快樂，」他說話時仔細看著我。

「謝謝你，」我說。

他伸手用一根手指把留在我腿上的痕跡抹掉。他的手指很溫暖、很有生命力。我沒有意識到我的表親已經離開，此時陽台一片沉默，我可以聽見雨滴從葉片上滑落。

「告訴我妳在想什麼，」他說。

「不重要。」

「妳想的所有事對我來說都很重要，凱姆比利。」

我站起來走向花園，把黃色緬梔花一朵朵拔掉，然後把那些還濕漉漉的花朵套在手指上，之前我看奇馬也是這麼做。那樣做就像是戴著有香味的手套。「我在想我的父親。我不知道我們回去後會怎樣。」

「他有打電話來嗎？」

「有。賈賈拒絕接電話，我也沒有。」

「妳想跟他講電話嗎？」他溫和地問。我沒料到他會這樣問。

「想，」我悄聲說，這樣賈賈才不會聽見，但其實他根本不在附近。我真的很想跟爸爸說話、想聽見他的聲音，也想告訴他我吃了什麼以及我禱告的內容，他聽了之後會認可我，也才會微笑到兩隻眼角都擠出皺紋。但同時我又不想跟他說話，我想跟阿瑪迪神父一起離開，又或者跟伊菲歐瑪姑姑一起離開，而且永遠不再回來。「兩週後就開學了，伊菲歐瑪姑姑到時可能就走了，」我說。「我不知道我們要怎麼辦。賈賈從不談起明天或下週的事。」

阿瑪迪神父走向我，他站得很近，只要我把肚子突出去就可能碰到他的身體。他把我的一隻手握住，小心翼翼地把一朵花從我的手指上取下，套到他的手上。「妳的姑姑認為妳跟賈賈應該去寄宿學校。我下週會去埃努古和班奈迪克神父談談。我知道妳父親會聽他的話。我會請他說服妳父親把你們送去寄宿學校，這樣妳和賈賈下學期就可以過去了，Inugo？」

我點點頭，別開眼神。我相信他，我相信一切都會沒事，畢竟他都這麼說了。然後我想起之前的教義問答課，想起那些對每個問題一起誦唸答案的過程，而其中一個答案是「因為祂這麼說了，而且因為祂的話是真理。」我不記得問題是什麼了。

「看著我，凱姆比利。」

我很怕望入他眼球中那片溫暖的棕色，我怕我會在意亂情迷之下用雙手抱住他、十指緊扣在他後頸，而且拒絕放開。我轉頭。

「這是可以吸的那種花嗎？那種有甜甜蜜汁的花？」他問。他把緬梔花從他的手指上取下，仔細檢視那些黃色花瓣。

我微笑。「不是。可以吸的是仙丹花。」

他把花丟到一旁，露出一個自我解嘲的表情。「喔。」

我笑了。我笑是因為緬梔花的顏色是如此的黃。我笑是因為要是阿瑪迪神父真的吸了，我知道緬梔花的白色汁液嚐起來會有多苦。我笑也是因為阿瑪迪神父眼球的棕色是如此深邃，我可以在其中看見自己的倒影。

那天晚上我用半桶雨水洗澡時沒有刷洗左手，因為阿瑪迪神父就是握住我的那隻手，把花朵從我的手指上輕柔取下來。我也沒有把水加熱，因為我怕加熱線圈會讓雨水失去天空的氣味。我在洗澡時唱歌。浴缸中的蚯蚓變多了，但我沒管牠們，只是看著牠們隨水流移動，最後被沖進排水孔。

隨著雨水而來的微風很涼。我因此套上一件毛衣，伊菲歐瑪姑姑也穿上一件長袖衫，不過她通常在屋內走動時只會套著罩衫。我們全坐在陽台上聊天，阿瑪迪神父的車子開到公寓前方。

「你說過你今天會非常忙，神父，」歐比歐拉說。

「我這樣說是為了心安理得接受教會的供養，」阿瑪迪神父說。他看起來很累。他把一張紙遞給亞馬卡，跟她說他在上面寫了一些合適的無聊名字，她只需要從中選一個，然後他就會離開。反正在主教用這個名字為她進行過堅信禮之後，她永遠都不用再提起這個名字。阿瑪迪神父翻了個白眼，用一種看起來很痛苦的緩慢口氣解釋著，亞馬卡笑了，但沒接下那張紙。

「我跟你說過我不會接受英文名字，神父，」她說。

「我有問過妳為什麼嗎？」

「為什麼我得這樣做？」

「因為這就是慣例。我們暫時別管什麼是非對錯，」阿瑪迪神父說，我注意到他的雙眼底下有黑眼圈。

「那些傳教士剛來的時候，因為認為伊博文名字不夠好，所以堅持要人們用英文名字受洗。但我們難道不該結束這個階段了嗎？」

「現在不一樣了，亞馬卡，別扭曲這件事，」阿瑪迪神父說，他的口氣冷靜。「沒有人需要用這個名字。看著我。我總是使用我的伊博名字，但我的受洗聖名是麥可，堅信名是維克多。」

伊菲歐瑪姑姑從她正在翻看的一堆表格中抬起頭來。「亞馬卡，ngwa，就選個名字，然後讓阿瑪迪神父繼續做他的工作吧。」

「但這樣又有什麼意義呢？」亞馬卡對阿瑪迪神父說，就好像沒聽見她母親說的話。「教會的意思是，只有英文名字可以讓你的堅信禮有效。『奇亞馬卡』表示神是美好的。『奇馬』代表神的旨意是最好的，『奇耶布庫』代表神是最偉大的。這些名字不也跟『保羅』、『彼得』還有『西門』一樣能夠榮耀神嗎？」

我能感覺到伊菲歐瑪姑姑開始不耐煩了，她的聲音變大，語調也變得躁怒。「O gini！妳不用在這種事上證明妳的論點，根本沒意義！就選個名字，進行堅信禮，又沒人說妳得用那個名字！」

可是亞馬卡拒絕了。「Ekwerom[2]，」她對伊菲歐瑪姑姑說——我不同意。然後她走進她的房間，把音樂開得很大聲，終於伊菲歐瑪姑姑過去敲門，大吼著如果她再不把音樂關小就活該被打巴掌。亞馬卡把音樂關小。阿瑪迪神父臉上帶著一種興味盎然的微笑離開了。

到了那天晚上，大家的心情沒那麼激動了，我們一起吃晚餐，可是桌上沒什麼笑聲。到了隔天，也就是復活節週日，亞馬卡沒和其他年輕人一起身穿白衣、手拿點燃蠟燭，並用摺起來的報紙接住融化的蠟油。那些年輕人身上都用針別著寫了名字的小紙片。保羅。瑪莉。詹姆斯。維若妮卡。有些女孩看起來就跟新娘一樣。我還記得我的堅信禮，爸爸也說我是新娘，基督的新娘，我當時很驚訝，因為我以為教會才是基督的新娘。

2 伊博語，「Ekwerom」的意思是「我不同意」或「我不接受」。

伊菲歐瑪姑姑還是想前往阿歐克波進行朝聖。她其實也不太確定自己為什麼突然想去，她告訴我們，可能是因為想到她很可能會離開很長一段時間吧。亞馬卡和我表示會跟她一起去。可是賈賈說他不去，並在說完後保持著一種冷酷的沉默，彷彿挑釁著看你們誰敢問他為什麼。歐比歐拉說他也會留在家陪奇馬。伊菲歐瑪姑姑似乎不太介意。她微笑表示既然我們當中沒有男性，她會去問阿瑪迪神父願不願意陪我們去。

「阿瑪迪神父答應的話，我就立刻變身成蝙蝠，」亞馬卡說。

可是他竟然答應了。伊菲歐瑪姑姑跟他談過，掛掉電話，然後表示他會跟我們一起去。亞馬卡說，「都是因為凱姆比利。如果不是有凱姆比利，他根本不會來。」

伊菲歐瑪姑姑把我們載到大概兩小時車程外的一座灰撲撲村莊。我和阿瑪迪神父一起坐在後座，中間隔著一個空位。他和亞馬卡在車程中不停唱歌。高低起伏的道路讓車子左右搖擺，我想像那是一種舞步。有時我會加入一起唱歌，其他時候就是安靜聽著，腦中不停思考要是我靠近一點會怎樣？如果我佔據了中間那個空位，把頭靠在他的肩膀上，那會怎麼樣？

我們終於轉入那條插有「歡迎光臨阿歐克波顯靈地」手繪招牌的泥土路，但我一開始只看到一片混亂。眼前有好幾百輛車，其中許多車上都放著隨便塗鴉的「朝聖天主教徒」紙板。這些車都在努力塞進這座小村莊，而根據伊菲歐瑪姑姑的說法，在那個當地女孩說她開始看見那位「美麗女士」的異象之前，這地方的人頂多只見過十台車。這裡的所有人都擠在一起，導致其他人的氣味也變得像自己氣味一樣熟悉。有女人跪倒在地。有男人吼出禱文。到處都有玫瑰念珠摩擦的音響。人們用手往前指，大吼，「瞧，那裡，在樹上，那就是『我們的女士』！」其他人則指著燦亮的太陽。「她在那裡！」

我們站在一棵巨大的火焰樹下。那棵樹正在開花，花朵在修長延伸的枝幹上排開。樹下的地上滿是火焰色花瓣。那個女孩被帶出來時，火焰樹不停搖晃，大量花朵如雨落下。女孩感覺很嬌小，神情肅穆，全身穿著白色，另外有個看起來很壯的男人站在她身邊，以免她被其他人推擠後踩在腳下。她才剛剛經過我們身邊，附近的其他樹木就開始用一種嚇人的力道顫抖起來，就好像有人在搖晃那些樹。就連把顯靈地點圍起來的帶子也在抖動，但現場其實沒有風。太陽變成白色，那是聖體的顏色和形狀。然後我看見她了，那位蒙福的童貞女：那是在蒼白陽光中的一個影像、是我手背上的一片紅光，是一個身上有玫瑰念珠且手臂擦過我手臂的男人臉上的一抹微笑。她無所不在。

我想再待久一點，可是伊菲歐瑪姑姑說我們得走了，因為如果等到大多數人開始離開，我們沒辦法把車開出去。我們走向車子時，她向小販買了玫瑰念珠、雕像，還有裝著聖水的小瓶子。

「『我們的女士』有沒有出現都無所謂，」亞馬卡在我們走到車子旁邊時說。「阿歐克波永遠會是個特別的地方，因為這是凱姆比利和賈賈第一次來到恩蘇卡的原因。」

「這代表妳不相信真的有顯靈嗎？」阿瑪迪神父問，他的語氣有點在逗她的意味。

「不，我沒有這樣說，」亞馬卡說。「那你呢？你相信嗎？」

阿瑪迪神父沒說話。他似乎正在專心把窗戶搖下來，好讓一隻嗡嗡作響的蒼蠅飛到車外。

「我在那裡感覺到了蒙福的童貞女。我感覺到她了，」我脫口而出。怎麼可能有人在我們剛剛看到那一切之後還不相信呢？他們難道沒有跟我一樣看見、感覺到嗎？

阿瑪迪神父轉過來端詳著我。我則透過眼角看他。他的臉上有一抹溫柔的微笑。伊菲歐瑪姑姑瞄了我一眼，然後轉回去面對道路。

「凱姆比利說得沒錯，」她說。「剛剛那裡發生了某種神蹟。」

我和阿瑪迪神父一起去跟住在校園裡的許多家庭告別。很多講師的孩子緊緊抱住他，就彷彿他們抱得越緊，他就越沒辦法掙脫後離開恩蘇卡。我們沒有聊什麼，但有一起唱了從錄音機流瀉出來的伊博歌曲。有許多歌曲足以緩解我在他車上變得乾涸的喉嚨，而那正是其中一首——「Abum onye n'uwa, onye ka m bu n'uwa[3]」——然後我對他說，「我愛你。」

他轉向我，臉上是我從未見過的神情，那雙眼睛幾乎充滿憂傷。他的身體靠過來，越過手排檔，把臉貼在我的臉上。我希望我們的嘴唇能夠彼此碰觸、彼此依偎，可是他把臉移開。「妳快十六歲了，凱姆比利。妳很美。妳這一生中能擁有的愛會比妳需要的還多，」他說。我不知道該笑還是哭。他錯了。他大錯特錯。

他開車載我回家時，我透過敞開的車窗望向我們經過的住宅。樹籬上的缺口已重新被填滿，大量綠色枝條向著彼此蜿蜒伸展。我真希望我能看見那些房子的後院，這樣我就能想像那些發生在晾掛衣物、果樹以及邋遢鞦韆後方的人生，並藉此來分心。我真希望我能想些什麼，什麼都好，這樣我才不會再有任何感覺。我真希望眼中的液體可以靠著眨眼消失。

等我回去後，伊菲歐瑪姑姑問我還好嗎？就好像我有什麼不好一樣。

「我很好，姑姑，」我說。

她看我的樣子像是知道我不好。「妳確定嗎？nne？」

「是的，姑姑。」

「開心點，inugo？也幫我的簽證面試祈禱。我明天會去拉各斯。」

「喔，」我說，然後我感受到一種令人麻痺的全新憂傷湧上心頭。「我會的，姑姑。」但我知道我不會。我沒辦法為了她拿到簽證而祈禱。我知道這是她想要的，我也知道她沒有太多選擇。或者可以說是別無選擇。但我還是不會為了她的簽證祈禱。我無法為我不想發生的事祈禱。

亞馬卡在臥房裡，她躺在床上聽著耳邊錄音機放出的音樂。我坐在床上，我希望她不要問我今天跟阿瑪迪神父過得如何。她什麼都沒說，只是隨著音樂的節奏點頭。

「妳在跟著唱欸，」她過了一陣子後說。

「什麼？」

「妳剛剛跟著費拉一起唱。」

「我有嗎？」我看著亞馬卡，懷疑她只是愛幻想。

「我在美國要怎麼搞到費拉的錄音帶，嗯？怎麼搞得到啊？」

我想跟亞馬卡說，我確定她一定能在美國找到費拉的錄音帶，而且無論她想找什麼錄音帶都能找到，可是我沒說出口。因為這樣說是預設伊菲歐瑪姑姑能拿到簽證——此外，我也不確定亞馬卡

3 伊博語，「Abum onye n'uwa, onye ka m bu n'uwa」大致的意思是「在這個世界上的我是誰？我在這個人生中是什麼角色？」

想不想聽到這種話。

在伊菲歐瑪姑姑從拉各斯回來之前，我的腸胃一直怪怪的。雖然家裡有電，我們大可在家看電視，但所有人還是待在陽台上等她。小蟲子沒有圍在我們身邊嗡嗡作響，或許是因為煤油燈沒有點亮，又或許是因為牠們感受到我們散發出的緊繃氣息。牠們只是繞著門上的電燈泡飛舞，在不小心撞到燈泡時發出令人嚇一跳的碰碰聲。亞馬卡把電扇拿出來。電扇的呼呼作響跟屋內的冰箱嗡嗚一起創造出某種樂音。有台車子在公寓前停下，歐比歐拉跳起來跑出去。

「媽，結果如何？有拿到嗎？」

「拿到了，」伊菲歐瑪姑姑一邊走向陽台一邊說。

「妳拿到簽證了！」歐比歐拉尖叫，奇馬立刻跟著他一起叫，然後跑過去擁抱他的母親。亞馬卡、賈賈和我沒有站起來，我們對伊菲歐瑪姑姑說「歡迎回家」，然後看著她走進屋內換衣服。她很快又走了出來，身上的罩衫在胸口隨興綁了一個結。那件罩衫的下擺落在她的骨盆上緣，要是穿在一般體型的女性身上會落在腳踝上方。她坐下，請歐比歐拉替她拿一杯水來。

「妳看起來不開心，姑姑，」賈賈說。

「喔，nna m，我是開心的。妳知道有多少人被拒簽嗎？我旁邊有個女人哭到我覺得都要有血沿著她的臉頰流下。她問他們，『你們怎麼能拒絕發簽證給我？我已經讓你們確認過我在銀行裡有錢。你們怎麼可以說我不會回來？我在這裡有地產，我有地產啊。』她不停又不停地說：『我有地產。』我想她是要去參加她妹妹在美國的婚禮。」

「他們為什麼不給她簽證？」歐比歐拉問。

「我不知道。他們心情好就會給你簽證，心情不好就不給你。一旦你在某些人的眼裡毫無價值就會發生這種事。我們就像足球，他們想把你往哪個方向踢都可以。」

「我們何時離開？」亞馬卡問，她的口氣疲憊，我可以看出她完全不在意那個幾乎哭出血的女人、那些被到處亂踢的奈及利亞人，或是任何其他事。

伊菲歐瑪姑姑把整杯水喝光後開口。「我們必須在兩週內搬離這間公寓。我知道他們在等著看我辦不到，這樣他們就可以派警衛來把我的東西丟到街上。」

「妳是指我們要在兩週內離開奈及利亞？」亞馬卡尖聲問。

「我難道是魔術師嗎？嗯？」伊菲歐瑪姑姑反問，但語調不帶一絲幽默感。其實她的語調中沒有任何可說的情緒，只有疲倦。「我得先籌到替我們所有人買機票的錢。機票可不便宜。我得拜託你們的尤金舅舅幫忙，所以我想，我們會先跟凱姆比利和賈賈一起去埃努古，或許就是下週吧。在準備好離開奈及利亞前，我們會先待在埃努古，這樣我也能有機會跟你們的尤金舅舅討論把凱姆比利和賈賈送去寄宿學校的事。」伊菲歐瑪姑姑轉向賈賈和我。「我會盡量說服你們的父親。阿瑪迪神父已經主動表示會去拜託班奈迪克神父跟你們父親談談。我認為現在對你們來說，去離家很遠的地方上學是最好的安排。」

我點點頭。賈賈起身走進公寓。一切已成定局的氣氛飄蕩在空中，沉重又空洞。

阿瑪迪神父待在這裡的最後一天悄然降臨。他一早來訪，身上散發著就算他不在場我也能聞見的陽剛古龍水味，臉上是跟之前一樣的孩子氣微笑，衣著是跟之前一樣的長袍。

歐比歐拉抬眼看向他，他用吟詠的腔調說，「此刻來自最黑暗的非洲，正是這些即將重新讓西方人皈依的傳教士。」

阿瑪迪神父開始笑。「歐比歐拉，不管是誰在給你看那些異教徒的書，我想都不該再這麼做了。」

他的笑聲也跟之前一模一樣。他感覺什麼都沒變。但我眼前那脆弱的全新人生正要崩毀成碎片。我的內心突然充滿怒氣，氣管因此受阻，鼻腔也被壓迫到幾乎閉鎖起來。對我來說，怒氣是怪異而新鮮的事物。當他在跟伊菲歐瑪姑姑還有我的表親說話時，我透過雙眼描畫他的嘴唇弧線、他往兩側外翻的鼻頭，同時不停餵養著我的怒氣，終於，他要我陪他走去車子那裡。

「我得跟牧靈所委員會的成員一起吃午餐，他們要為我煮飯。不過還是來跟我一起待個一、兩小時吧，我要在辦公室進行最後的清掃工作，」他說。

「不要。」

他停止所有動作盯著我。「為什麼？」

「不要。我不想去。」

我背對他的車子站著。他靠近我，站在我面前。「凱姆比利，」他說。

我想要求他換種語氣叫我的名字，因為他無權用以前的語氣叫我。所有事情都不該跟之前一樣，而且也確實不一樣了。他要離開了。我開始用嘴巴呼吸。「你第一天帶我去體育館時，是伊菲歐瑪姑姑要求你的嗎？」我問。

「她很擔心妳。妳連跟樓上的孩子都無法對話。可是她沒有要求我帶妳去。」他伸手把我的襯衣袖子撫平。「我想帶妳去。自從第一天帶妳出門之後，我每天都想把妳帶在身邊。」

我彎腰撿起一根草莖。那根草莖細得像綠針。

「凱姆比利，」他說。「看著我。」

可是我沒看他。我把眼神聚焦在手中那根草，就好像裡頭有著只要我專心凝望就能解開的密碼，就好像那根草可以向我解釋，為何我寧願他說那次他根本不想帶我去，好讓我更有理由生氣，並藉此擺脫這種想哭個不停的衝動。

他上車發動引擎。「我今晚會回來看妳。」

我盯著他的車，直到那台車消失在通往大道的斜坡底下。亞馬卡走過來時，我還盯著那台車看。她輕輕把手臂搭在我的肩膀上。

「歐比歐拉說妳和阿瑪迪神父一定有上床，或是做過幾乎是上床的事。我們從沒見過阿瑪迪神父的雙眼那麼明亮。」亞馬卡在笑。

我不知道她到底是不是認真的。我不想繼續深究和人討論我有沒有跟阿瑪迪神父上床這件事有多怪。

「或許等我們進大學後，妳會跟我一起推動神職人員的選擇性獨身制？」亞馬卡問。「或至少每隔一陣子要允許神父進行性行為。比如說，一個月一次？」

「亞馬卡，拜託別說了。」我轉身走向陽台。

「妳想要他放棄神職人員的身分嗎？」亞馬卡的口氣變認真了。

「他不可能放棄的。」

亞馬卡歪頭沉思，露出微笑。「誰知道呢，」她說，然後走進客廳。

我把阿瑪迪神父在德國的住址一遍遍抄在我的筆記本上。就在我又嘗試了不同的筆跡抄寫時，他回來了。他把筆記本拿走，闔上。我想說「我會想念你的」，但最後只說了「我會寫信給你。」

「我會先寫信給妳，」他說。

我不知道有淚水沿著我的臉頰滑落，直到阿瑪迪神父伸手把淚水擦掉，並用攤開的手掌撫過我的臉。然後他把我拉進懷中，抱住我。

伊菲歐瑪姑姑為阿瑪迪神父做了晚餐，我們一起圍著餐桌吃豆子配米飯。我知道大家都在笑，他們聊起體育館的事，並一起回憶各種過去，可是我沒有自己參與其中的感覺。我忙著把一小片、一小片的自我鎖起來，因為一旦阿瑪迪神父不在這裡之後，我就不再需要這些自我了。

我那天晚上沒睡好，還因為不停翻來覆去吵醒了亞馬卡。我想跟她說我的夢，我夢到一個男人把我追到一條布滿石頭的道路，路上的緬梔樹葉有很多黑斑。一開始那個男人是阿瑪迪神父，他穿的袍子在身後翻飛，然後那個男人變成爸爸，身上穿的是在聖灰星期三分發聖灰時穿的及地灰色粗布衣。可是我沒告訴她。我只是讓她把我當成小孩子一樣抱住我、安撫我，直到我終於入睡。然後我很高興地醒來，很高興地看見早晨陽光從窗戶流瀉而入。那一條條如同熟透橘子顏色的光束閃閃發亮。

打包工作已經完成。由於書櫃都沒有了，走廊看起來異常寬敞。伊菲歐瑪姑姑房內只剩幾樣東西擺在地上，就是那些我們在出發前往埃努古前還會用到的東西：一袋米、一罐奶水，還有一罐伯恩維他牌麥芽飲。其他紙箱、盒子和書籍都已清空或送走。伊菲歐瑪姑姑把一些衣服送給鄰居時，住在她樓上的女人問她，「Mh，妳為什麼不把上教堂的那件藍色連身裙給我？反正妳在美國可以買到更多！」

伊菲歐瑪姑姑瞇起眼睛，她很不高興。我不確定是因為那個女人特別跟她討那件連身裙，還是因為她提起了美國的事。但總之她沒把那件藍色連身裙給她。

此刻的空氣中有種躁動不安的氣息，似乎是因為我們打包得太快又太好，所以每個人都覺得必須找點事來做。

「還有汽油。我們去兜風一下吧，」伊菲歐瑪姑姑建議。

「道別恩蘇卡之旅，」亞馬卡這麼說時，臉上帶著一抹挖苦的微笑。

我們全部擠上車。車子在一段兩側是工程學院建築的路段上搖晃前進時，我忍不住想著，不知道車子會不會撞進水溝，這樣就她就無法拿到某個鎮上男人願意用來買車的好價錢。她曾說車子換來的錢只夠買奇馬的機票，也就是只能買半票。

自從我前晚做了那個夢，我就有預感某件大事即將發生。阿瑪迪神父會回來，一定是這樣。說不定有人搞錯了他的出發日，又或是他主動延後了行程。所以當伊菲歐瑪姑姑開車載著我們前進時，我在路上的一台台車子中尋找阿瑪迪神父的身影，就希望能看見那台色彩柔和的豐田車。

伊菲歐瑪姑姑把車子停在歐丁山腳下說，「我們就爬到山頂吧。」

我很驚訝。我不確定伊菲歐瑪姑姑是不是一開始就計畫帶我們爬這座山，總之聽起來像是她的一時興起。歐比歐拉提議我們可以在山上野餐，伊菲歐瑪姑姑也覺得是個好主意。我們開車到鎮上的東方商店買了摩依摩依和好幾瓶利賓納牌果汁，然後回到山腳。山路並不難走，因為有許多Z字形山道。空氣中瀰漫著清新的氣味，山道邊的長草叢中時不時傳來唧唧唧唧的聲響。

「蚱蜢是用翅膀發出聲音，」歐比歐拉說。他在一座巨大蟻丘前停下腳步，紅泥地上有一條條像是刻意設計過的隆起紋路。「亞馬卡，妳該畫這種東西，」他說。可是亞馬卡沒回應，反而開始往山上跑。奇馬跟在她身後跑。賈賈也加入。伊菲歐瑪姑姑看著我。「妳在等什麼？」她問，然後她把罩衫幾乎撩到膝蓋上方，跟在賈賈身後跑過去。我也起跑了，我感覺風快速吹過我的耳邊。奔跑讓我想起阿瑪迪神父，讓我想起他的眼神在我光裸雙腿上游移的樣子。我跑過伊菲歐瑪姑姑身邊、跑過賈賈和奇馬身邊，然後跟亞馬卡差不多時間抵達山頂。

「嘿！」亞馬卡看著我。「妳該當短跑選手。」她翻身倒在草地上喘著氣。我在她身邊坐下，拍掉腿上的一隻小蜘蛛。伊菲歐瑪姑姑在抵達山頂前就不跑了。「Nne，」她對我說。「我要找個能訓練妳的人，欸，運動員可是能賺大錢啊。」

我笑了。這件事現在感覺起來好容易，想笑就笑。好多事情現在都感覺好容易。賈賈也在笑，亞馬卡也是，我們所有人都坐在草地上等歐比歐拉來到山頂。他慢慢走上來，手上拿著一個東西，後來我們才發現是蚱蜢。「牠力氣好大，」他說。「我可以感覺到牠用翅膀抵住我手掌的力量。」他攤開手掌，看著那隻蚱蜢飛走。

我們把食物帶進隱藏在小山另一側的一棟破敗建築內。那裡以前可能是一間儲藏室，只是屋頂和門都在多年前的內戰期間炸飛了，之後就一直維持這個狀態。這地方看起來鬼氣森森，我不想在這裡吃飯，不過歐比歐拉說人們常在這裡的焦黑地板上攤開墊子野餐。他仔細檢視其他人在建築牆上寫的字，並把其中一些大聲讀出來。「歐比納永遠愛恩內娜。」「埃梅卡和烏諾瑪在這裡做了。」「奇姆西姆迪和歐比永結同心。」

伊菲歐瑪姑姑要大家到建築外的草地上吃飯時，我鬆了一口氣，畢竟我們沒帶墊子來。在我們享用摩依摩依搭配利賓納果汁時，我看見一台車在山底下繞來繞去。我努力想看清楚車裡的人，但也很清楚實在太遠了。那台車的車頭形狀跟阿瑪迪神父的車子真的很像。我快速吃完，用手背抹抹嘴，把頭髮理順。我不想在他出現時看起來很邋遢。

奇馬想往下衝刺到山的另一側，那邊沒有那麼多山道，可是伊菲歐瑪說那裡太陡了。所以他坐下用屁股滑下山。伊菲歐瑪對他大喊，「你得自己手洗你的短褲，聽見了嗎？」

我知道如果是以前的她一定會更認真責罵他，或甚至要他停下來。我們都坐著看他滑下山，清冷的風讓我們雙眼泛淚。

伊菲歐瑪姑姑說我們得離開時，已經轉紅的太陽快要下山。在我們腳步沉重地往山下走去時，我停下腳步，暗自希望阿瑪迪神父能出現。

那天晚上，我們都在客廳打牌，電話響了。

「亞馬卡，請接電話，」伊菲歐瑪姑姑說，但明明最靠近門口的人是她。

「我敢打賭一定是找妳的，媽，」亞馬卡把注意力集中在手上的牌。「就是要妳把我們的盤子、鍋子或甚至是身上內衣褲立刻給他們的那種人。」

伊菲歐瑪姑姑笑著起身匆匆走去接電話。電視沒開，我們都專心看著手上的牌，所以我有清楚聽見伊菲歐瑪姑姑的尖叫。那是一聲像是有人被勒住脖子的短促尖叫。有那麼一瞬間，我祈禱是美國大使館撤銷了她的簽證，然後我立刻指責自己，並要求神別管我的禱告。我們全跑進了房間。

「Hei，Chi m o[4]！nwunye m！Hei！」伊菲歐瑪姑姑站在桌邊，沒拿話筒的手扶在頭上。那是人們感到震驚時做的動作。媽媽怎麼了？她把話筒遞出來，我知道是要遞給賈賈，可是我靠得比較近所以立刻抓了過來。但我的手抖得太厲害，聽筒從我的耳邊滑到了太陽穴。

媽媽低沉的聲音沿著電話線漂浮過來，我的手很快就不抖了。「凱姆比利，是妳的父親。他們從工廠打電話來，說他們發現他趴在辦公桌上，死了。」

我把話筒往耳朵再靠緊一點。「啊？」

「是妳的父親。他們從工廠打電話來，說他們發現他趴在辦公桌上，死了。」媽媽聽起來像一台錄音機。我想像著她用完全一樣的語調將同樣的內容告訴賈賈。我感覺耳裡充滿液體。雖然我有清楚聽見她說的話，她說他趴在他的辦公桌上，死了，但我還是問，「他是收到郵包炸彈嗎？是郵包炸彈嗎？」

賈賈把話筒一把抓走。伊菲歐瑪姑姑把我帶到床邊。我坐下。我盯著那袋靠在臥房牆邊的米。我知道我永遠會記得那袋米。我會記得那些交錯編織的棕色黃麻纖維，還有上頭的「阿達達長米」字樣。那袋米歪歪的倒在牆邊，就在桌子附近。我從沒想過爸爸會死的可能性。他跟艾德・寇克不同。他跟他們所有殺掉的人都不同。我一直覺得他是永垂不朽的。

4 伊博語，「Chimo」在這裡推測是「我的天」的意思。

我和賈賈一起坐在客廳裡盯著之前放陳列架的地方，那些跳芭蕾舞的人偶之前都放在那裡。媽媽在樓上打包爸爸的東西。我剛剛上去幫忙時看見她跪在長毛絨地毯上，用手把他的紅色睡衣緊貼在她的臉上。我進去時，她沒抬頭，只是說，「走吧，nne，去跟賈賈待在一起，」絲綢布料讓她的聲音聽起來悶悶的。

屋外斜斜落下的雨正用激烈的節奏敲打緊閉的窗戶。這種雨會把腰果和芒果從樹上席捲而下，讓它們在潮濕的土地上逐漸腐敗並發出甜酸氣味。

我們住宅區的大門鎖著。媽媽叫阿達穆不要對所有想擠進來進行姆格巴魯[5]的人打開門。他們都想來對我們表達婉惜之情。就連我們來自阿巴的烏木那成員都被拒絕了。阿達穆說實在沒聽過這種事，竟然拒絕這些一路以來追隨他的人。不過媽媽表示我們希望可以私下悼念，而那些人大可為了讓爸爸能夠安眠在彌撒上奉獻。我沒聽過媽媽這樣跟阿達穆說話。其實我根本沒聽過媽媽跟阿達穆說話。

「太太說你們應該喝些麥芽飲，」西西來到客廳。她手上拿著一個托盤，托盤上放著爸爸以前喝茶時用的杯子。我可以聽見她身上還殘留著百里香和咖哩的氣味。她身上就算洗過澡也還是會有那種味道。家裡只有西西在哭，不過那些響亮的啜泣聲很快就在我們的迷惘沉默中安靜下來。

我在她離開後轉向賈賈，試圖透過眼神跟他說話。可是賈賈的雙眼一片空白，就像窗戶拉上了百葉窗板。

「不喝點麥芽飲嗎？」我終於開口問了。

他搖搖頭。「用這些杯子的話，不喝。」他在座位上改變了一下姿勢，然後又說，「我應該要把媽媽照顧好。看看歐比歐拉是如何把伊菲歐瑪姑姑的全家人小心翼翼地頂在頭上，而我的年紀還比他大呢。我應該把媽媽照顧好才對。」

「神自有安排，」我說。「神的作為何等奧秘。」然後我心想，不知道爸爸聽到我這樣說會有多驕傲啊。他一定會很認可我這麼說。賈賈笑了。那笑聲聽起來像一連串的鼻孔噴氣。「神當然有安排。瞧瞧祂對祂虔誠的僕人約伯做了什麼好事，瞧瞧祂連自己的兒子也不放過。妳就從沒疑惑為什麼要搞成這樣嘛？祂為什麼要為了讓我們獲救而謀害自己的兒子？祂為什麼不直接拯救我們？」

我脫下拖鞋。冰涼的大理石地板吸走我腳板的熱氣。我想告訴賈賈我的雙眼因為忍住沒流下的淚水而刺痛，我想說我仍努力在聽、也好想聽見爸爸踏在樓梯上的腳步聲。我想說我的體內散落著許多碎片，好痛苦，但就是無法把那些碎片拼回去，因為本來可以拼的地方已經不見了。相反地，我只是說，「因為爸爸的葬禮，聖艾格尼絲教堂辦的彌撒會擠滿人。」

賈賈沒回答。

電話開始響，而且響了好久。對方在媽媽接起來之前一定是打了好幾次。她接起電話，沒多久後來到客廳。她身上隨興在胸口綁結的罩衫垂得很低，露出左乳上方的一個胎記，看起來像顆黑色球莖。

5 姆格巴魯（mgbalu），伊博語，意思是「上門悼念」。

「他們進行了解剖，」她說。「在妳父親體內發現了毒藥。」她的口氣就像我們早知道爸爸體內有毒藥，而且是我們放進去等人發現的。整件事就像我在書上看見白人會把復活節彩蛋藏起來給小孩子找。

「毒藥？」我說。

媽媽把罩衫綁緊，走到窗邊。她把窗簾推開，確認百葉窗板有關好，以免雨潑進屋內。她的動作冷靜而緩慢，開口時的聲音也一樣冷靜而緩慢。「我在去恩蘇卡之前開始把毒藥放進他的茶裡。西西替我弄來的。她的叔叔是個很強的巫醫。」

在漫長的沉默中，我什麼都沒辦法想。我的腦中一片空白。我的整個人一片空白。然後我想到自己之前會小口啜飲爸爸的茶，那些愛的一小口，那些將他的愛在我的舌上留下印記的滾燙液體。「為什麼放在他的茶裡？」我問媽媽，站起身。我的聲音很大，幾乎是在尖叫。「為什麼是他的茶？」

可是媽媽沒回答。就算我站起身搖晃她，搖到賈賈把我扯開為止，她都沒有回答。就連賈賈用雙臂抱住我，然後轉身要把她一起抱進懷中時，她也只是退開，始終沒回答。

警察在幾小時後抵達。他們說要問一些問題。聖艾格尼絲醫院有人聯絡他們，於是他們也帶了一份解剖報告來。賈賈沒等他們提問就直接說是他把老鼠藥放在爸爸的茶裡。他們允許他先換上襯衣，然後才把他帶走。

不同的靜默

此刻

我已經很熟這條通往監獄的道路了。我認得這些屋子和店鋪，也認得在轉進通往監獄那條充滿坑洞的道路之前，那些在路旁販賣橘子和香蕉的女人的臉。

「想買橘子嗎？凱姆比利？」賽勒斯汀把行進的車子降至龜速。小販開始一波波湧向我們大喊。他的聲音很柔和，媽媽說這是她在要求凱文離開後雇用他的原因。此外也因為他的脖子上沒有匕首形狀的傷疤。

「後車廂裡的東西應該就夠了，」我說。我轉向媽媽。「妳想要在這裡買任何東西嗎？」

媽媽搖搖頭。她的頭巾開始滑落，於是伸手再次把頭巾鬆鬆地綁好。她的罩衫在腰際那邊也是鬆垮垮的，時不時都得重綁，因此散發出會出現在歐格比特大市場中那種邋遢女人的氛圍。她們總是任由身上的罩衫鬆開，所以誰都能看見她們底下那件充滿破洞的連身襯裙。

她似乎不介意自己的這副模樣，甚至好像也不知道自己變得這麼邋遢。自從賈賈被送進監獄後，她就變得不同了。她開始到處告訴別人是她殺了爸爸，說是她把毒藥放進他的茶裡。她甚至寫信給報社，可是沒有人聽她說，直到現在也都還是如此。他們認為是失去親人的哀痛以及她的抗拒接受現實——丈夫死去、兒子入獄——把她變成一副骨瘦如柴的身體、一具滿布著西瓜籽大小黑頭斑點的皮囊。或許正是因為如此，他們原諒她沒有一整年穿著全黑或全白；或許也正是因為如此，沒有人批評她沒參加第一年和第二年的紀念彌撒。甚至也沒有人批評她不剪頭髮。

「想辦法把頭巾綁緊一點，媽媽，」我伸手摸摸她的肩膀。媽媽聳聳肩，雙眼仍盯著窗外。「夠緊了。」

賽勒斯汀透過後照鏡看我們。他的眼神非常溫和。有一次他建議我把媽媽帶去看他家鄉的迪比亞[1]，那是專門處理「這種事」的專家。我不確定他指的「這種事」是什麼，也不確定他是不是在暗示媽媽瘋了，但我還是感謝他，並表示媽媽不會想去。我知道他是好意，這位賽勒斯汀，我見過他有時看著媽媽的表情，還有他扶她下車的樣子，所以知道他有多希望能讓破碎的她再次變得完整。

媽媽幾乎沒和我一起來過監獄。通常賽勒斯汀會在每週帶她去的前一、兩天帶我去。她比較喜歡這種安排，我想。可是今天不一樣，今天是特別的——我們終於收到賈賈確定可以出獄的通知了。

國家元首幾個月前過世時——據說是口吐白沫、全身抽搐地死在一位妓女身上——我們以為賈賈會立刻獲釋，也相信我們的律師能很快找出達成目標的方法。特別是還有許多民主倡議團體示威要求政府調查爸爸的死，堅稱是舊政權殺掉了他。可是臨時民間政府花了好幾星期才宣布釋放良心犯，而我們的律師又花了好幾星期才讓賈賈排上那張名單。他的名字在超過兩百位的名單中排名第四，下週會出獄。

他們是昨天知會我們的。我是指我們最近聘僱的兩位律師。這兩位律師的名字後面都有「SAN」這個顯赫頭銜，也就是「奈及利亞資深訟辯人（senior advocate of Nigeria）」的縮寫。他們帶消息來時還帶了一瓶綁上粉紅色緞帶的香檳。他們離開後，媽媽和我沒有討論這件事，只是一起帶著這份全新的平靜及盼望生活著，但沒有彼此分享。這是我們第一次懷抱如此確切的希望。

媽媽和我還有好多事不討論。我們不討論我們為了賄賂法官、警察還有獄警所開出的那些鉅額支票。即便是在爸爸有一半資產最後都給了聖艾格尼絲教堂以及教堂中的傳教培育事業之後，我們也不討論我們還有多少錢。我們從未嘗試搞清楚爸爸之前匿名捐給兒童醫院、無母孤兒之家，還有內戰殘疾老兵多少錢。還有很多事我們都沒用我們的聲音傳達出來。我們都沒有把那一切化為語言。

「請播放費拉的錄音帶，賽勒斯汀，」我靠向後座椅背。費拉狂傲的歌聲充滿車內。我轉頭想確認媽媽介不介意，可是她只是直直望向前座，我甚至懷疑她能否聽見任何聲音。她對人的回應大多只是點頭或搖頭，我不知道她有沒有真的聽見別人說話。我以前會拜託西西去跟她說話，因為她會和西西一起在客廳坐很久，可是她說媽媽不會回應她，只是坐在那裡呆呆瞪著前方。西西去年結婚時，媽媽送了她好多箱瓷器。西西坐在廚房地板上大哭，媽媽就看著她哭。西西現在偶爾還會過來指導我們的新管家歐康，順便問媽媽有沒有需要什麼。但媽媽通常什麼都不會說，只是一邊搖晃身體一邊搖頭。

上個月我跟她說我要去恩蘇卡，但我在那裡已經沒有認識的人了，而她依然什麼都沒說，也沒問為什麼，只是點點頭。賽勒斯汀開車載我去，我們大概在中午抵達，大約就是陽光開始變得熾熱的時候，我總是想像這種陽光可以把骨髓裡的水分吸乾。大學校園草坪的草現在都長得好高。一根根長草像是突出的綠色箭頭。那座趾高氣昂的獅子雕像也不再閃閃發光。

1 迪比亞（dibia）是地方的醫生／草藥師。

伊菲歐瑪姑姑的舊公寓已經入住了新家庭，我詢問是否可以進去，雖然他們一臉奇怪地看著我，但還是請我進去，給了我一杯水。不過水是溫的，他們說，因為沒有電。天花板上的電扇葉片被毛茸茸的灰塵包覆住，所以我知道一定是停電了好一陣子，不然那些灰塵會在運轉時飛走。我喝光所有水，坐在一張側邊有許多不平整破洞的沙發上。我把在九哩路買的水果送給他們，並為了後車廂的熱氣把香蕉悶到發黑表示歉意。

在驅車回到埃努古的路上，我響亮的笑聲蓋過了費拉充滿張力的歌聲。我笑是因為恩蘇卡沒鋪柏油的道路讓車子在哈馬丹風中覆滿灰塵，又在雨季讓車子上黏滿泥巴。我笑是因為即便是鋪有柏油的道路仍像發送驚喜禮物一樣不停冒出坑洞，是因為空氣中有山丘和歷史的氣味，而四散在地面的陽光將沙子變成金色塵埃。我笑是因為恩蘇卡可以釋放出你肚腹深處的某些事物，讓它們湧上你的喉頭，然後像一首自由之歌般冒出你的嘴巴。包含笑聲也是。

「我們到了，」賽勒斯汀說。

我們到了監獄的建築群前。這裡的陰濕牆面上滿是藍綠色黴斑。賈賈又回到他之前的牢房，那裡擠到有些人必須站著才能讓其他人躺下。他們的廁所是一個黑色塑膠袋。大家會為了誰要在每天下午把塑膠袋拿出去而爭吵不休，因為負責拿出去的人可以稍微見到一點陽光。賈賈有一次告訴我，那些男人常懶得用袋子上廁所，特別是那些內心充滿怒氣的男人。他不介意跟老鼠還有蟑螂睡在一起，但確實介意臉上沾到別人的大便。他上個月待在一間比較好的牢房，他在那裡能有自己的書和床墊，因為我們的律師知道如何賄賂正確的人。可是在他毫無理由地對獄卒的臉吐口水後，典獄長就脫光他的衣服、用科伯科[2]打他，然後把他移到這間牢房。我不相信賈賈會在沒有受到任何挑釁的情況下這麼做，可是賈賈不肯跟我談，我無從得知其他版本的故事。他甚至不肯讓我看他背上的鞭痕。我們賄賂的醫生說那些鞭痕腫得像一條條大香腸。不過我有看見賈賈身上的其他部位，那些地方不需要特別露給我看，像是他的肩膀。

那對曾在恩蘇卡成長茁壯的肩膀啊，那對曾變得如此寬闊、強壯的肩膀，現在卻因為在此待了三十一個月而鬆垮。快要三年了。要是有人在賈賈剛到此地時生了個孩子，那個孩子現在不但能說話，還都要上托兒所了。有時我看著他哭，他會聳聳肩，然後跟我說起歐拉迪普波的事。歐拉迪普波是他那間牢房的老大——牢房裡有個獨特的階級制度——他說他等待審判已經等了八年。而在這段期間，賈賈的官方身分狀態始終是「等待審判」。

亞馬卡會寫信到國家元首辦公室，甚至是美國的奈及利亞大使館。她在信中抱怨奈及利亞司法體系的糟糕狀態。她說從沒有人正式回覆那些信件，可是對她來說，想辦法做些什麼還是重要的。她完全沒在寫給賈賈的信中提到這些事。我讀過那些信——她在信中非常健談，口吻實事求是，不但沒有提到爸爸，也幾乎沒提到監獄的事。在她的最後一封信中，她跟他說阿歐克波的事在一本美國世俗雜誌中被報導過了，報導者對於榮福童貞瑪利亞出現的可能性抱持悲觀態度，更何況那可是在奈及利亞：那地方如此腐敗，又熱到不行。亞馬卡說她已經把她的想法寫信告訴那間雜誌社了。完全在我的意料之中。

她說她明白賈賈不寫信的原因。他要說什麼？伊菲歐瑪姑姑從不寫信給賈賈，她會把他們說的

2 科伯科（koboko）是用生皮扭製的鞭子。

話錄成錄音帶寄過去。有時我去拜訪時，他會讓我用我的錄音機播放出來，但有時也會叫我不要播。不過伊菲歐瑪姑姑會寫信給媽媽和我。她在信中提到她的兩份工作，一份是在社區大學，另一份在藥局，或者應該跟美國一樣稱為「藥妝店」。她在信裡提到巨大的番茄和便宜的麵包。不過大多時候，她會寫她想念以及渴望的事物，那種感覺就像是她無視當下，只是一味沉浸在過往和未來之中。有時她的信寫得很長，寫到墨水被沾得一團亂，所以我並不是每次都完全明白她在說什麼。她有一次寫道，有些人認為我們無法統治自己，因為過去嘗試的幾次都失敗了，還真一副所有統治自己的其他國家都是第一次就成功一樣。那種感覺就像是要一個在地上爬的嬰兒嘗試走路，然後在他跌倒後要他待在地上別動。真搞得好像所有從他身邊走過的成年人都沒在地上爬過一樣。

我確實對她寫的內容很有興趣，有興趣到都背下來了，但即便如此，我還是不知道她為什麼寫這些給我。

亞馬卡的信常常也是差不多長，而且從不會在每封信中漏掉他們是如何變胖的描述，包括奇馬是如何在一個月內「胖到溢出」他的所有衣服。當然，美國從來不會停電，水龍頭也總有熱水，可是我們不再開心大笑了，她寫道，因為我們沒有時間笑，甚至也見不到彼此。歐比歐拉寫來的信件內容是最愉快的，出現的頻率也最難預測。他拿到一間私校獎學金，根據他的說法，他在那裡挑戰老師時會獲得稱讚，不會受到懲罰。

「讓我來，」賽勒斯汀說。他已經打開後車廂，我正要把裝滿水果、衣服、食物和盤子的塑膠袋拿出來。

「謝謝你，」我讓開。

賽勒斯汀把袋子拿出來，帶頭走進監獄。媽媽慢吞吞地跟在很遠的後方。前台警察的口中含著一根牙籤。他的眼睛像是有黃疸病，黃得像是用染劑染的。他桌上的東西很少，只有一台黑色電話、一本破爛登記簿，還有一個角落凌亂堆著一些手銬、手帕和項鍊。

「妳好嗎？姊妹。」他的臉在看見我時散發出光采，雙眼卻是緊盯著賽勒斯汀手上的袋子。

「啊！今天是跟太太一起來的？午安，太太。」

我微笑，媽媽則是面無表情地點點頭。賽勒斯汀把那袋水果放在警衛前方的櫃台上。袋子裡的雜誌中夾了一個塞滿嶄新奈拉紙幣的信封。那些鈔票都是剛從銀行取出來的。

那個男人把牙籤放下，一把抓過袋子。轉眼間袋子就消失在櫃台後方。然後他帶著媽媽和我走進一個不通風的房間，裡頭有一張矮桌，矮桌兩側擺了兩張長凳。「一個小時，」他咕噥著說，然後離開。

我們坐在桌子的同一邊，但沒有近到可以碰到彼此。我知道賈賈很快就會出現，所以努力想讓自己做好準備。這對我來說也不容易，我是指看到他身處此地，就算是過了這麼久也一樣。而且媽媽坐在我身旁只是讓一切變得更為困難。其中最讓人感到困難的是，由於我們終於有了好消息，導致原本努力壓抑的情緒正在逐步崩解，內心也有全新的情緒在成形。我深吸一口氣，憋住。

賈賈很快就會回家了，阿瑪迪神父在最近的來信中寫道。那封信還塞在我的袋子裡。妳一定要這麼相信，他說，而我確實相信。即便在我們仍未從律師那裡獲得消息、一切也還無法確定時，我都相信他。我相信阿瑪迪神父說的話，也相信他筆跡中那種篤定的偏斜角度。因為祂這麼說了，而且因為祂的話是真理。

我總是在他寄信來之前把前一封信帶在身上。我跟亞馬卡說了這件事，她在回信時用逗我的語氣說：妳跟阿瑪迪神父還真親熱啊。然後她畫了個笑臉。可是我把他的信帶在身上跟親不親熱沒關係，我們之間幾乎沒有任何親熱的成分。他在每一封信最後只會寫「一如既往」。我問他是否快樂，但他始終沒回答是或不是，只說上主派他去哪裡他就去哪裡。他幾乎不怎麼提到他的新生活，只偶爾提到幾則生活小事，像是有個德國老太太拒絕跟他握手，因為她不認為黑人可以成為她的神父，又或是有個富有的寡婦堅持每天跟他一起吃晚餐。

他的信件內容在我腦中揮之不去。我到處都帶著是因為那些漫長的信充滿細節，也因為那些信能夠提醒我：我是個有價值的人。另外也因為那些信能牽動我的各種感受。幾個月前，他在信中表示希望我不要去問「為什麼」，因為有些事的發生就是找不到原因。那些原因就是不存在，又或是沒必要存在。他沒有提到爸爸——他幾乎從未在信中提到爸爸——可是我知道他的意思。我明白他在試圖挑起我自己害怕去想的事。

此外，我把那些信帶在身上是因為這些信帶給我恩典。亞馬卡說人們會愛上神父是因為想跟神競爭，說他們想要把神當作情敵。可是我們不是對手，我是指神和我，我們只是共享這份愛。我不再懷疑自己是否有權去愛阿瑪迪神父，我就是直接愛他了；我不再懷疑自己寫給榮福之路傳教會的支票是不是對神的賄賂，反正我就是直接寫支票了；我不再懷疑自己之所以將埃努古的聖安德魯教堂選為我的新教會，到底是不是因為那裡的神父跟阿瑪迪神父一樣屬於榮福之路傳教會，反正我就是直接去了。

「我們有帶餐刀來嗎？」媽媽詢問的聲音好大。她正把一個裝著食物的保溫罐擺出來，其中裝滿了加羅夫飯和雞肉。她把一個漂亮的瓷盤放好，像是西西以前一樣在布置一張時髦的餐桌。

「媽媽，賈賈不需要餐刀，」我說。她知道賈賈總是直接拿著大保溫罐吃飯，但還是每次都把餐盤帶來，而且還每週更換盤子的顏色和花色。

「我們應該把餐刀帶來的，這樣他才能切肉。」

「他不切肉的，他都直接吃。」我對媽媽微笑，伸手摸摸她的手臂想讓她冷靜下來。她把閃閃發亮的銀湯匙和叉子放在黏滿沙塵塊的桌上，身體往後靠，仔細檢視眼前的一切。門打開，賈賈走進來。我之前有幫他帶T恤來，全新的，兩週前才剛買，可是上頭已經有像是腰果汁一樣的棕色汙跡。那種腰果汁完全洗不掉。我們小時候都會彎腰吃腰果果實，以免噴出來的香甜汁液沾到衣服。他的短褲很短，距離膝蓋還有很長一段距離。我轉頭不去看他大腿上的那些結痂。我們沒有起身擁抱他，因為他不喜歡我們這樣做。

「媽媽，午安。凱姆比利，ke kwanu？」他說。他打開食物保溫罐開始吃。我可以感覺身邊的媽媽正在發抖。由於不希望聽見她崩潰的聲音，我立刻開口，畢竟我的聲音有可能阻止她的淚水。

「律師下週會把你弄出這裡。」

賈賈聳聳肩。他就連脖子上的皮膚都有好多痂皮。那些痂乍看是乾的，但只要他一伸手去抓，底下的黃色膿水就會滲出來。媽媽已經透過賄賂送了各種藥膏進去，但似乎都沒有用。

「其實這座牢房有許多有趣角色，」賈賈說。他把米飯用湯匙盡可能快速舀進嘴裡，雙頰鼓起，就好像裡頭塞了好幾顆未熟的完整芭樂。

「我是指出獄，賈賈。不是換牢房，」我說。

他停止咀嚼，沉默地盯著我。隨著他待在這裡的每個月過去，他的眼神不停變得更冷硬。現在那雙眼睛已經像棕櫚樹皮一樣堅硬。我甚至懷疑我們是否真有過「asusu anya」，就是透過眼神溝通的那種語言，又或者一切只是我的想像。

「你下週就會離開這裡了，」我說。「下週就能回家了。」

我想握住他的手，可是我知道他會把我甩開。他的雙眼被太濃重的罪惡感蒙蔽導致無法真正看見我，也無法在我眼中看見他自己的倒影。那個倒影屬於我的英雄，屬於那位總是努力保護我的哥哥。他永遠都覺得自己做得不夠多，也永遠不會理解我從不覺得他該做更多。

「你沒有在吃，」媽媽說。賈賈拿起湯匙再次狼吞虎嚥地吃飯。沉默瀰漫在我們之間，但已經是一種不同的沉默、是一種容許我呼吸的沉默。我曾做過關於其他種沉默的噩夢，爸爸活著時的那種沉默。在那些噩夢中，那種沉默混合著羞恥、哀痛，還有太多其他無以名之的情緒，最後在我的頭頂上形成藍色火舌，就像五旬節那樣，直到我終於滿身大汗、尖叫著醒來。我沒跟賈賈說我每週日都會在彌撒中為爸爸奉獻，沒說我好想在夢中見到他，而且渴望到有時會自己捏造出那些夢。在那些夢中的我沒有睡著但也不算醒著：我看見爸爸，他伸長雙手擁抱我，而我也伸長雙手，但我們的身體還沒碰觸到彼此，就有某個東西把我拎起來，於是我意識到我甚至無法控制自己捏造出來的夢。賈賈和我之間還有太多事物埋藏在沉默中。或許我們會隨著時間過去聊起更多、或許我們永遠無法談起，又或許我們就是無法將那些長久以來赤裸的事物披上外衣。

「妳沒把頭巾綁好，」賈賈對媽媽說。

我驚訝地看著這個場面。賈賈以前從不在意別人的衣著。媽媽匆忙解開頭巾，再次綁起——這次她綁了兩個結，而且是綁在後腦勺。

「時間到了！」守衛走了進來。賈賈態度疏遠，只簡短說了一句「Ka o di[3]」，也沒跟我們眼神交會，就跟著守衛走了出去。

「我們該在賈賈出獄後一起去恩蘇卡，」我走出房間時對媽媽說。我現在可以談未來的事了。

媽媽聳聳肩，什麼都沒說。她走得很慢，腳跛得更明顯了，每踏出一步時身體都往側邊傾斜。就在我們走到車子附近時，她轉頭對我說，「謝謝妳，nne。」過去三年來，這是她少數幾次沒人跟她說話就主動開口。我不想去思考她向我道謝的原因，或者她這麼做代表什麼意思。我只知道，突然之間，我再也聞不到監獄那股充滿尿味的潮濕氣味了。

「我們會先帶賈賈去恩蘇卡，然後再去美國拜訪伊菲歐瑪姑姑，」我說。「我們回去後可以在阿巴種新的橘子樹，賈賈可以再種紫色木槿花。我會種仙丹花，這樣我們就能吸花朵的蜜汁。」我在笑。我伸手攬住媽媽的肩膀，她靠著我，臉上露出微笑。

在我們頭頂上方，雲朵像染色棉球一樣掛在天上，低到我感覺可以伸手把水擠出來。很快又要下新一輪的雨了。

3 伊博語，「Ka o di」可以翻成「再會」。

國家圖書館出版品預行編目(CIP)資料

紫色木槿花 / 奇瑪曼達.恩格茲.阿迪契著 ; 葉佳怡譯. -- 初版. -- 新北市 : 黑體文化出版 : 遠足文化事業股份有限公司發行, 2025.03

面 ; 公分. -- (白盒子 ; 13)

譯自 : Purple hibiscus

ISBN 978-626-7512-71-5(平裝)

886.4157 114000396

特別聲明：有關本書中的言論內容，不代表本公司／出版集團的立場及意見，由作者自行承擔文責。

黑體文化 讀者回函

白盒子 13

紫色木槿花

Purple Hibiscus

作者・奇瑪曼達・恩格茲・阿迪契（Chimamanda Ngozi Adichie）｜譯者・葉佳怡｜責任編輯・張智琦｜封面設計・朱疋｜出版・黑體文化／遠足文化事業股份有限公司｜總編輯・龍傑娣｜發行・遠足文化事業股份有限公司（讀書共和國出版集團）｜電話：02-2218-1417｜傳真・02-2218-8057｜客服專線・0800-221-029｜讀書共和國客服信箱service@bookrep.com.tw｜官方網站・http://www.bookrep.com.tw｜法律顧問・華洋法律事務所・蘇文生律師｜印刷・中原造像股份有限公司｜排版・菩薩蠻數位文化有限公司｜初版・2025年3月｜定價・480｜ISBN・9786267512715｜EISBN・9786267512692（PDF）・9786267512708（EPUB）｜書號・2WWB0013